МОЛОДАЯ ЛИТЕРАТУРА РОССИИ

Мария
ЕЛИФЁРОВА

Хроники Мартовского Зайца

ПОВЕСТЬ
РАССКАЗЫ

Москва
Фонд социально-экономических
и интеллектуальных программ
Издательство «ПРОЗАиК»
2010

УДК 882-3
ББК 84(2Рос=Рус)6-44
Е51

Издано при финансовой поддержке
Федерального агентства по печати и массовым коммуникациям
в рамках Федеральной целевой программы «Культура России»

Проект осуществляется в рамках программы
Фонда социально-экономических и интеллектуальных
программ «Молодые писатели России»

Дизайн серии Татьяны Костериной

Елифёрова М.В.

Е51 Хроники Мартовского Зайца: повесть, рассказы / Мария Елифёрова; Фонд социально-экономических и интеллектуальных программ. – М.: ПРОЗАиК, 2010. – 352 с.

ISBN 978-5-91631-091-7

В сборник московской писательницы Марии Елифёровой вошли повесть «Смерть автора» и произведения из цикла «Рассказы Гриши Спальникова».

«Смерть автора» – вариация на тему «Дракулы» Брэма Стокера. На первый взгляд, исходная мысль повести – что было бы, если бы реальный Влад Цепеш принялся комментировать стокеровский роман в присущем ему стиле? Однако настоящий сюжет произведения – видение событий их участниками, каждым по-своему.

Гриша Спальников, рассказчик историй, объединенных в названный его именем цикл, имеет странную для нынешних времён склонность наблюдать и анализировать всё, с чем сталкивается. В каком-то смысле он – современный Тристрам Шенди. «Типичное» Спальникова не интересует, сюжеты всех его рассказов более или менее эксцентричны. Ведь жизненная правда бывает иногда такова, что никакая фантазия не выдерживает.

УДК 882-3
ББК 84(2Рос=Рус)6-44

ISBN 978-5-91631-091-7

Смерть автора

ПРОСТО ИСТОРИЯ

Правда – это не то, что от вас скрывают.
Правда – это то, что вы видите,
но во что не желаете верить.

Г.К.Честертон

Пролог

ЗАМЕТКА ИЗ НОМЕРА TIMES ОТ 19 ДЕКАБРЯ 1913 г.

С прискорбием сообщаем читательскому миру о постигшей его тяжёлой утрате. Вчера Алистер Моппер, прославленный автор всем известного «Мирослава боярина», был найден мёртвым на станции метро «Гайд Парк Корнер» у стены одного из выходов. Он скончался рано утром 18-го числа на 67-м году жизни. Внимание полиции привлекает записка, обнаруженная в руке покойного. В ней значится: «Прощайте. Больше мы не увидимся. М.» Это даёт основания подозревать самоубийство.

ЗАМЕТКА ИЗ НОМЕРА TIMES ОТ 22 ДЕКАБРЯ 1913 г.

Утешительная новость для поклонников творчества Алистера Моппера – писатель не кончал с собой. Это однозначно показывают результаты судебно-медицинской экспертизы, которая установила, что смерть наступила в результате апоплексического удара. Кроме того, сличение записки с образцами почерка мистера Моппера доказало, что она написана не его рукой. Кто этот «М.», пославший записку, вероятно, останется невыясненным. Похороны писателя состоятся 24 декабря в 14.00 в Вестминстерском аббатстве. Перед этим начиная с 11.00 гроб с телом Алистера Моппера будет выставлен для прощания в часовне Святого Йорика. Все желающие почтить память великого романиста могут явиться.

Книга первая

ПИСАТЕЛЬ, ЧИТАТЕЛЬ, ГЕРОЙ

ИЗ ЖУРНАЛА THE NEW AGE, № 4/1913

МАСТЕР МИСТЕРИИ СЛОВА

Наконец-то совершилось событие, которое предвкушала читательская публика с конца прошлого года, — переиздан «Мирослав боярин» Алистера Моппера. С самого момента своего первого издания в 1908 году он снискал необычайную популярность, и мистер Моппер заслуженно пожинает свою писательскую славу. Роман открыл британскому читателю существование целого мира, о котором тот даже не подозревал, — мира, не имеющего ничего общего с размеренным мирком викторианского романа, где все события составляют разговоры, а кульминацией является отказ героини от предложения вступить в брак. Мир, открытый для нас Моппером, так же далёк от викторианского, как виски от овсяного супа, — это мир бесконечно враждебный и бесконечно притягивающий; он может шокировать своей жестокостью, но под обаяние его нельзя не подпасть — в первую очередь потому, что это мир *другой*, не английский.

Восточная Европа — не Англия; никто ещё не заявлял об этом так прямо и бескомпромиссно, как Алистер Моппер. Восточноевропейская тема является сквозной в романе, хотя большая часть его действия происходит в Англии. Это совершенно особый тип культуры, ещё мыслящий древними категориями коллективного бессознательного, где сон и явь неотделимы друг от друга, а первобытные архетипы обретают пугающую реальность. Главный герой, Мирослав Э., — яркий представитель этого типа сознания. Моппер воспроизводит восточноевропейскую психологию с поразительной достоверностью: стихийные, тёмные движения инстинкта сочетаются в Мирославе с непомерной гордостью и жаждой власти в любой её форме, мрачное упорство, с которым он плетёт свои заговоры, мгновенно сменяется слепой злобой в случае провала. Этому характеру свойственна особая, драматическая агрессивность, поэтика ярости и отчаяния. При всём ужасе, который вызывают деяния Мирослава, его фигура завораживает: он, несомненно, удался автору более убедительно, чем положительные герои романа. Страшный конец Мирослава вызывает чрезвычайное напряжение в читателе: здесь разрешение трагической цепи событий, к которому исподволь готовил нас Моппер. Автор искусно меняет регистры повествования с помощью избранного им документального жанра, в который он поистине вдохнул новую жизнь. Сухой тон газетной хроники неожиданно сменяется интимным лиризмом девичьего дневника, а последний — отчаянной болью предсмертной записки. И всё это пронизано необычайными событиями, многие из которых так и не получают до конца объяснения. Существовала ли собака-оборотень или она плод выдумки журналистов? Кем приходилась Мирославу девушка в белом? Был ли Мирослав влюблён в леди Белинду, которую он избрал для исполнения своих дьявольских планов? Мы так этого и не узнаем. Моппер со свойственным ему художественным чутьём предпочитает оставить это тайной.

Мэтью Арчер

ИЗ ЕЖЕНЕДЕЛЬНОГО ЖУРНАЛА THE LITERATE MODERNITY, № 7/1913

ТАЙНА И ТАИНСТВЕННОСТЬ

По-видимому, надежды на то, что у британцев когда-либо выработается литературный вкус, следует оставить окончательно. Свидетельством тому недавнее переиздание пресловутого «Мирослава боярина», с помпой разрекламированное в таком высоколобом журнале, как The New Age, и кем же — самим Мэтью Арчером, автором статей о Шекспире и Стерне. Мистер Арчер всерьёз, кажется, полагает, что коммерческий успех романа прямо пропорционален дарованию Алистера Моппера. По крайней мере, он ни разу в этом не усомнился.

Критик пишет об особых заслугах Моппера в постижении восточноевропейской натуры. Что же такого нового мы узнаём о восточноевропейцах из «Мирослава боярина»? Что они властолюбивы, злобны, хитры и находятся не в ладах с христианской этикой — набор немудрящих стереотипов, восходящих ещё к эпохе романтизма. Мирослав, конечно же, как заглавный герой должен обладать этими качествами втройне; конечно же, должен быть высоким брюнетом с орлиным носом, бледным лицом и остроконечной бородкой (воздушный поцелуй Льюису и Анне Радклиф!) — и, разумеется, просто не может не страдать мизантропией и припадками истерической ярости. Непонятно, какое отношение эта взвесь байронизма в тусклом подражании готическому роману имеет к «открытию» мира Восточной Европы и вообще к какому-либо открытию.

Мистер Арчер пишет о «тайне» в романе Моппера; на наш взгляд, вместо тайны роман полон самой низкопробной таинственности. Собака-оборотень, девушка в белом, бьющаяся в окно сова – нехитрый арсенал литературных ходов, дошедших без изменения из XVIII столетия; но мы-то полагали, что они в наше время сохранились только в шестипенсовых романах ужасов. Выкиньте их из «Мирослава боярина», и от романа ничего не останется. Попытка Моппера осовременить сюжет, внеся туда поезда, телефон и дискуссии о науке, не производит никакого иного впечатления, кроме комического. Что же касается упомянутой мистером Арчером смены стилевых регистров, то она представляет собой весьма неловкую и поверхностную имитацию. Собственно, у Моппера существуют всего лишь два «регистра» – официально-деловой и тон самой напыщенной сентиментальности (в первой выдержке из дневника Белинды слово «милый» повторяется одиннадцать раз). Речевых различий у героев нет никаких: невозможно понять, когда говорит Белинда, а когда Элоиза, и дневники обеих, в свою очередь, неотличимы от путевых записок Тимоти. Слово «ужасный» повторяется столь часто, что воспринимается как бессмысленный набор типографских знаков.

Что же касается фактографической стороны романа, – которую критик из The New Age вовсе не затрагивает, – то она ниже всякой критики. Моппер полагает, будто «Мирослав» – мадьярское имя (меж тем как это имя славянское и встречается где угодно, только не у мадьяр); помещает Слатину на границе Венгрии и Литвы (sic!); явно путается в вероисповедании своего героя. Ему неизвестно даже то, что у русалок в восточноевропейских поверьях не бывает рыбьих хвостов, они выглядят как люди и носят одежду. К числу особых перлов принадлежит и русский граф по фамилии Успенский: да будет известно мистеру Мопперу, что такие фамилии в России носит только духовное сословие, в которое дворянам вступать запрещено. Таким образом, если читатель последует Мэтью Арчеру и будет искать у Моппера отражения Восточной Европы, ему грозит перспектива попасть в глупое положение.

Бернард Кросс

ИЗ THE LITERATE MODERNITY, № 8/1913

ПИСЬМА ЧИТАТЕЛЕЙ

...Вызывает глубокое возмущение та надменность, с которой мистер Кросс разносит в пух и прах Моппера. Что это, зависть к успеху талантливого писателя? Не потому ли мистер Кросс обрушивается на роман, что сам не способен произвести ничего, кроме фельетона? Откуда такой нигилизм по отношению к британской литературе? Может быть, мистер Кросс, по-вашему и Шекспира написал не Шекспир, а граф Рэтленд? А мы-то полагали, что англичанин должен с уважением относиться к культуре своей страны. Остаётся надеяться, что для мистера Кросса ещё не всё потеряно – он ещё может изменить свою точку зрения на роман.

Анджелина Сноуфорд, Бирмингем

...Мелочная придирчивость Бернарда Кросса к фактам и датам производит некоторое недоумение. Здесь виден полный непрофессионализм его как критика. Он не знаком с тем элементарным положением, что следует разграничивать правду факта и художественную правду, поскольку это далеко не одно и то же. Художественная правда «Фауста» несравнимо выше того факта, что с историческим доктором Фаустусом ничего подобного не происходило и что верить в сделку с дьяволом могли только наши невежественные предки. Художественная правда не только не совпадает с фактографической, но может и прямо противоречить ей. Мистер Кросс, прочтя роман весьма поверхностно, обращается с ним как с газетной хроникой или репортажем из зала суда, сосредоточив внимание на допущенных автором неточностях и совсем не видя художественного целого.

Фрэнсис Ривз, преподаватель английской словесности, Оксфорд

...Кросс оказался достоин своего имени и не обманул ожиданий. Давно пора было подобраться к идолу массовой публики, но для этого требовалась смелость. Не всякий сумеет вот так просто заявить, что король голый. Разумеется, это вызовет немалое недовольство среди ценителей творчества Моппера; но что нам до этого? Кросс с убийственным сарказмом показывает нам истинную цену опусов вроде «Мирослава боярина». Вот трезвый взгляд на современную словесность, которого так не хватало нашей критике.

Грэм Уильямс, Лондон, Южный Кенсингтон

ВЫРЕЗКА ИЗ TIMES ОТ 26 ФЕВРАЛЯ 1913 г.

Недавно Фред Беркли, владелец киностудии «Золотой Парнас», начал переговоры с Алистером Моппером по поводу экранизации «Мирослава боярина». За либретто по собственному роману Моппер получит 250 фунтов. Предполагается, что в главной роли будет занят настоящий мадьяр, а именно Имре Микеш, уже прославившийся в прошлом году в роли Тамерлана. Некоторую проблему составляет рост актёра, который едва превышает средний, но для него сделают специальные сапоги на толстой подошве.

ИЗ THE NEW AGE, № 8/1913

ОТВЕТ НА КРИТИКУ

Я очень рад, что моя статья в прошлом номере журнала вызвала столь бурную дискуссию. Я даже не ожидал такого количества откликов. Замечу только одно: сам факт того, что о романе Алистера Моппера спорят столь оживлённо, свидетельствует в пользу незаурядности этого произведения. Истории известно, как долго шли диспуты вокруг многих выдающихся авторов, прежде чем их зачислили в разряд классиков. Едва ли не на всякое подлинное новаторство поначалу сыпались упрёки и обвинения в дурном вкусе; достаточно вспомнить, что ещё полтора столетия назад дурновкусие казалось главной чертой Шекспира – если уж неоспоримый гений не застрахован от таких нападок, то как же быть талантам более скромного масштаба, не претендующим на лавры великого барда? Вся прелесть Моппера и состоит в том, что он не Шекспир и не может быть втиснут в чужие мерки. И для меня это отнюдь не недостаток Моппера. Именно в стилизации, воссоздании атмосферы старинного готического романа на современной почве и заключается очарование манеры Моппера. Привычные детали и атрибуты этого жанра, попадая в обстановку XX века, обретают совершенно новое и неожиданное звучание.

Ни литература, ни критика не стоят на месте; требовать от романа достоверного отображения жизни могли наши деды полвека назад, сейчас же представления о литературе и реальности изменились, и наивный натурализм неуместен в приложении к роману, в котором сталкиваются две различные реальности – реальность литературной традиции и реальность современной жизни. В жизни, увы, такое неосуществимо. Что если бы вдруг среди нас появился Мирослав-боярин и дал свою оценку романа о себе самом? Можно только гадать, какое суждение он бы высказал; но то, что с точки зрения современного художественного поиска роман представляет собой значительное явление, сомневаться не приходится.

Мэтью Арчер

ИЗ THE LITERATE MODERNITY, № 9/1913

КОММЕНТАРИЙ АВТОРА

Вся дискуссия вокруг моего романа чрезвычайно любопытна. Мне льстят как комплименты Мэтью Арчера, так и боевая готовность Кросса разнести меня в пух и прах. Это демонстрирует, насколько сильно сам факт существования моего романа задевает за живое. Я буду только рад, если полемика вокруг «Мирослава боярина» продолжится. Однако мистер Арчер весьма неосторожно высказал мысль о том, что было бы, если бы в дискуссию вступил сам герой романа. Я бы посоветовал мистеру Арчеру не дразнить гусей и не искушать ситуацию: как гласит старинная английская поговорка, помяни чёрта, и он явится. В остальном же я поддерживаю включение в полемику самых широких читательских кругов и готов выслушать любые мнения, поскольку они меня очень интересуют.

Алистер Моппер

ИЗ PALL MALL GAZETTE ОТ 28 ФЕВРАЛЯ 1913 г.

Интервью с Алистером Моппером, автором «Мирослава боярина», ведёт наш корреспондент Джеймс Уолпол.

Корр.: Мистер Моппер, второе издание вашего романа удвоило его популярность. Что вы чувствуете по этому поводу?

А.М.: Я очень рад, что мой роман имеет успех. Огорчает только, что издатель не захотел включить в книгу превосходные иллюстрации Генри Ховарда — как мне объяснили, это сделало бы издание коммерчески невыгодным, несоразмерно увеличив его стоимость. Тем не менее мне очень приятно, что роман читают.

Корр.: На читателей произвело крайне интригующее впечатление ваше заявление в девятом номере The Literate Modernity. Следует ли его понимать как намёк на то, что Мирослав-боярин существует?

А.М.: Странный вопрос. Что бы вы ответили, если бы вас спросили, существует ли Гамлет? Или Робинзон Крузо?

Корр.: Разумеется, в качестве литературного персонажа. Но из вашего высказывания в печати можно сделать вывод, что Мирослав-боярин существует, так сказать, во плоти. У него есть живой прототип?

А.М.: У всякого литературного героя есть свой прототип. В конце концов, на этом положении основано христианское вероучение.

Корр.: У вас отменное чувство юмора, мистер Моппер, но я бы не назвал его вполне английским. Уж не взяли ли вы вашу манеру высказываться от Мирослава-боярина?

А.М.: Почему бы и нет? От него можно многому научиться.

Корр.: Итак, вы признаёте, что настоящий Мирослав существует и вы с ним знакомы.

А.М.: Я этого и не отрицал.

Корр.: Неужели подобный человек в самом деле может существовать? Он действительно имеет отношение к событиям, описанным в книге?

А.М.: Не ко всем; часть эпизодов мною вымышлена. Вы же не будете отрицать за писателем право на вымысел?

Корр.: Разумеется, нет. Но всё-таки в целом — можно ли говорить, что Мирослав списан с реального лица?

А.М.: В целом – да; смотря что понимать под целым. Наполеон у графа Толстого ведь тоже в целом списан с реального лица.

Корр.: А если не секрет, не могли бы вы раскрыть имя прототипа?

А.М.: Мне совершенно нечего скрывать или раскрывать, поскольку этот герой выведен в романе под собственным именем. Его в самом деле зовут Мирослав, и фамилия его начинается на «Э». Я не могу сказать больше, чем сказано в романе.

Корр.: Может ли читательская публика рассчитывать на то, чтобы познакомиться с ним? Иными словами, могли бы вы представить его нашему журналу?

А.М.: Это крайне нежелательно. Введение его в дискуссию о романе может иметь сложные последствия. Однако если он сам пожелает в неё вступить, я не в силах ему воспрепятствовать.

Корр.: Всем интересно узнать происхождение знаменитой фразы из вашего романа: «Вы ещё придёте ко мне пить чай». Произнёс ли эту фразу настоящий Мирослав или это художественный вымысел?

А.М.: Боже мой, конечно, вымысел. Мне требовалась стилистически нейтральная реплика для завершения главы, вот и всё.

Корр.: И последний вопрос. В настоящее время, насколько мне известно, студия «Золотой Парнас» занимается съёмками фильма по мотивам вашего романа, за которыми вы наблюдаете лично. Как вы оцениваете кинематографическое воплощение ваших замыслов? Насколько удачно, на ваш взгляд, Имре Микеш передаёт образ вашего героя?

А.М.: Об этом ещё рано говорить. Съёмка только начата. Надеюсь, исполнение действительно окажется удачным.

Корр.: Большое спасибо. Надеемся услышать ваше мнение после завершения съёмок фильма.

ИЗ TIMES ОТ 3 МАРТА 1913 г.

Британский читающий мир ошарашило интервью Алистера Моппера в Pall Mall Gazette от 28 февраля с.г. Известный писатель прозрачно намекает, что человек, подобный Мирославу-боярину, существует на самом деле и даже, в отличие от героя романа, жив и невредим. Скорее всего, мы имеем дело с очередной мистификацией писателя, потому что для всех, кто читал роман, очевидно, что поверить в происходившие в нём события невозможно – это противно и разуму, и логике, и человеческому естеству. Впрочем, Моппер открыто признаётся, что значительная часть описанного в книге – художественный вымысел.

ИЗ ПИСЕМ, ПОЛУЧЕННЫХ АЛИСТЕРОМ МОППЕРОМ 1–17 МАРТА 1913 г.

...Я просто удивляюсь, как вы, мистер Моппер, собираетесь удерживать человека, послужившего вам натурой, от дискуссии о нём самом. По отношению к нему это высокомерие – он, в конце концов, не ребёнок, чтобы указывать ему путь, – по отношению к читателям вашего романа это преступление.

Мэтью Арчер, литературный критик

...Согласитесь, мистер Моппер, ваша туманность вокруг прототипа героя, на который вы намекнули, – фокусничество самого дурного тона. Читателей интересует прежде всего истина.

Эльза Моррис, корреспондентка журнала The Egoist

...Писатель Моппер заявляет, что Мирослав-боярин списан с реального человека. Почему же вы, мистер Моппер, отказываетесь этого человека нам предъявить? Не потому ли, что предъявлять вам некого и Мирослав – выдумка от начала и до конца?

N.N., сердитый читатель

...Не могли бы вы уговорить Мирослава-боярина, если он в самом деле существует, дать в частном порядке интервью нашему журналу?

Ричард Сэмюэл Симпсон, редактор еженедельника Present&Modern Life

...Никакого Мирослава-боярина не существует. Ни один порядочный человек не вынес бы ужасов, какие возводятся на героя книги. Если бы он существовал, он бы затаскал вас по судам.

Элизабет Редгрейв, цветочница

ПИСЬМО АЛИСТЕРА МОППЕРА ОТ 19 МАРТА 1913 г.

Джеффри Джейсону,
ведущему рубрики «Личность»
в журнале The Literate Modernity

Дорогой м-р Джейсон,
вы, конечно же, знаете, что после моей неосторожной обмолвки о настоящем Мирославе-боярине меня завалили письмами с требованиями «предъявить» героя публике. Один Бог ведает, насколько тяжело мне даётся это согласие; но тот, о ком идёт речь, согласен. Я, в свою очередь, соглашаюсь представить его единственному корреспонденту; его выбор пал на вас, так как он считает вас наиболее объективным журналистом. Я жду вас 21-го числа у себя дома, Хай-Эндз, 44, в 11.30 вечера. Заранее прошу извинения за столь позднее время — к сожалению, Мирослав не сможет прийти раньше. Убедительная просьба приходить одному и не брать с собой фотокорреспондентов.

С уважением, *Алистер Моппер.*

ИЗ THE LITERATE MODERNITY, № 13/1913

Герой книги Моппера — реальное лицо!
Нашему корреспонденту Джеффри Джейсону удалось взять у него интервью.

РАЗГОВОР С МИРОСЛАВОМ-БОЯРИНОМ

Вначале следует пояснить любопытному читателю, что мне выпала уникальная честь стать тем журналистом, которому Алистер Моппер согласился представить своего героя. Об этом он уведомил меня в частном письме, где утверждал, что этим выбором я обязан не ему, а лично Мирославу Э., который оценил мои статьи и предпочёл видеть меня в качестве своего интервьюэра.

Я явился в дом писателя ровно к назначенному времени — 11.30 вечера. Моппер встретил меня с большим радушием и проводил в гостиную, выходившую стеклянными дверьми в сад. Его сад, в котором сейчас в полную силу расцвела его превосходная коллекция тюльпанов, даже в лунном свете являет собой великолепное зрелище. Присев рядом со мною на диван, Моппер выразил своё сожаление по поводу того, что герой репортажа опаздывает.

— Придётся немного подождать, — сказал он. — Мирослав всегда держит данное слово, и он обязательно явится.

— Разрешите задать вам вопрос, — полюбопытствовал я, — где вы с ним познакомились? Насколько известно читающей публике, вы никогда не бывали ни в одной из стран Восточной Европы?

— В Лондоне, — ответил Моппер. — Я столкнулся с ним десять лет назад, случайно оказавшись участником тех событий, которые я впоследствии описал в романе.

— Полно, мистер Моппер! — рассмеялся я. — Мистификации кончились. Вы же не станете утверждать, что хоть что-то из описанного в «Мирославе боярине» возможно на самом деле.

— Я никого не мистифицирую, — серьёзно ответил писатель, потягивая длинную восточную трубку. — Вещи, которые происходили тогда в Лондоне, странные, но вполне реальные. Я знаком со всеми участниками этих происшествий.

— И с главным виновником?

— С ним в первую очередь.

Я сидел в напряжении, ожидая визита, ради которого пришёл сюда. Читатели меня поймут, если представят себе, что это значит — сидеть в полумраке гостиной, беседуя со знаменитым автором «Мирослава боярина», и под тиканье назойливых часов ждать, когда распахнётся дверь, когда в проёме покажется высокая стройная фигура, облачённая в чёрное, и свет камина упадёт на бледное лицо, знакомое нам по страницам романа... Но минуты шли, а Мирослав всё не появлялся. Моппер предложил мне бренди, но я отказался.

– А как он относится к вашему роману, написанному о нём?

– Об этом вы лучше поговорите с ним самим. Но вообще-то, – добавил Моппер, посмеиваясь, – он скептик по натуре.

Нашу беседу прервал лёгкий стук в стеклянную дверь со стороны сада. Я глянул туда; стучавший был, по всей видимости, садовником Моппера – столь же экзотическое создание, как и всё в этом доме. Небольшого роста человек с неприятной восточной внешностью, одетый лишь в светлый полотняный костюм, довольно поношенный и перепачканный землёй, он стоял перед самой дверью, держа в левой руке небольшой изящный букетик только что срезанных фиалок, а свободной рукой, усмехаясь, ритмично постукивал по стеклу.

Прежде чем я успел как-либо отреагировать, хозяин дома пробормотал:

– Господи! Через забор перелез! – вскочил с дивана и отпер стеклянную дверь.

Незнакомец с достоинством переступил порог гостиной и хрипловатым голосом с мелодичным иностранным акцентом произнёс:

– Приношу извинения, Алистер, за то, что заставил ждать тебя и мистера Джейсона.

С этими словами он запросто положил мне на колени фиалки.

– Ну, наконец-то! – воскликнул Моппер. – Мистер Джейсон, позвольте представить вам Мирослава.

– Мирослава? – вырвалось у меня.

Более неловкой ситуации нельзя было себе представить; я застыл в неуклюжей позе, встав с дивана для приветствия и едва успев подхватить соскользнувшие с моих колен фиалки, Моппер же как ни в чём не бывало выколачивал трубку в камин. Вошедший улыбнулся странной, ни на что не похожей улыбкой.

– Я – Мирослав, – спокойно кивнул он и протянул мне свою маленькую жилистую руку.

Пожатие его оказалось стальным: именно так описывает Моппер хватку Мирослава-боярина, приветствовавшего Тимоти. Но читатель, верно, помнит, что в романе руки Мирослава холодны как лёд; рука же, протянутая мне, была неожиданно горячей – более того, её неестественное тепло, казалось, прошло в моё предплечье до самой кости. Я пребывал в ошеломлённом состоянии, и Моппер это заметил. Проговорив что-то формальное, он усадил меня на диван и придвинул для Мирослава кресло так, чтобы оно находилось напротив меня.

– Спасибо, – сказал Мирослав, садясь. – Итак, мистер Джейсон, вы имеете ко мне несколько вопросов.

– Боюсь, я знаю меньше вас, о чём мне спрашивать, – я счёл за лучшее прикрыть неловкость подобием остроумия. Я всё ещё не был уверен, что меня не мистифицируют. В самом деле, трудно представить себе человека, менее похожего на Мирослава-боярина из романа, чем мой собеседник. Всем памятен образ, прославивший его создателя, – образ высокого худого брюнета со смертельно бледным лицом и остроконечной бородкой, одетого во всё чёрное. Я уже сказал, что одет этот человек был нелепо и не по сезону – в одном только полотняном летнем костюме, из-под которого виднелась алая шёлковая рубашка; вместо галстука шея его была обмотана грязноватым пёстрым кашне; ни пальто, ни шляпы, ни перчаток – и это в конце марта. Опишу теперь его внешность как можно более точно, дабы меня не заподозрили в злонамеренном искажении фактов. Ростом он едва свыше пяти футов, лицо его скорее некрасивое, чрезмерно смуглое, но румяное и свежее, и выражение его живое, насмешливое и недоброе. Особенное впечатление производят глаза, непропорционально большие, карие и отражающие ум и проницательность, от которых делается не по себе; белки, однако, кажутся несколько воспалёнными. В целом, взгляд его не располагает к дружеской непринуждённости; обладателя такого взгляда не пригласишь посидеть вместе в пабе. Что касается упомянутых Моппером залысин на висках, то отмечу, что волосы моего собеседника (кстати, не чёрные, а тёмно-русые) не тронуты ни природой, ни парикмахером – они чрезвычайно густые и свободно падают на плечи. Никакой бородки, остроконечной или иной, у него нет, подбородок его гладко выбрит, зато верхнюю губу целиком скрывают пышные усы. Нижняя губа выступает вперёд, и край ее как-то особенно вывернут, отчего улыбка его приобретает нестерпимо двусмысленное выражение. Встреться мне подобный человек на восточном базаре или даже в кварталах Ист-Энда, я решил бы, что передо мною законченный проходимец. Но, пожалуй, для проходимца его лицо было слишком необычно.

Я не мог отделаться от ощущения, что меня разыгрывают. Слишком не вязался этот улыбающийся гость, в котором всё дышало избытком жизненных сил, с ходячим призраком, созданным воображением Моппера. Томясь от невозможности начать разговор, я спросил первое, что мне пришло в голову:

– Вы не боитесь простудиться без пальто?

– Что-что, а это меня испугает в последнюю очередь, – с ноткой лёгкого презрения ответил Мирослав. Я ухватился за повисшую передо мною ниточку разговора.

– Мне показалось, у вас хриплый голос...

– А, это, – отмахнулся он. – Это последствия ранения, мне рассекли голосовые связки. Давняя история...

– Вы воевали в рукопашном бою? – догадался я. Мирослав снова кивнул.

Случалось, когда я был в повстанческом отряде.

– У вас, должно быть, очень интересная биография, – не без облегчения заметил я. Разговор наконец-то вошёл в приемлемое русло. Бегло оглянувшись, я увидел, что Моппер куда-то исчез, оставив нас наедине.

Всё зависит от точки зрения, мистер Джейсон. Вот, например, любопытный ракурс: может ли быть интересна пушке биография пушечного мяса?

Он смотрел на меня, усмехаясь, теребя левой рукой густой тёмный ус. В его позе чувствовалась какая-то небрежная расслабленность, почти вульгарная, но странным образом соединявшаяся с внутренней жёсткостью.

– Вашей беседе со мной мешает то, что я не шести футов ростом и не затянут в чёрное с ног до головы?

– Признаюсь, ваше несходство с героем романа меня несколько обескуражило, – честно ответил я. – Что тогда вообще из романа Моппера имеет отношение к вам, кроме вашего имени?

– События, – коротко сказал он, затем прибавил: – События, в которые мы оба, я и Алистер, оказались вовлечены.

– Простите, мистер... как ваша фамилия? – споткнулся я. Он улыбнулся с мягкой настойчивостью.

– Мирослав. Для вас – просто Мирослав. Моя фамилия в действительности вам совершенно не интересна. Вас волнует другое – могло ли хоть одно из событий, случившихся в романе, иметь место на самом деле.

– Именно это я и хотел спросить, – оживился я. – Как вы могли участвовать в событиях, которые заведомо фантастичны? Не будете же вы утверждать, что, к примеру, собака-оборотень тоже существовала?

– Разумеется, нет, – с готовностью ответил он, – и вы не хуже меня знаете, что оборотней не бывает. Алистер придумал её ради красного словца.

– А девушка в белом?

– Леди, описанная в романе как «девушка в белом», – моя дочь, и она-то как раз существует.

– Позвольте вам не поверить, – возразил я, – поскольку это невозможно. Вы так молоды. Десять лет назад у вас не могло быть взрослой дочери.

(Я хотел добавить: «да и сейчас вряд ли», – но побоялся попасть впросак на тот случай, если ему всё-таки около сорока и он хорошо сохранился.)

– Я несколько старше, чем это кажется, – сдержанно отозвался Мирослав.

Я не утерпел:

– И сколько же вам в действительности лет?

– А сколько нужно для вашего репортажа? – отрезал Мирослав. Я был раздосадован и отчасти даже оскорблён.

– Неужели для вас так трудно сказать правду?

Правда написана в «Мирославе боярине», мистер Джейсон. А верить ей или не верить – это уже ваше дело.

Холодок пробежал у меня по коже, но я взял себя в руки.

– Вы утверждаете, что на вашей совести то, что совершил герой романа? – попытался поймать его я. Мирослав не смутился ничуть.

– При чём тут совесть? Мою совесть это совершенно не беспокоит.

– Но как же вам удалось избежать правосудия? – спросил я, подыгрывая и не веря ему. Скорее всего, и он, и Моппер всё-таки мистифицировали меня. Он тщательно оправил на шее шарф (по всей вероятности, скрывавший следы упомянутого им ранения).

– Не нужно вчитываться в роман внимательно, мистер Джейсон, чтобы понять, что такие вещи лежат вне компетенции правосудия. Выпороть море у вас в Англии, к счастью, ещё не пытались. Впрочем, кое-кто из участников событий, как вы помните, попытался осуществить надо мной правосудие частным порядком – с помощью альпенштока. Я настоятельно не рекомендовал ему этого делать, но случилось то, что случилось.

– Неужели вы признаетесь даже в такой ужасной подробности, как... как двадцать седьмая глава? – изумлённо переспросил я. – Там, где Элоиза...

– Вы имеете в виду эпизод с бокалом? – беззастенчиво переспросил он. – Что ж, это была неудачная шутка в отчаянном положении. Кстати, её звали вовсе не Элоиза. Все имена в романе, кроме моего, – вымышленные.

– Простите, но я не могу вас понять, – сказал я. – Вы, насколько я могу судить, образованный человек и приятный собеседник; вы не имеете ничего общего с отвратительным чудовищем, выведенным в романе Моппера. Не хотите ли вы заставить меня поверить, что совершить такие вещи возможно? Сама человеческая природа восстаёт против мысли об этом. Как хотите, а такое бывает только в готических романах, но не в Англии двадцатого века.

Мирослав приподнял тонкую изогнутую бровь.

– Вот как? – насмешливо переспросил он. – Посмотрите в окно. Что вы видите?

– Почему в окно? – недоумевая, переспросил я. – Ну, хорошо, я вижу темноту.

– Куда девается темнота при солнечном свете?

– Это вопрос из области физики или из области морали? – уточнил я, иронизируя над детской наивностью этого вопроса. Он встал с кресла и прошёлся по комнате, заложив руки в карманы.

– Боюсь, на этом наш разговор придётся окончить, мистер Джейсон. Вы ещё неинтереснее, чем я ожидал. Я ответил честно и прямо на все ваши вопросы, но мои ответы вас не устраивают, потому что вы заранее решили, чему верить, а чему нет. Я задал вам всего два вопроса, и вы не сумели на них ответить. Считаю бессмысленной дальнейшую трату времени на переливание из пустого в порожнее. Тем более что мне пора.

Мирослав несколько картинно наклонил голову в знак прощания, взялся за ручку стеклянной двери, повернул её и растворился в темноте сада. Видимо, он решил уйти тем же путём, каким пришёл сюда.

Я ошеломлённо огляделся, сомневаясь, что беседа, имевшая место в этой комнате, мне не приснилась. Тут дверь, ведущая в холл, открылась, и в гостиной появился Моппер.

– Ваш друг меня покинул, – сказал я, – и несколько неожиданно для меня. У мадьяр так принято?

— Мирослав действует, исходя только из своих собственных соображений, одному ему известных, — вздохнул Моппер. — Я знаком с ним вот уже десять лет и не могу похвастаться, что постиг его мотивы и побуждения стопроцентно. Примите мои извинения за то, что он обошёлся с вами не вполне учтиво.

— Скажите, мистер Моппер, — отважился поинтересоваться я, — а вам он тоже задаёт вопросы, не имеющие ответа?

— Все его вопросы имеют ответ, — с непонятным смешком отозвался Моппер, — только ответ часто дорого стоит. О чём он вас спросил?

— «Куда девается темнота при свете дня?» Честно говоря, мне этот вопрос показался дурачеством. Должен ли я взять на себя роль маленького мальчика и ответить «под кровать»?

— Ну, этот вопрос из самых заурядных. Считайте, что он вас пощадил, — сказал Моппер, зажигая свою трубку. — Не хотите ли папиросу? Теперь, когда он ушёл, мы можем закурить. Он не выносит табачного дыма.

— Спасибо, — сказал я, прикуривая. Затяжка несколько успокоила меня, и я смог расслабиться. — И что же, вы знаете ответ?

— Знаю.

Писатель пустил в потолок кольцо дыма и вынул трубку изо рта.

— Солнечный свет прогоняет темноту, — проговорил он, — но он не в силах заглянуть внутрь сердца человека. И при свете дня там остаётся тьма.

ИЗ ДНЕВНИКА ВИРДЖИНИИ ВУЛФ

4 апреля 1913 г.

Сегодня я не утерпела. Честно сказать, всё это время я боялась – что скажут обо мне мои высоколобые друзья, узнав, что я проявляю интерес к чтиву наподобие «Мирослава боярина»? Репутация интеллектуального читателя дорого стоит и зарабатывается с трудом; в крайнем случае, скажу, что мне предложили большие деньги за рецензию. Я ведь так и не прочла роман в первом издании – мой отец счёл его легковесной чепухой, и я должна была ему верить, ведь мне с малолетства стремились привить литературный вкус. Короче говоря, я отправилась в «Хэтчард»*, где и стала обладательницей весьма любопытного экземпляра второго издания.

Что он любопытный – это я увидела ещё в магазине. Я попросила девушку, стоявшую за прилавком, показать мне книгу поближе и тут увидела на форзаце надпись красными чернилами. К моему удивлению, надпись сделана кириллицей. Я немного читаю по-русски, но дело в том, что это не русский язык – это написано на языке, вовсе мне неизвестном. Я разобрала, впрочем, среди всего остального имя «Мирослав». В полном удивлении я спросила у продавщицы:

– Откуда это у вас?

– Даже не знаю, как объяснить толком, мэм, – отвечала девушка, – вчера явился в магазин какой-то чудак. Дайте, говорит, взглянуть – а сам достаёт авторучку и чирк, чирк! Измарал весь форзац. Я ему говорю: заплатите шиллинг, раз книжку испорти-

* «Хэтчард» – старейший книжный магазин Лондона; расположен неподалёку от Пикадилли, действует и поныне. Я сама там покупала книги о Шекспире. *(Прим. ред.)*

ли, – а он бросает на прилавок полукрону и говорит: «К вашему сведению, эта книга стоит теперь гораздо больше». И книжку не взял...

– Он ведь не иностранец? – спросила я, глядя на кириллическую надпись.

– Похож на иностранца, это да. Выговор не наш и на голове какой-то берет, шея обмотана шарфом и... да, в петлице жёлтая роза.

Речь шла явно не об Алистере Моппере; а я-то думала, что надпись на книге – дело рук писателя, подшутившего над доверчивой публикой. Всё это повергло меня в ещё большее изумление, но на всякий случай я спросила:

– Ну, хорошо, а лицо его вы запомнили? Как он выглядел?

– Не особенно... У меня же много покупателей, разве всех упомнишь, – рассеянно ответила продавщица. – Хотя постойте, у него, кажется, усы были. Да, вспомнила, у него лицо вроде как восточное, и такая издевательская улыбочка, как будто он вас насквозь видит.

Я всё больше и больше терялась в догадках. Понимала я только то, что появление этой надписи на книге куда более таинственно, чем я предполагала ранее.

– Дать вам чистый экземпляр? – обеспокоенно спросила продавщица.

– Нет, что вы, – живо возразила я и вынула из сумочки две полукроны. – Ваш чудак совершенно прав – этой книге цены нет.

(Я действительно испугалась, что книгу купит кто-то другой.)

– Но что же... – начала она; я не слушала её дальше. Я пододвинула к ней монеты, схватила книгу и, прижимая ее к груди, вышла из магазина. Если только знать наверняка, что статья в The Literate Modernity не журналистская утка! Возможно ли, чтобы в руках у меня оказался автограф самого Мирослава-боярина? Мне кажется, что человек, исписавший форзац этой книги, был именно он.

NB: надпись эта сделана вовсе не красными чернилами, и совсем даже не чернилами. Ошибиться тут нельзя...

Кто же ещё, кроме него?

Голова идёт кругом! Я умолкаю.

ИЗ PALL MALL GAZETTE ОТ 7 АПРЕЛЯ 1913 г.

Вчера нашей редакции выпала необычная честь – нас посетил человек, послуживший прототипом для знаменитого героя книги Алистера Моппера. Вы, конечно, уже догадались, что речь идёт о Мирославе-боярине. В сегодняшний номер мы собирались поместить интервью с Имре Микешем – исполнителем главной роли в снимающемся сейчас фильме по мотивам романа. Но вместо «Блестящего мадьяра» в редакцию пришёл Мирослав Эминович – друг писателя, выведенный в романе под именем Мирослава Э., то есть фактически под своим собственным.

Следует заметить, что внешне он ничуть не походит на героя книги. На вид ему около тридцати пяти лет, он менее пяти с половиной футов ростом, очень смуглый; у него толстые красные губы и чрезвычайно живые тёмные глаза, а с лица не сходит выражение иронической улыбки. Он явился в редакцию в прекрасно сшитом шевиотовом костюме цвета гречишного мёда с ярко-жёлтой розой в петлице; на голове у него был коричневый плисовый берет, чуть светлее его очень длинных волос; свою трость из полированного красного дерева он нёс под мышкой, не опираясь на неё. Походка у него невероятно лёгкая, как бы невесомая. Несколько странное впечатление производит плотно обёрнутый вокруг горла шёлковый шарф кричащей расцветки. Вообще же облик его выдаёт человека образованного и с незаурядным характером.

Наш корреспондент Саймон Дуглас беседовал с ним в течение часа. Содержание их разговора мы и приводим ниже.

Примечание: по каким-то личным соображениям мистер Эминович не позволил снять себя на «кодак», но разрешил зарисовать свой портрет, который вы можете видеть в конце интервью.

Корр.: Мистер Эминович, откуда вы родом?

М.Э.: Из Слатины. Там я родился и провел большую часть жизни.

Корр.: Насколько мне известно, это не в Венгрии?

М.Э.: Это вот где.

[*Подходит к карте Европы, висящей на стене в редакции, и показывает в центр северной части Балканского полуострова.*]

Корр.: Так вы, стало быть, не мадьяр? Или там тоже живут мадьяры?

М.Э.: Я мунтьян.

Корр.: Прошу прощения?

М.Э.: Это такая восточноевропейская народность. Правда, сейчас нас обычно так не называют, но я держусь старых терминов.

Корр.: В любом случае, вы прекрасно говорите по-английски. Вы, должно быть, учились в Англии?

М.Э.: Нет, я освоил язык ещё в Слатине, меня учил один английский путешественник.

Корр.: А всего – сколькими иностранными языками вы владеете?

М.Э.: Пятью; и ещё читаю и пишу на латыни и старославянском.

Корр.: А, так значит, вы человек науки?

М.Э.: Какой из наук?

Корр. (полагая, что Эминович не в совершенстве понимает английскую фразеологию): Я имею в виду, вы учёный, занимаетесь научной деятельностью?

М.Э.: Нет, я шью.

Корр.: Вы хотите сказать, что вы портной?

М.Э. (кивает): Этим я подрабатываю. А на досуге занимаюсь историческими разысканиями.

Корр.: Однако, если я не ошибаюсь, Моппер пишет о вас как об аристократе...

М.Э.: Полно! Вам ли не знать, в какое состояние пришла сейчас старинная аристократия? Одним фамильным наследством не проживёшь, да и что делать тому, у кого оно состоит по преимуществу не в деньгах, а в куче вещей, ценность которых более историческая, чем коммерческая?

Корр.: Но ваше поместье, так красочно описанное в романе, – разве оно совсем не приносит дохода?

М.Э.: Поместье! Пара подвальных комнат в развалинах дома, давно уже не мне принадлежащего. Сырость, вонь, мыши залезают в сапоги. Писатели склонны приукрашивать действительность, и Моппер не исключение.

Корр.: Тогда вам, должно быть, нравится в Лондоне?

М.Э.: На данный момент – да. Здесь я чувствую себя спокойнее.

Корр.: Скажите, а ваш великолепный костюм вы шили сами?

М.Э.: Что вы, в современных мужских модах я полный профан. Это сшито у вас, на Риджентс-стрит*.

Корр.: Кто же этот талант?

М.Э.: Есть там такой Айзек Райхман... Мне он показался болтуном, но шьёт и впрямь отлично.

Корр.: Мы несколько отклонились от темы. Вы пока ещё ничего не сказали о романе, в котором вас изобразил Моппер.

М.Э.: А разве он стоит того, чтобы о нём говорить?

Корр.: И всё же, как вы его находите?

М.Э.: Сказать по чести, нестерпимо скучным. Будь он написан раньше, когда я сражался в повстанческом отряде, я бы читал его вслух пленным.

Корр.: Какую же литературу вы предпочитаете?

М.Э.: Старую; в особенности восточноевропейскую. Что может быть лучше, чем в ночи при свечах раскрыть издание 1490 года и насладиться превосходной старославянской прозой!

Корр.: У вас, очевидно, развитой литературный вкус...

М.Э.: Смотря что считать литературным вкусом. Есть два рода литературного вкуса, мистер Дуглас, — вкус к приятности и вкус к искренности. С точки зрения первого мои литературные предпочтения могли бы шокировать жителей вашей страны.

Корр.: Например?

М.Э.: Например, «Повесть о битве на Косовом поле». Особенно интересен список 1595 года, там есть такие занимательные миниатюры... Впрочем, не буду утомлять вас палеославистикой. Скажу одно – мистеру Мопперу я многим обязан, и я с по-

---

* Риджентс-стрит – на этой улице и в наше время располагаются дорогие мужские ателье. *(Прим. ред.)*

ниманием отнёсся к его идее написать обо мне роман; оставим же Мопперу Мопперово.

[*Наш художник Сидни Сайм показывает гостю эскиз его портрета; тот разглядывает и улыбается.*]

Знаете, вы меня изобразили таким джентльменом, что я даже смутился. Дайте-ка на минутку.

[*Берёт перо и несколькими уверенными движениями поправляет рисунок, подчеркнув ямку на подбородке и вывернутый край нижней губы.*]

Вот так. А в основном неплохо, оставьте как есть.

Корр.: Большое спасибо за интервью, мистер Эминович. Надеемся снова увидеть вас у нас в гостях.

ПИСЬМО СОМЕРСЕТА МОЭМА АЛИСТЕРУ МОППЕРУ, 10 АПРЕЛЯ 1913 Г.

Дорогой мой Алистер,
наслышался я о твоих недавних проделках. Что это за Эминович, которого ты выставил на обозрение в качестве прототипа Мирослава-боярина? Неужели это твой ответ на моего «Мага» и ты хочешь убедить публику, что твой Мирослав-боярин не менее реален, чем мой Оливер Хаддо? К чему весь этот театр? Мне передали, будто на роль живого Мирослава ты назначил какого-то низкорослого усатого хорвата, промышляющего шитьём дамского платья. Если уж ты решил разыграть наших доверчивых читателей, то мог бы подыскать кого-нибудь более похожего. И вообще, зачем поднимать твоего героя из могилы, если в конце романа он убит? Всё это пахнет романтизмом самого дурного тона, которому после Проспера Мериме с его «Гузлой» никто не поверит. Да и Эминович – не Магланович.

Только не думай, всё это не отменяет моего восхищения твоим романом. Твой «Мирослав боярин» – вещь на века; думаю, он переживёт моего «Мага» – по части выстраивания мистических сюжетов мне с тобой не сравниться, скажу без ложных комплиментов. Тебе колоссально повезло – на долю твоего романа выпал невероятный успех; бога ради, не опошляй его, не позорься со своим черномазым портным.

Всегда твой *Сомерсет Моэм.*

ПИСЬМО АЛИСТЕРА МОППЕРА СОМЕРСЕТУ МОЭМУ, 12 АПРЕЛЯ 1913 Г.

Дорогой Змей Китайский,
опять ты проявляешь свою язвительную сущность, притом тогда, когда тебя об этом не просят. Для тех, кто не видел Мирослава Эминовича, спешу сообщить, что:

– первое, он не хорват, а мунтьян, родом из Слатины;

– второе, он отнюдь не черномазый, а всего только смуглый и притом светлее любого испанского герцога;

– третье, он не только портной, вернее, совсем даже не портной. Он также историк-любитель и владеет лучшей в Европе частной коллекцией старинных рукописей. Я сам пользовался его библиотекой, когда писал роман.

Что же касается несходства его внешности с романным описанием, то сознаюсь, что внешность я ему выдумал. И ты меня поймёшь, почему – читатели склонны верить больше банальному демонизму, чем попытке описать небанальное лицо. Однако персонаж действительно списан с него. У Мирослава была очень бурная биография: в молодости он сражался в партизанском отряде против турок, самолично отрубая саблей головы пленным. Там он приобрёл некоторые ухватки, описанные в книге. Водится за ним и ещё много чего, помимо отрубленных голов; у него врождённое свойство добровольно влезать в тёмные истории, чем я и воспользовался для своего романа. Относительно же твоей реплики о поднятии героя из могилы скажу, что это зависит не от меня – он сам решает, когда и откуда ему подниматься. Я, например, не просил его являться в Pall Mall Gazette и давать там интервью вместо Имре Микеша (которое ты, по всей видимости, не читал). Рекомендую тебе номер Pall Mall Gazette от 7 апреля, там ты, кстати, найдёшь и превосходный портрет Мирослава в ¾ оборота, выполненный одним из лучших иллюстраторов.

Твой *Алистер Моппер.*

ИЗ ДНЕВНИКА ЛИЛИАНЫ ГРЕЙ, КИНОАКТРИСЫ, ЗАНЯТОЙ В РОЛИ БЕЛИНДЫ

17 апреля 1913 г.

Ах, эти кошмарные киносъёмки! Мало мне того, что Беркли обращается с актёрами как с рабами; так ещё и этот «Блестящий мадьяр», который, кажется, возомнил себя l'étoile и тиранит всю съёмочную площадку. Прошлый раз, когда снимали сцену пленения, он едва не сломал мне руку; когда я в перерыве попросила его умерить свой темперамент, он просто нагрубил мне. К тому же я имела несчастье во время одного из дублей сорвать его накладную бороду... Сохрани меня бог от съёмок с Микешем! Я своими глазами видела, как он орал на гримёра, который забыл поставить у его зеркала стакан воды. (Ему непременно всякий раз нужно, чтобы в гримёрной стоял стакан воды.) В гриме Мирослава он производит ужасающее впечатление: мертвенно-белое лицо, перекошенное от ярости, чёрная бородка торчит, круги вокруг глаз – когда он вышел из павильона покурить, машинистка уронила поднос с кофейником.

Но сегодня мои мучения были наконец отомщены, и вот каким образом. К нам на съёмки то и дело приходит мистер Моппер, который наблюдает, как идёт работа, и даёт режиссёру указания. Сегодня он, против всякого ожидания, пришёл не один. Вместе с ним был довольно-таки молодой джентльмен иностранного вида, в светло-коричневом костюме и лихо заломленном плисовом берете. К моему удивлению, мистер Моппер представил его нам как Мирослава Эминовича, своего друга, того самого, который послужил, как он объяснил, проформой* для героя его романа.

– Он хочет посмотреть, как делается фильм, – объяснил писатель, – он ведь ещё ни разу в жизни не видел киносъёмок.

– Хорошо, – отозвался Беркли (я видела, что он поборол неудовольствие, но мистеру Мопперу он отказать не в силах). – Принесите на съёмочную площадку стул для мистера Эминовича, – велел он рабочему. Я захотела рассмотреть гостя получше, но, к моему сожалению, он совершенно некрасив. У него загар, как у фермера, впалые щёки, рот несоразмерно велик, а усы большие и старомодные. Когда он увидел меня – в костюме и гриме Белинды, – он устремил на меня влажный взгляд своих тёмных глаз, с воспалёнными, красными белками. Я почему-то поняла, что это был приказ подойти.

* Мисс Грей, вероятно, хотела сказать «прототипом». В переводе мы не исправляем её ошибку, так как наша задача – максимально точно передать написанное участниками событий. Ошибки в орфографии и пунктуации мы, однако, не считаем нужным передавать – это сделало бы текст неудобочитаемым. *(Прим. ред.)*

Я не испытывала желания общаться с ним, но что-то заставило меня очутиться возле его стула.

– Вы Лилиана Грей? – спросил он хрипловатым голосом. – Вы играете роль Белинды?

– Да, сэр, – ответила я. Он усмехнулся и при этом неприятно выпятил нижнюю губу.

– Вы слишком хороши для этой роли. Настоящая Белинда была куда менее обаятельна.

Возможно, он сказал «не так обаятельна». Я так растерялась, что не сразу поняла, что это комплимент. Мне не совсем ясно, кого он имел в виду под «настоящей Белиндой». Так или иначе, тут у меня за спиной раздался повелительный голос Беркли, который звал меня занять своё место в кадре.

Надо сказать, что съёмки сегодня проходили на открытом воздухе. Мы снимали сцену у окна, для чего Беркли снял за мизерную плату в Сассексе заброшенную усадьбу с одичалым розовым садом, который разросся, как в сказке про спящую красавицу, и выглядит необычайно романтично. Роз пока ещё нет, какие уж тут розы в апреле – листья едва распустились, поэтому декораторы привязали к веткам множество бумажных роз. Единственная настоящая роза на всей съёмочной площадке была в петлице мистера Эминовича (притом жёлтая, а не белая), и он сидел, скрестив руки на груди, и внимательно наблюдал за съёмками. Я, как положено по сценарию, вошла в дом и выглянула со стороны открытого окна. Беркли скомандовал «мотор!», оператор взялся за ручку камеры, а я застыла у окна, притворяясь, будто пытаюсь разглядеть что-то в глубине сада. Почему-то присутствие Эминовича всё время давало себя знать; я не могла о нём забыть и ощущала внутри какую-то дрожь. Я играла скованно, как будто мне и в самом деле было страшно. Тут из кустов появился Имре Микеш и угрожающе выступил вперёд; он приближался к дому с тигриной грацией, положив руку на бедро, и на губах его играла его коронная дьявольская ухмылка (лицо его снимали другой камерой из соседнего окна дома). Он остановился и издевательски повёл в мою сторону своей набелённой рукой, а я изобразила магнетическое* оцепенение. Вдруг с дальнего конца сада послышался крик Беркли:

– Прекратить! Стоп! Не пойдёт! Мисс Грей, вы стоите, как фонарный столб! У вас на лице должен быть ужас, вы понимаете – ужас! Нужно переснять!

Оператор снова приготовился к съёмке. Я снова отошла от окна, Микеш снова полез в кусты, чтобы выйти из них вторично. Не знаю почему, но каждое движение давалось мне с трудом; я еле передвигала ноги, когда шла во второй раз к окну. Мне не давал покоя пристальный и настойчивый взгляд нашего гостя, с которым трудно было не встретиться глазами. Длинный чёрный Микеш снова выступил из зарослей роз, снова шагнул ко мне и повёл рукой – и тут я услышала леденящий душу смех.

Смеялся Эминович. Столь же ужасно, как сам хохот, было его воздействие. При звуках его смеха Микеш обернулся, споткнулся, сделал несколько шагов назад, окончательно потерял равновесие и опрокинулся на спину в розовый куст. Раздался треск сломанных ветвей, во все стороны полетели бумажные розочки, которые так долго прикручивали наши декораторы. Между тем я видела, как Эминович трясётся от смеха. Вдруг его смех оборвался так же внезапно, как начался, и лишь противная

* Магнетизмом в старину называли гипноз. *(Прим. ред.)*

улыбка скользнула по его лицу, когда он взглянул на меня в окне.

Съёмку, естественно, прервали; Микеша вытащили из кустов и помогли ему подняться. Я сбежала с крыльца дома, беспокоясь за него. Он сильно искололся, по его виску стекала струйка крови. Оператор принёс ему фляжку бренди. Беркли рвал и метал.

– Вы длинноногий венгерский осёл! Вы разорили пятичасовой труд наших декораторов! А вам, мистер Моппер, – в гневе обратился он к писателю, – я запрещаю приводить на съёмочную площадку посторонних! В противном случае...

Он запнулся и не нашёл, какую угрозу придумать. Мистер Моппер принялся неловко извиняться и пытаться увещевать его. Микеш, сидя на траве, пил большими глотками бренди, кашлял и чертыхался. Тут к нам подошёл Эминович.

– Мистер Беркли, – мягко проговорил он (он был теперь сама любезность, хотя в улыбке сохранялась искра лукавства – да, «искра лукавства», кажется, так и принято писать). – Мистер Беркли, я приношу извинения за то, что так получилось; со своей стороны, я готов немедленно покинуть съёмочную площадку. Но перед этим разрешите компенсировать причинённый вам ущерб.

Тут он мановением руки вытянул из кармана пиджака пятифунтовую банкноту и вручил её Беркли. Мы все, признаюсь, оторопели. Привязать розы к кустам обошлось не более чем в гинею*, включая кусты, не задетые Микешем при падении. Впрочем,

* Гинея – английская счётная единица денег (не является монетой). До денежной реформы 1970-х гг. равнялась 1 фунту и 1 шиллингу (1 шиллинг = 12 пенсов). В настоящее время малоупотребительна и составляет 1 фунт 5 пенсов. *(Прим. ред.)*

иностранцу трудно разбираться в наших деньгах. Эминович тем временем склонился к Микешу и с усмешкой сказал:

– Расслабьтесь, мой друг; ваша травма скоро пройдёт, – указательным пальцем он вытер кровь с лица «Блестящего мадьяра» и выпрямился. – Сожалею, что так получилось.

Он повернулся и пошёл прочь со съёмочной площадки; до того, как он скрылся между деревьями, – я готова поклясться, что видела, как он облизал указательный палец. Не знаю, была ли это поза, хотел ли он притвориться Мирославом из романа мистера Моппера, или же просто отсутствие носового платка. Во всяком случае, съёмки уже не продолжались. Актёры смакуют посрамление Беркли, а я рада случаю отдохнуть и от него, и от Микеша, который от потрясения напился в стельку. Кстати, его царапины вовсе не так серьёзны, как нам показалось, – когда пришёл доктор осматривать его, то они уже не кровоточили и следы от шипов было еле видно. Всё же он так пьян, что Беркли пришлось забрать его к себе ночевать. Этим и закончился наш сегодняшний съёмочный день.

Я попыталась написать всё так, как было, но всё равно я не умею писать так хорошо, как мистер Моппер. Если бы я была настоящей писательницей, у меня, конечно, получилось бы лучше. Во всяком случае, это доподлинные события, и они произошли сегодня днём.

ИЗ ГАЗЕТЫ ILLUSTRATED LONDON NEWS
ОТ 29 АПРЕЛЯ 1913 г.

Необычайный подарок получил на днях известный киноактёр Имре Микеш, снимающийся сейчас в фильме «Мирослав боярин» по мотивам романа

Алистера Моппера. Когда он прибыл в съёмочный павильон и зашёл в свою гримёрную, чтобы проверить, принесли ли ему стакан воды (Микеш требует, чтобы в гримёрной всегда стоял стакан воды), то обнаружил там большой букет жёлтых роз и свёрток, в котором при ближайшем рассмотрении оказалось роскошно переплетённое иллюстрированное издание «Истории пыток» Литтона Стрейчи (Лондон, 1909), к тому же с дарственной надписью на форзаце, не оставлявшей сомнений, кому предназначалась книга. Вышедший из себя киноактёр усмотрел в этом некий гнусный намёк (к сожалению, содержание надписи нам неизвестно) и выскочил из гримёрной, чтобы устроить скандал режиссёру, Фреду Беркли. К сожалению, кто был шутником, сделавшим столь двусмысленный подарок Микешу, осталось неизвестным.

ПИСЬМО ЛИЛИАНЫ ГРЕЙ, КИНОАКТРИСЫ, НАПИСАННОЕ 28 АПРЕЛЯ 1913 г.

Милая Вера,
видела бы ты, что творилось вчера на съёмках! Я имею в виду нашего неподражаемого Микеша. «Блестящий мадьяр» пошёл гримироваться, и вдруг раздаётся дикий вопль, Микеш пулей выскакивает из гримёрной, летит прямо к мистеру Беркли – а тот как на грех в это время велел сварить себе кофе. Только машинистка принесла ему поднос с дымящимся кофейником, как врывается Микеш и с воплем: «Это вы всё нарочно подстроили!» – хвать кофейник и – ну, ты представляешь себе, что такое разъярённый мадьяр, это даже не итальянец. Мистера Беркли пришлось поливать холодной водой из графина; к счастью, ожоги не слишком серьёзные, потому что большая часть кофе попала на

стену. Но у меня, ей-богу, волосы встали дыбом, когда я побежала посмотреть, что же так взбесило Микеша. Представляешь себе, в гримёрной на полу валялись рассыпанные жёлтые розы, а на столике раскрытая книга — «История пыток» с раскрашенными картинками во всех подробностях! Кто-то, видно, прислал её Микешу, потому что рядом лежала разорванная подарочная обёртка. Самое возмутительное, что на книге была надпись — я списала её на бумажку, вот что там было: «Дорогому Имре Микешу с наилучшими пожеланиями и надеждой, что эта книга расширит его кругозор и доставит ему немало приятных минут». Так прямо и написано! Не знаю, какой ненормальный это прислал, но переполох в студии был порядочный, и всё из-за Микеша. Мистер Беркли грозится урезать ему гонорар; уволить он его не может, ведь часть фильма уже отснята, и другого исполнителя на главную роль сейчас вряд ли найдёшь. Студия кусает локти, Микеш дуется, а кое-кто из актёрского состава хихикает. Такие дела.

Твоя *Лилиана*.

ОТВЕТ ВЕРЫ КОРДОФФ, ТЕАТРАЛЬНОЙ АКТРИСЫ, ОТ 1 МАЯ 1913 г.

Здравствуй, Дэйзи!

О шутке, сыгранной над Микешем, я прочла вчера в газете; честно признаюсь, что я не разделяю всеобщего возмущения по этому поводу. На мой взгляд, Микешу недурно утёрли нос. Давно пора было сбить с него спесь. Подумаешь, сыграл Тамерлана! Выходка с «Историей пыток» — просто прелесть. Я имела счастье или несчастье играть вместе с ним в оперетте «Граф Монтекристо» и могу подтвердить, что это форменная пытка. Ручаюсь, поэтому он и взбесился. А впрочем, он не много потерял – он же получил дополнительную рекламу.

Не могу привыкнуть звать тебя Лилианой. Как много воды утекло с тех пор, когда мы с тобой вместе дебютировали в «Соборе Парижской богоматери»! Как там твоя роль Белинды? Надеюсь скоро увидеть тебя на киноэкране.

Всегда твоя *Вера.*

P. S. Ничуть не удивлюсь, если книгу ему прислал сам Мирослав-боярин, о котором сейчас столько толков. Это было бы в его стиле.

ИЗ THE NEW AGE, № 18/1913

НЕОБЫКНОВЕННЫЙ УЖИН МЭТЬЮ АРЧЕРА, ИЛИ КАК ОПАСНО БЫТЬ ЛИТЕРАТУРНЫМ КРИТИКОМ

Наш постоянный автор Мэтью Арчер неоднократно просил Алистера Моппера, удвоившего свою литературную славу после переиздания романа, представить ему Мирослава-боярина – или же того, кого писатель за него выдаёт. Недавно Моппер любезно согласился. 3-го числа он пригласил Арчера в ресторан «Континенталь Нуво» в Сохо, обещая привести туда и своего героя. Мы печатаем отчёт Арчера с некоторыми сокращениями.

Я прибыл в ресторан уже после захода солнца, поскольку мистер Моппер указал весьма позднее время встречи. Едва я зашёл в полутёмный зал, как сразу же увидел писателя – он сидел у стены в дальнем углу, и рядом с ним был какой-то худощавый господин с длинными волосами. Когда я приблизился и поздоровался, Моппер отрекомендовал мне соседа по столику как своего друга Мирослава Эминовича.

— Очень приятно, — сказал я, пожимая его руку, — Мэтью Арчер.

Мистер Эминович — в дальнейшем он выразил пожелание, чтобы я называл его просто Мирославом, — весьма оживился, услышав моё имя.

— А, так вы тот литературный критик, с которым мне предстоит беседа? Что ж, занятно, — улыбнулся он.

У него довольно необычное лицо; черты его крупные, но лишённые резкости, мягко обрисованные. В нём есть что-то от Генри Филдинга, если только позволительно вообразить себе Филдинга с усами. Однако выражение этого лица не столь благодушно. Одет он был хорошо, хотя и странновато: на нем были шевиотовый костюм цвета гречишного мёда, с жёлтой розой в петлице, кремовая шёлковая сорочка, но при этом ноги обуты в разношенные порыжелые сапожки, а шею вместо галстука обвивал восточный шёлковый шарф кричащей красно-жёлтой расцветки.

— Вы всё ещё придерживаетесь своего мнения о жителях Восточной Европы? — вдруг спросил он, подмигнув мне. Я растерялся. Я писал эту статью, когда и не предполагал, что встречусь с ним лицом к лицу, и теперь задним числом видел, что в статье можно усмотреть вещи, обидные для другой нации.

— Всё, что сказано в статье, касается исключительно героя романа мистера Моппера, — попробовал возразить я. Он снова улыбнулся.

— Но я и есть герой романа.

[*Моппер вызвался угостить критика ужином и предоставил ему выбрать блюда по своему вкусу. После того как все необходимые заказы были сделаны, Мэтью Арчер возобновил беседу с человеком, называвшим себя Мирославом.*]

Я спросил его, не смущает ли его, сколь чёрными красками обрисован он в романе. Мирослав усмехнулся.

– Что вы; в романе я выведен гораздо более романтической личностью, чем я есть на самом деле.

– Но кто вы на самом деле, если не секрет? – спросил я, отбросив ложную щепетильность.

– Мирослав Эминович, вдовец, родом из Слатины. Известный также под прозвищем Мирка-цветочник.

– Вы разводите цветы? – не понял я.

– Нет, я шью.

– Сейчас это его основная профессия, – пояснил Моппер. Я не сумел скрыть своего удивления.

– Вы зарабатываете на жизнь шитьём?

– Я выучился шить много лет назад, – сказал Мирослав, облокотясь на стол, – когда был в заложниках в Венгрии. Знаете, там, в тюрьме, не очень-то выказывали желание меня кормить...

– Так всё-таки, – заметил я, – вы имеете отношение к мадьярам?

– Весьма косвенное и весьма неприятное, – бросил он. – Они меня попросту подло надули.

– А что с вами случилось? – снедаемый любопытством, спросил я.

Он помрачнел.

– Ничего особенного, довольно банальная история. Мне должны были передать деньги для повстанческого движения; вместо этого мадьяры присвоили деньги, запихнули меня в тюрьму и в своё оправдание выпустили листовки, в которых смешивали меня с грязью.

– Так вы партизан? – не выдержал я. – Что же вы молчали, когда я спросил вас, кто вы на самом деле?

– Помилуйте, так ли вы хотите знать, кто я? – усмехнулся Мирослав, левой рукой поглаживая усы. – Может быть, вы, наоборот, хотите удостовериться, что я не тот, кто описан в романе?

Я не знал, что на это сказать; ведь в какой-то мере это в самом деле было так. В конце концов, в романе Моппера нет ни слова о партизанах. Тем не менее, я решился ответить:

– Меня интересует правда; ведь я критик и исследую соотношение литературы с реальностью.

Тем временем нам принесли ужин. Я обратил внимание, что Мирослав заказал себе одно только клубничное мороженое. Я, однако, был голоден и с удовольствием принял угощение Моппера.

[*После тоста за успех романа, который Мирослав поддержал в крайне насмешливом тоне и выпив вместо вина стакан воды (вина он не пьет), Арчер вернулся к теме литературы и реальности.*]

Мирославу было трудно в это вникнуть.

– Но ведь литератур много, – задумчиво произнёс он, – а реальность всего одна. Та, в которой вы и я сидим за столом...

– Это и составляет самый больной вопрос современности, – кивнул я. – Сейчас делаются разные опыты по созданию литературы, которая говорила бы о жизни средствами самой жизни. Достаточно упомянуть новую женскую прозу...*

– Такая литература никогда не будет создана, – прервал меня Мирослав. Он не ел своё мороженое, а только ковырял его, предоставляя ему таять. Я не мог удержаться от мысли, что его худоба вызвана

* Новая женская проза – течение английской литературы рубежа XIX–XX вв., направленное против викторианской литературы как лживой и лакирующей действительность. *(Прим. ред.)*

плохим аппетитом; но должен отметить, что вид у него чрезвычайно здоровый – его лицо покрыто медным загаром путешественника, сквозь который светится яркий румянец, а губы алые и пухлые. Отложив ложечку, он докончил:

– И вряд ли такая литература смогла бы доставить кому-то удовольствие. Даже мне.

– О чём вы? – переспросил я, не понимая, что он хочет сказать.

– Реальность, знаете ли, говорит не всегда приятным языком. И что дозволено в литературе, в реальности часто оборачивается проблемами. Я сам с этим столкнулся.

– При каких же обстоятельствах? При тех, что описал мистер Моппер?

– Допейте вначале кофе, – с улыбкой посоветовал Мирослав. – Об этом не стоит говорить, пока вы не закончили трапезу.

Прихлёбывая кофе, я увидел, что Моппер роется по карманам своего костюма с озадаченным выражением на лице. Подняв голову, он сказал:

– Боже, я забыл лекарство в кармане пальто. Придётся спуститься в гардеробную...

– Не вставай, Алистер, – отозвался Мирослав, поднимаясь из-за столика. – Дай сюда номерок, я схожу.

Пользуясь его отсутствием, я сказал Мопперу:

– У вас более чем оригинальный приятель. Он в самом деле был повстанцем?

– В самом деле, – ответил писатель, – хотя и очень давно. В историях, которые о нём рассказывают, совершенно невозможно отделить реальность от вымысла. Поверьте, ему приписывают и более фантастические вещи, чем события моего романа.

– А сам он?

– Сам он не подтверждает и не опровергает ничего.

Тем временем вернулся Мирослав, и разговор возобновился. Он извинился передо мной, что прервал беседу, не ответив на мой вопрос.

– Ели бы вы лучше мороженое, – сказал я, – оно ведь совсем растаяло.

– Не стоит, – возразил он, – я не люблю мороженое.

– Зачем же вы его тогда заказали? – изумился я. Мирослав дёрнул бровью.

– Из щепетильности.

– Наконец-то я вижу в вас что-то общее с героем романа, – засмеялся я, – правда, его щепетильность не столь мила, как ваша.

– Да, Алистер изобразил меня несколько односторонне, – отозвался Мирослав. Моппер дружески положил руку на его локоть.

– Мирослав, ты же знаешь, что есть такое понятие, как литературный типаж.

– Литературный типаж! – со смехом повторил Мирослав. – Как по-вашему, мистер Арчер, похож я на литературный типаж?

– Не очень, – честно признался я. Мирослав посмотрел на меня странным долгим взглядом – неприятным, но не холодным, а пронзительно тёплым; неестественная теплота этого взгляда была испытующей, недоброй.

– Об этом вы тоже напишете в своём очерке.

Ужин был окончен, и Моппер расплатился по счёту. Откинувшись на спинку стула, его друг спросил меня:

– Надеюсь, вы не станете курить? Должен сказать, я очень плохо переношу табачный дым.

Моппер перебил его:

– Мирослав, ты делаешься иногда несносным. Я предупредил об этом мистера Арчера; и я уже говорил тебе...

– Да, да, – вмешался я, – вам не о чем беспокоиться, я не курю, я употребляю только нюхательный табак.

– Я же говорил тебе! – с укором сказал Моппер.

– Против нюхательного табака я ничего не имею, – улыбнулся Мирослав. – Сам я им не пользуюсь, но готов вас угостить. Не угодно ли?

– А что у вас за табак? – полюбопытствовал я.

– Наш, балканский табак – с лепестками роз, – Мирослав вынул из-за пазухи большую плоскую золотую табакерку. Изящным щелчком ногтя он откинул крышку и протянул её мне.

Я взял табакерку и уже было опустил в неё пальцы, как вдруг взгляд мой упал на картинку, вставленную с внутренней стороны крышки. Это была эмалевая миниатюра размером не более трёх дюймов в длину и двух в ширину, выполненная тонко и тщательно; но боже мой, каково было её содержание! Не рискну его здесь описывать; само воспоминание о нём бросает меня в дрожь. Скажу только, что вид этой миниатюры вызвал у меня приступ тошноты; моим первым побуждением было вскочить и броситься в уборную, где я наверняка бы расстался с великолепным ужином, так некстати проявившим себя у меня внутри. Так бы оно, вероятно, и случилось, будь я более слабонервным; отчаянно борясь с дурнотой, я перевёл взгляд на виновника моего состояния и увидел его испытующий взгляд, полный скрытого лукавства.

Решив, что мне подобает быть джентльменом, я напрягся и, превозмогая отвращение, улыбнулся; затем взял щепотку табака, вдохнул его и причмокнул, изображая блаженство.

– У вас в самом деле отличный табак, Мирослав, – сказал я, возвращая ему табакерку. Табак и впрямь был хорош – он избавил меня от неприятных ощущений и придал мне сил. Мирослав с улыбкой спрятал злосчастную табакерку.

– Недурно, – с удовольствием отозвался он. На лице его было написано крайнее одобрение. – Я в вас не ошибся.

– Что это, Мирослав? – встревоженно спросил Моппер. – Не отпирайся, ты сыграл какую-то пакость над мистером Арчером. Я видел, как он побледнел.

– Ничего особенно, – промурлыкал Мирослав, – ведь правда, мистер Арчер?

– Всего лишь превосходный образец эмалевой миниатюры, – через силу улыбнулся я.

– Я знаю тебя, Мирослав! Я догадываюсь, что там была какая-нибудь мерзость. К чему это всё?

– К вопросу о разнице между литературой и жизнью, – беззастенчиво ответил Мирослав. – То, что видел мистер Арчер, – иллюстрация к «Мунтьянскому изборнику».

– Это, верно, ваша любимая книга? – спросил я.

– Одна из любимых.

– Что ж, – сказал я, – у вас очень оригинальные вкусы; они выдают незаурядный характер вашей личности.

В глазах Мирослава загорелись искорки смеха.

– Благодарю вас за учтивость, мистер Арчер; вы истинный англичанин. Разрешите вознаградить вас за приятно проведённое время.

С этими словами он вынул из кармана серебряный карандаш и вручил его мне. Я покраснел от замешательства и неловко поблагодарил его. Он, вероятно, совершенно необычайный человек –

вполне достойный того, чтобы стать прообразом литературного Мирослава-боярина. Я не скоро забуду впечатление, которое произвела на меня эта встреча в «Континенталь Нуво»; во всяком случае, после неё мне стало ясно, что вопрос о соотношении литературы и жизни не так прост, как это кажется.

ИЗ ЕЖЕНЕДЕЛЬНИКА PRESENT&MODERN LIFE
ОТ 11 МАЯ 1913 г.

ЛИТЕРАТУРА И ЖИЗНЬ НЕ СПЕШАТ ПРИЗНАВАТЬ РОДСТВО: ПОХОЖДЕНИЯ НОВОЙ «ГУЗЛЫ»

Недавно в The New Age был помещён подробный отчёт Мэтью Арчера о встрече с Мирославом Эминовичем – лицом, претендующим на жизненное соответствие Мирославу-боярину из одноимённого романа Моппера. Автор этих строк надеялся, что соответствие сие будет наконец прояснено; что мы узнаем, наконец, кто такой Мирослав Эминович. На самом деле, из очерка, опубликованного в журнале, можно узнать только то, что мистер Эминович носит в петлице жёлтую розу и что он когда-то руководил повстанческим движением против турок – т.е. набор необязательных и много раз повторяемых в прессе компонентов. И кажется, что Арчер и не хочет узнавать больше: вместо этого он заводит с Эминовичем пространный диалог о литературе и жизни, столь же необязательный и не относящийся к существу дела. Без сомнения, грубый розыгрыш, которым ответил Эминович на его разглагольствования, демонстрирует значительную разницу их умственных способностей (не в пользу Арчера).

Кажется, Арчер угодил в ловушку собственных эстетских представлений, поскольку, рассуждая о литературе и жизни, он не замечает, что предмет рассуждения – роман Моппера – не имеет отношения ни к тому, ни к другому. Роман «Мирослав боярин» по своему содержанию фантастический; а фантастика соотносится с жизнью и оправдывается ею тогда только, когда служит материалом для иллюстрации насущных жизненных идей и вопросов – чего в «Мирославе боярине» нет ни грана, поскольку никто не сможет убедить меня в том, что Моппер хотел рассказать нам нечто иное, кроме истории о злодее, гоняющемся за хорошими людьми и всячески им вредящем. И бессмысленно соотносить фантастику с правдой факта, уверяя, что вот-де реальный Мирослав, – это можно делать либо по крайней наивности (на которую вряд ли способен взрослый англичанин), либо с неприглядной целью создания коммерческой сенсации, что, видимо, и имеет место в случае Моппера. Проспер Мериме как истинный художник был намного сдержаннее и не пытался выводить на публику персонажей «Гузлы» – у него было больше вкуса и такта оставить литературу литературой.

Герберт Уэллс

ПИСЬМО, ПОЛУЧЕННОЕ Г. УЭЛЛСОМ 14 МАЯ 1913 г.

Многоуважаемый мистер Уэллс,
не знаю, возьмёте ли вы на себя труд прочесть письмо от того, кого считаете литературной выдумкой. Однако рискну заявить, что вы ошибаетесь. Вы изъявили желание знать, кто я в действительности. Я с радостью это желание удовлетворю. Я готов ответить на ваши вопросы 16-го числа, когда

я буду у Алистера. Приходите к нам около 4 часов пополудни, мы с Алистером будем рады вас видеть.

Мирослав Э.

ИЗ ЗАПИСНЫХ КНИЖЕК Г.УЭЛЛСА

15 мая 1913 г.

Этот Эминович, кажется, гораздо интереснее, чем его литературный двойник. Я не смог отклонить приглашения, хотя всем известно моё отношение к роману Моппера. Я всегда был из тех котов, которые, по пословице, умирают от любопытства*.

16 мая 1913, 19.00.

Больше всего на свете мне хочется сейчас застрелиться. Что дёрнуло меня явиться на встречу, назначенную мне? Сейчас я лежу на диване и твёрдо знаю, что никогда больше не возьму в рот ванильного крема. Боже сохрани кого-либо от встречи с этим человеком!

23.00. Итак, у меня наконец достаёт духу вернуться к событиям сегодняшнего вечера и описать их по порядку, хотя делать это мучительно. Я приехал на такси к дому Моппера ровно в 16 часов, но прислуга, открывшая дверь, сообщила, что писатель нездоров.

– Он лежит в постели, – сказала она, – и к нему пришёл мистер Эминович навестить его. Вы можете подняться к ним наверх.

Она оповестила о моём прибытии, и я вошёл в спальню писателя. Моппер лежал на высоко взби-

---

* Имеется в виду английская пословица «от любопытства кошка умерла». *(Прим. ред.)*

тых подушках, бледный и осунувшийся; губы его были синеватого оттенка, и он с трудом приподнялся, чтобы поздороваться со мной. Когда он протянул мне свою сморщенную, как у обезьяны, руку, рукав полосатой пижамы задрался и я успел заметить пластырь на запястье. Моппер быстро подтянул рукав на место, скрыв пластырь из виду.

– Как вы себя чувствуете? – спросил я, склонившись к нему.

Он слабо улыбнулся.

– Спасибо, начинаю приходить в себя. Познакомьтесь, мистер Уэллс, – это Мирослав Эминович.

Второй гость, присутствовавший в спальне, поднялся со стула мне навстречу. Я узнал его, хотя должен сказать, что описания его в газетах из рук вон плохи и не дают о нём никакого представления. У него узкое скуластое лицо, очень мужественное, несмотря на струящиеся длинные волосы, которые спускаются по сторонам чистого и довольно красивого лба; в нём нет ничего от пропахших бриллиантином красавчиков, наводнивших в последнее время Лондон. Пристальный и ироничный взгляд его тёмных глаз подчёркивают тонкие изогнутые брови, странно контрастирующие с густотой волос и усов. Он усмехнулся и подал мне руку; рука его оказалась необыкновенно сильной и необыкновенно горячей.

– Значит, вы – мистер Уэллс, мировой специалист по фантастике?

– Боюсь, я приехал не вовремя, – ответил я, – мистер Моппер болен...

– Это совершенно ничего не значит, – вмешался Моппер, – вы можете спуститься и побеседовать в саду. Тем более что Мирослав, – добавил он со сдавленным смешком, – меня изрядно утомил.

– Вы уверены? – боязливо спросил я; ещё вчера речь о болезни писателя не шла, и я чувствовал одновременно неловкость и опасения за него. Моппер натянул одеяло до подбородка.

– Абсолютно. Миссис Браун подаст вам чай в саду. Я распорядился накрыть там стол.

– Большое спасибо, мистер Моппер, – сказал я в смущении. Мирослав, однако, смущения не испытывал. Повернувшись ко мне, он произнёс:

– Пойдёмте. Оставим Алистера в тишине и покое.

Я последовал за ним в сад. Там, у самой стены, зелёной от плюща, в окружении кустов роз, можжевельника и остролиста, в самом деле был накрыт чайный столик. Мирослав жестом предложил мне сесть, сам сел напротив меня и внимательно уставился на меня своими карими выпуклыми глазами. Миссис Браун (это и была пожилая женщина, открывшая мне дверь) принесла чай.

– Итак, с чего мы начнём? – поинтересовался он. – С ванильного крема или с вопроса, кто я такой?

Я рассмеялся.

– Я бы выбрал и то, и другое. Я думаю, одно другому не помешает.

– Как знаете, – сказал Мирослав, поигрывая ложечкой. – Итак, если вас интересует, – я Мирослав Эминович, представитель знатного рода из Слатины.

– Ага, – кивнул я. – И при этом одновременно портной и бывший партизан из национально-освободительного движения. Все это уже слышали.

– Вы не верите? – переспросил Мирослав.

Я пожал плечами.

– Это не имеет значения. Даже если это и правда, она никак не связана с романом. Кстати, этот ванильный крем гораздо удачнее всякой литературной стряпни: мои поздравления миссис Браун.

– Я рад, что вам понравилось, – радушно проговорил Мирослав. – Мне кажется, вот это печенье должно понравиться вам ещё больше. Скажите, а вещественное доказательство убедило бы вас в том, что я тот, о ком идёт речь в романе?

– Возможно, – сказал я с сомнением, не понимая, куда он клонит. Мирослав положил ложечку на скатерть.

– Я кое-что принёс сегодня специально для вас.

Он встал со стула и скрылся за живой изгородью. Я услышал, как хлопнула стеклянная дверь в доме, выходившая в сад; вскоре он возвратился. В руках он держал что-то тускло блестящее. Это оказался кривой восточный нож необыкновенной красоты; я видел раньше такие вещи только у богатых коллекционеров и догадался, что это может стоить целое состояние. Он положил нож на край стола. И ножны, и рукоятка были покрыты позолотой и украшены рубинами; на ножнах из рубинов был выложен прыгающий лев – а может быть, дракон, не знаю. Я потрогал потускневшее золото, понимая, что передо мною что-то редкостное и, безусловно, очень старое.

– Это не турецкая работа, – сказал Мирослав, – вернее, турецкий только клинок. Остальное делали у нас. Магометанство запрещает изображать животных.

Он помолчал, потом прибавил:

– Этот нож описан в романе на пятьдесят девятой странице.

– Это ничего не доказывает, – возразил я. – Писатели сводят воедино самые разные предметы. К тому же вещь может быть изготовлена по литературному описанию.

Я и сам понимал, что последнее добавление – чепуха; тесак несомненно был старинным, но мне почему-то хотелось противоречить.

– Это не подделка, – Мирослав освободил клинок от ножен. – Это настоящая турецкая сталь, секрет которой утерян. И очень острая.

Он нагнулся и вытащил из зарослей можжевельника предмет, заставивший меня вздрогнуть. Это была корзинка с двумя беспородными щенками, белыми и мохнатыми. Что-то приковало меня к месту; не в силах пошевелиться, я наблюдал за его действиями, и за щекой у меня застрял кусок непрожёванного печенья. Приподняв решётку, Мирослав ловко выхватил одного щенка и, держа его на весу за хвост, взял в правую руку тесак. В одно мгновение он подбросил щенка в воздух и отсёк ему голову.

Окровавленная тушка шлёпнулась на газон в каких-то трёх ярдах от меня. Тошнота подкатилась к моему горлу, я усилием воли заставил себя проглотить печенье, чтобы не подавиться. Мирослав стоял, спокойно и насмешливо улыбаясь, всё ещё держа клинок, испачканный кровью. Наклонив голову набок, он произнёс:

– Ваша очередь, мистер Уэллс. Покажите, что вы умеете.

Пот залил мне спину; я лихорадочно соображал, как избавиться от омерзительного предложения. Выдавливая, как из тюбика, остатки любезности, я выговорил:

– Благодарю, мистер Эминович, но я не рискую повторять после вас. Бессмысленно с моей стороны пытаться вас превзойти во владении холодным оружием.

Он засмеялся – смехом, от которого мурашки забегали по коже, – перебросил нож в левую руку, вынул второго щенка и тем же движением рассёк его на лету. Меня мутило; но всё-таки я отметил, что он одинаково владеет и правой рукой, и левой. Стараясь не глядеть на собачьи головы на траве, я сделал большой глоток из чашки, чтобы подавить дурноту. Мирослав подошёл ко мне.

– Возьмите его себе, – сказал он, – это подарок.

Он протянул мне нож вместе с ножнами. Я не знал, что делать. Это была дорогая вещь, которой я не мог принять; к тому же на лезвии всё ещё оставалась кровь. Я пробормотал:

– Благодарю, но я не могу...

– Отказываться невежливо, – вкрадчиво сказал Мирослав, – боярин делает подарок.

Он вдвинул нож в ножны и положил его мне на колени.

– Большое спасибо, – на пределе собственной учтивости выговорил я. Запах ванильного крема, стоявшего на столе, был для меня невыносим. – Мистер Эминович, я буду ещё более благодарен, если вы покажете мне выход.

– С удовольствием, – промолвил Мирослав.

Когда мы покинули ужасный газон, я собрался с силами спросить его:

– Зачем вы это сделали?

– Вы сами об этом просили, – прищурился Мирослав.

– Я? Просил вас? Не сочиняйте.

– Вы хотели узнать, кто я. Я ответил на ваш вопрос, причём средствами не литературы, а самой жизни. И не моя вина, что вы не пожелали прежде закончить чаепитие, сказав, что одно другому не помешает.

– Сейчас я прошу только об одном – дайте мне уйти.

– Пожалуйста, – презрительно ответил Мирослав.

Меня и до сих пор ещё мутит; едва я вышел из сада Моппера, как тут же меня вывернуло на тротуар. Подаренный мне нож я вымыл, но у меня не достало сил повесить его на стену, и я убрал его подальше с глаз долой. Господи, чего стоит всё то, во что я верю, и какой смысл во всём, с чем я столкнулся? Сейчас у меня единственное желание – поскорее забыть всё это.

ИЗ TIMES ОТ 21 МАЯ 1913 г.

На студии «Золотой Парнас» продолжаются съёмки «Мирослава боярина» по одноимённому роману Алистера Моппера. Большую эксцентричность проявляет Имре Микеш, или «Блестящий мадьяр» – звезда картины. Он настолько вжился в образ Мирослава, что одевается теперь только в чёрное, не исключая и белья, и выходит на улицу, запахнувшись в широкий чёрный плащ. Он также взял себе привычку повторять всем подряд: «Вы ещё придёте ко мне пить чай». Режиссёр в восторге от этой фразы; к сожалению, кинематографическими средствами её нельзя показать иначе как в виде надписи на экране. Некоторые трудности представляет поведение других актёров, начавших выказывать суеверные опасения на съёмках. Так, Лилиана Грей, занятая в роли Белинды, отказалась сниматься лёжа в гробу, в результате чего «Золотому Парнасу» пришлось увеличить её гонорар. Подобные происшествия затягивают съёмку фильма, который, надо полагать, будет выпущен на экраны в августе.

ИЗ TIMES ОТ 31 МАЯ 1913 г.

Вчера, 30 мая с.г., в Лондоне состоялось подписание мирного договора между Османской империей и участниками коалиции, которого дожидалась вся Европа вот уже два года. По договору, большая часть европейских владений империи разделяется между балканскими странами-победительницами и их союзниками. Пока ещё не вполне ясен статус Албании, получившей независимость лишь в прошлом году; имеется также ряд территорий, являющихся спорными, как то: Добруджа с её угольным бассейном, земли в среднем течении Дуная и др.; но решение всех этих вопросов — дело ближайшего времени.

Это означает, что де-факто Османская империя прекращает своё существование; вопрос в том, сколько она ещё протянет номинально. Следующей задачей балканских народов, освободившихся после долгих веков турецкого угнетения, будет политическое переустройство по образцу европейской цивилизации, которое уже не за горами.

ПИСЬМО, ПОЛУЧЕННОЕ ОДНОВРЕМЕННО РЕДАКЦИЯМИ TIMES, THE NEW AGE И THE LITERATE MODERNITY

Уважаемые господа,
не знаю даже, как приступить к моему предмету. Как вам сказать, что вы не ведаете, что творите! И всё-таки я вынуждена предупредить вас, вопреки данному мистеру Мопперу слову молчать об этой истории. Думаю, я имею на это право, поскольку мистер Моппер и сам нарушил данное им слово. Если бы вы знали, кого вы принимаете в своих кабинетах и кому делаете столь усердную рекламу! Речь идёт о Мирославе Эминовиче, о котором, честно говоря, я, мой

муж и мои друзья думали, что он навсегда уехал из Англии. Но коль скоро он снова здесь – а это несомненно, я узнала его по журнальным описаниям и портретам, – то мой долг предупредить публику, с кем она имеет дело.

Знайте, что под именем Мирослава Эминовича скрывается омерзительное чудовище, которое вряд ли можно назвать человеком. Не кто иной как он повинен в ужасной смерти моей лучшей подруги. Воспоминания о происшествиях того года так тягостны для нас, что нам пришлось покинуть Лондон. Меня до сих пор мучают ночные кошмары, после того что мне довелось пережить. Я не набираюсь сил посоветовать вам поступить с ним так, как поступили в романе; не набираюсь даже сил раскрыть моё настоящее имя. Об одном молю – прекратите эту рекламную шумиху, иначе вам скоро придётся горько об этом пожалеть.

«Элоиза Батлер»,
графство Йоркшир, 5 июня 1913 г.

КОММЕНТАРИЙ TIMES ОТ 7 ИЮНЯ 1913 г.

Мода на «Мирослава боярина» и появление таинственного Мирослава Эминовича имеют характерные последствия. Неизвестно, кто эта особа, назвавшаяся «Элоизой Батлер», и вправду ли она знакома с Моппером; во всяком случае, её самоотождествление с героиней романа – явление достаточно распространённое и известное в психологии. Сам Мирослав Эминович по вполне понятным причинам отказывается комментировать это письмо; надо полагать, что дама, писавшая его, никогда не была знакома с Эминовичем, сведения о котором почерпнула из романа Моппера.

Без подписи

КОММЕНТАРИЙ THE NEW AGE, № 23/1913

Письмо «Элоизы Батлер» ещё раз показывает, каково воздействие подлинно художественной литературы на человеческое сознание. Хотел того Моппер или не хотел, последствия написанного им глубже и шире, чем поспешные оценки иных критиков. Я далёк от того, чтобы всерьёз умиляться инфантилизму читательницы, вообразившей себя героиней романа; но это письмо свидетельствует о том, что Мопперу удалось нащупать какие-то сокровенные струны в человеческой душе. А что это, как не признак высочайшего писательского дарования?

Мэтью Арчер

ЗАМЕТКА ИЗ THE LITERATE MODERNITY, № 23/1913

Ажиотаж вокруг «Мирослава боярина» и представленного нам в этом году Мирослава Эминовича достиг апогея пошлости. Мало публике «Мирослава» – теперь ещё объявилась «Элоиза». Нет, мы не шутим. 5-го числа нам в редакцию пришло письмо за подписью «Элоиза Батлер», предусмотрительно закавыченной. Содержащейся в нём ахинеи мы даже не приводим здесь; скажем только, что за тоном этого письма чувствуется рука мистера Моппера, который не довольствуется уже поднятой шумихой вокруг романа и его предполагаемого героя и хочет поднять её ещё больше. И это тогда, когда издательства отказывают в публикации одарённейшим писателям, которые действительно смогли бы составить новую эру в литературе!

Бернард Кросс

ИЗ THE NEW AGE, № 24/1913

АЛИСТЕР МОППЕР И ЕГО СЕРДИТЫЕ КРИТИКИ

Недаром говорится, что литературная критика – лучшая школа злословия; мистер Кросс тому подтверждением. Он договорился до того, что обвинил Алистера Моппера в составлении подложных писем из жадности и любви к шумихе. Мне нет дела до того, кем был автор письма; но в очернении Моппера критик несколько переусердствовал, причём довольно недостойным образом. Негодуя по поводу «тщеславия» Моппера, Кросс начисто забывает – или сознательно умалчивает – о том, что писателю сейчас шестьдесят шесть лет и что до недавнего времени он не мог выбиться из нищеты, десятилетиями влача существование непризнанного драматурга; что признание он получил лишь пять лет назад, после выхода первого издания «Мирослава боярина», которое, однако, не обогатило его; что здоровье его очень слабо и он в любой момент может оказаться инвалидом – было бы удивительно, если бы человек в его положении не сделал ничего, чтобы спокойно дожить свою старость. Что же касается талантливых писателей, которым якобы нет дороги, то Бернард Кросс явно демонстрирует ослабевание памяти. Не он ли не далее как три месяца назад зарубил «Портрет художника в юности» Джеймса Джойса, сочтя его непристойным для своего журнала?* (Уж в «Мирославе боярине» самый взыскательный глаз не обнаружит непристойностей: вполне во вкусе мистера Кросса!)

---

* Автор эссе ошибается: причиной отказа Кросса была католическая мистика «Портрета», так как Кросс был убеждённым антиклерикалом. *(Прим. ред.)*

Нет, пошлость заключается не в романе и не в его престарелом авторе, а в позиции мистера Кросса. Кросс принадлежит к категории рассерженных профессоров – т.е. тех, в чьём складе ума заложено брюзжание на несовершенства окружающего мира в сравнении с их собственными добродетелями. В своих выпадах против Моппера он проявляет столь же мало вкуса и мысли, сколь и в прошлогодних его нападках в адрес женщин-писательниц, нападках, над которыми можно только от души посмеяться. И если у нас не развит литературный вкус, то лишь потому, что не развит критический метод; потому, что у нас до сих пор анализ текста подменяют личными нападками, нелепыми и неумными. Пока это положение дел не переменится, публика будет по-прежнему предпочитать «Мирослава боярина», и я не решусь её за это упрекнуть.

Вирджиния Вулф

ИЗ ЖУРНАЛА THE EGOIST, № 11/1913

Кто он – мистер Эминович?

Всему миру известно особое отношение британских авторов к читателю. Читателя держат за полного дурака; читатель обязан быть дураком; читатель не имеет права знать столько же, сколько автор. Этот обычай, будучи всего лишь раздражающим, пока дело касается только литературы, вызывает чувства совсем иного порядка, когда вторгается в реальную жизнь.

Не так давно редакции трёх известных периодических изданий получили письмо за подписью «Элоиза Батлер», отправительница которого претендует на участие в событиях романа Моппера. Комментарии были различны – от полного пренебрежения и язвительной отповеди (Бернард Кросс) до сдержанного восторга (Мэтью Арчер). Однако объединяет их то, что ни один из комментаторов не усомнился в мистере Эминовиче, который для них выше подозрений. Письмо априорно сочтено болезненной фантазией либо грубой мистификацией, и никому в голову не пришло проверить сведения, изложенные в нём.

Нет, я не призываю публику поверить в мистику и чертовщину, которой украсил свой роман Моппер. Но стоит задуматься, какие резоны у автора были, чтобы выбрать мистера Эминовича прототипом столь зловещего персонажа, как Мирослав-боярин. Иначе говоря, кого Моппер представляет нам в качестве своего друга? Какая настоящая, а не романическая тайна скрыта за именем этого человека? Вот уже четвёртый месяц, как он появляется на публике и раздаёт интервью, а мы о нём попрежнему знаем только то, что он из Слатины и участвовал в повстанческом движении... Доверчивая публика не сочла даже нужным проверить кое-какие факты и даты. Слатина находится на территории Валахии, а Валахия получила независимость от турок в 1877 г. – то есть тогда, когда мистера Эминовича качали в люльке, если он вообще существовал на свете. Одно из двух – либо мистер Эминович освобождал не свою страну, либо он вовсе ни в каком повстанческом движении не участвовал. Второе наиболее вероятно. Вся жизнь новоявленного «Мирослава-боярина» покрыта мраком неизвестности. Никто не может ручаться за его прошлое, как и за его безопасность для английского общества. Мы вправе задать Алистеру Мопперу вопрос – кого он демонстрирует нам под видом Мирослава Эминовича, то ли портного, то ли боярина?

Эльза Моррис

ПИСЬМО, ПОЛУЧЕННОЕ РЕДАКЦИЕЙ TIMES И ОПУБЛИКОВАННОЕ 17 ИЮНЯ 1913 г.

Уважаемые редакторы,
меня несколько удивила публикация письма «Элоизы Батлер» в вашей газете, которую я считал солидным изданием, не склонным к сомнительным сенсациям. Я не знаю, кто скрывается под этим именем; если это в самом деле леди, черты которой приданы в книге Элоизе, то я могу только удивиться её поведению. Спешу сообщить, что я знаком с мистером Моппером и с большинством людей, так или иначе выведенных в книге, так как я семейный адвокат умершей в 1903 г. «Белинды», настоящее имя которой — Лилия Винтергарден. События того года действительно были печальными, но ничего ужасного или сверхъестественного в них нет. Человека по имени Мирослав Эминович я ни разу не видел и портреты, опубликованные в газетах, опознать не могу. Если бы в тот год в нашем кругу появился человек со столь яркой внешностью, я бы непременно его запомнил. Я готов прояснить все недоразумения, возникшие в течение этого года.

Фрэнк Краунхилл,
Маргейт, 15 июня 1913 г.

ИЗ ГАЗЕТЫ DAILY TELEGRAPH ОТ 25 ИЮНЯ 1913 г.

Любители сенсаций, взбудораженные кривотолками вокруг Мирослава Эминовича и недавнего нашумевшего письма «Элоизы», могут успокоиться. Наш корреспондент Томас Холлидей побывал в Маргейте и отыскал там юриста Краунхилла, автора письма в Times от 17 июня с.г. Вот его отчёт об этой поездке.

ЧТО И ТРЕБОВАЛОСЬ ДОКАЗАТЬ

Я прибыл в Маргейт 20-го числа и сразу приступил к поискам автора письма, Ф.Краунхилла. Это не составило труда, так как на конверте был указан его полный адрес. Мистер Краунхилл встретил меня весьма любезно, и благодаря ему я смог проверить все сведения, касающиеся предполагаемых участников событий романа Моппера.

Лилия Винтергарден, фотография которой действительно похожа на описание Белинды в романе, умерла в 1903 г. и похоронена в Ист-Путни, но она не была жертвой какого-либо насилия. У мистера Краунхилла хранится свидетельство врача о её смерти от скоротечной злокачественной анемии. Должен сказать, что я посетил Ист-Путни и встретился с врачом, давшим заключение о причинах смерти мисс Винтергарден (его фамилия Шеридан). Несчастная болела менее двух месяцев и умерла 18 июля 1903 г. К сожалению, доктор Шеридан отказался давать интервью, сказав, что его пациентка слишком много страдала, чтобы позволять ворошить её память ради дутых сенсаций. Однако могилу мисс Винтергарден я видел своими глазами; замечу, из надписи следует, что она умерла в возрасте 23 лет, в то время как Белинде из романа Моппера 17 лет. О знакомстве мисс Винтергарден с Эминовичем ничего не известно; в Ист-Путни живёт несколько человек, знавших покойную, но, когда я показал им портрет Эминовича, они категорически отрицали, что видели его хотя бы раз, не говоря уже о том, чтобы видеть его вместе с мисс Винтергарден.

Некоторые моменты, художественно претворённые в романе Моппера, действительно имели место. Так, слух о «девушке в белом» был распущен в 1903 г. маргейтским приложением к Daily Telegraph на основании рассказов нескольких детей. Я встретился с одним из мальчиков, которому сейчас уже 16 лет, и он сказал, что не может помнить точно, что произошло с ним тогда, но что, по-видимому, «девушку в белом» он выдумал в качестве извинения за то, что убежал гулять без спросу и заблудился. Остальные в 1903 г. были слишком малы, чтобы что-то помнить. За исключением этого сомнительного газетного сообщения, ничего необычного ни в Маргейте, ни в Ист-Путни не отмечено.

Я узнал также то, что «документы», якобы положенные Моппером в основу романа, чистейшей воды фальсификация. Мисс Винтергарден никогда не вела дневников, а человек, выведенный под именем «Тимоти Батлер», никогда не бывал за границей. С последним мне не удалось встретиться лично, так как он давно сменил место жительства, но то, что в 1903 г. он (как и сам Моппер) не покидал пределов Англии, мне подтвердили трое свидетелей, знавших его.

Таким образом, пора утихомирить нездоровый ажиотаж вокруг Мирослава Эминовича и предполагаемых событий 1903 г., в которых он якобы участвовал. Пора, наконец, понять, что литература — это литература и что писателю следует оставить право на вымысел.

Томас Холлидей

ИЗ PALL MALL GAZETTE ОТ 29 ИЮНЯ 1913 г.

ЭЛЬЗА МОРРИС СЕЛА В КАЛОШУ?

Известная журналистка несколько поторопилась с обвинениями в адрес Мирослава Эминовича.

Мисс Моррис, корреспондентка журнала «Эгоист», известна своим правдолюбием и стремлением к праведному гневу. Однако на сей раз, кажется, правдолюбие сыграло с ней злую шутку. Не так давно она поместила на страницах журнала заметку под провоцирующим заглавием: «Кто он – мистер Эминович?». В ней она печатно высказала сомнения в фантастичности романа Моппера и прозрачно намекнула, что письмо «Элоизы Батлер» – правдивый источник сведений. В качестве основного аргумента в пользу подозрительности Эминовича приводится утверждение, что он не мог быть повстанцем в Слатине.

Как и следовало ожидать, подозрения мисс Моррис в адрес Эминовича оказались смехотворны. Никаких свидетельств того, что десять лет назад он совершил преступление в Англии, не обнаружилось. Главный козырь – труп героини романа – не сработал. Девушка, послужившая прототипом Белинды, умерла от естественных причин и с Эминовичем никогда не встречалась; её так называемые дневники – мистификация Моппера. Что же касается прочего, то следует задать мисс Моррис один вопрос, а именно: где в английском законодательстве она откопала положение, согласно которому хвастаться своими несуществующими партизанскими подвигами – уголовно наказуемо и даже даёт основания для уличения в убийстве? Эминович вправе рассказывать о себе любые истории, какие ему вздумается, на что журналисты, падкие до громких заголовков, его охотно соблазняют. Он всего лишь утоляет читательский спрос, не им раздутый. Однако эта тема уже порядком надоедает; не пора ли нам, наконец, оставить в покое слатинского портного и перейти к более насущным вопросам?

Хайден Олдерни

ИЗ TIMES ОТ 4 ИЮЛЯ 1913 г.

Тревогу внушает состояние здоровья Алистера Моппера, резко ухудшившееся в этом году. По словам его врача, писатель несколько раз был на грани апоплексического удара, которого, однако, счастливо избегал. Но этим летом у него открылись сильнейшие носовые кровотечения, каждое из которых может оказаться опасным для жизни. Сам Моппер — надо отдать ему должное — держится мужественно и даже шутит с журналистами, повторяя свою знаменитую фразу из 14-й главы: «Вы ещё придёте ко мне пить чай». О своей болезни он предпочитает не говорить. Насколько она опасна, пока неизвестно.

ИЗ ILLUSTRATED LONDON NEWS ОТ 18 ИЮЛЯ 1913 г.

Николас Картер, 17 лет, был найден вчера у Лондонского моста в Саутворке совершенно обессилевшим и в окровавленной рубашке, прилипшей к спине. Полицейскому, подобравшему его, он признался, что промышлял воровством и уже не в первый раз пытался залезть в дом. По его словам, мысль совершить кражу пришла ему на ум совершенно случайно, когда он, забравшись на чердак необитаемого дома в Саутворке, увидел в окно соседнего дома, как человек в комнате напротив пересчитывает деньги. По уверениям Картера, сумма была необычайно большой для столь бедного района, где находился дом, и юноша не смог противостоять искушению, когда хозяин сунул деньги в ящик стола и вышел. Картер немедля перебежал улицу и по водосточной трубе забрался в окно. К несчастью для воришки, рассохшиеся ящики стола издавали невероятный скрип. Тут же он почувствовал руку хозяина на своём затылке. Что было дальше – молодой человек не помнит; мы полагаем, что владелец дома пережал ему сонную артерию, после чего он очнулся прикованным к каминной решётке полицейскими наручниками, причём камин не был погашен, и вырывавшиеся оттуда язычки пламени обжигали ему руки. Картер уверяет, что почти ничего не видел, так как его собственная рубашка была задрана ему на голову. Голос, по-видимому, принадлежавший хозяину, сообщил Картеру, что его поймали за воровством и что отпираться бесполезно.

Пойманный с поличным вор попытался взывать к жалости хозяина, сказав, что он сирота и что исключительно тяжёлые обстоятельства толкнули его на этот путь. Тот, кого он чуть было не обокрал, переспросил его: «Так у тебя нет ни отца, ни матери?» Картер подтвердил это. Тогда хозяин спросил его, воровал бы он, если бы у него были родители. Картер горячо заверил его, что, конечно, нет. Тогда незнакомец сказал, что согласен заменить ему родителей по мере своих сил. Вслед за этим на спину юноши обрушились страшные удары ремня с металлической пряжкой. Избитый до крови, с обожжёнными руками, Картер был затем выпихнут на улицу; он не помнит, как добрёл до моста, равно как и адреса, по которому он пытался совершить кражу, и внешности хозяина дома. Ему удалось только вспомнить, что у поймавшего его человека был иностранный акцент. Кто был этот человек, сумевший постоять за своё имущество и оказавший значительную услугу лондонской полиции (как выяснилось, Николас Картер замешан еще не менее чем в полудюжине краж), останется, скорее всего, неизвестным. Картер в настоящее время пребывает в госпитале Ньюгейтской тюрьмы.

ИЗ TIMES ОТ 11 АВГУСТА 1913 г.

Вчера в Букингемском дворце состоялся закрытый премьерный показ только что отснятого фильма «Мирослав боярин» для королевской семьи. Фильм был встречен с большим интересом и получил высочайшее одобрение Его Величества. Первая публичная демонстрация фильма намечена на конец августа, и на неё рассылаются специальные приглашения. После этого копии плёнки будут переданы в крупнейшие лондонские иллюзионы, где начиная с сентября фильм смогут увидеть все желающие. Ещё не видевшая фильма публика уже приступила к его заочному обсуждению.

Книга вторая
ОШИБКА ДОРОТИ УЭСТ

ИЗ PRESENT&MODERN LIFE ОТ 14 АВГУСТА 1913 г.

В ОБИТЕЛИ УЖАСА

Занавес тайны Мирослава-боярина приоткрывается.
Отчёт известного журналиста Джонатана Степлса

Джонатан Степлс прославился своей любовью к риску и способностью раздобывать сведения при любых обстоятельствах. Несколько лет назад ему удалось сфотографировать за работой Августа Стриндберга, что стоило ему запущенной в лицо чернильницы и благодаря чему талант начинающего корреспондента получил широкое признание редакторов. Мистер Степлс в очередной раз подтверждает свою славу. Недавно ему удалось посетить дом Мирослава Эминовича, выведенного под собственным именем в нашумевшем романе Алистера Моппера «Мирослав боярин». Ниже мы публикуем полностью его репортаж.

Как известно, человек, называющийся Мирославом Эминовичем, никому не открывал своего адреса; однако профессиональному журналисту не пристало терять надежд. Я вооружился всеми публикациями нынешнего года, где упоминался Мирослав Эминович, и вскоре мне посчастливилось обнаружить, что его костюм сшит на Риджентс-стрит. Я потратил около часа, обходя портных на этой улице, и в конце концов нашёл упомянутого в интервью Айзека Райхмана, любезно сообщившего мне, что костюм цвета гречишного мёда отослан по адресу... скажем так, которого я совсем не ожидал услышать. Скажу только, что указанный мне дом располагается в одной из самых неопрятных и сомнительных частей Саутворка*. Дело в том, что герой моего репортажа взял с меня слово не раскрывать его адреса, и у меня есть основания это слово сдержать.

Дом, о котором дальше пойдёт речь, поразил меня тем, что казался совершенно нежилым. Он как будто не ремонтировался лет двадцать; штукатурка почти полностью сошла, некоторые нижние окна без стёкол и крест-накрест забиты досками. Палисадников в этом районе не бывает вовсе. Не обнаружив на двери ни электрического звонка, ни даже дверного кольца, я решился ударить в дверь каблуком – она и так уже была облупившаяся. Я стучал несколько раз, но никто не откликался. Я удивился, что у приличного человека, каким, по моему разумению, был Эминович, нет даже горничной, которая могла бы объявить его отсутствие. Я начал было думать, что меня разыграли, но любопытство и желание довести дело до конца взяли верх надо мною. Найдя в одном окне нижнего этажа расшатавшиеся доски, я вынул гвозди с помощью карманного ножа и пролез внутрь.

Едва я спрыгнул на пол, поднялось такое облако пыли, что мне с трудом удалось подавить приступ кашля, который бы наверняка меня выдал. Однако я решил не отступаться и выяснить, может ли ктонибудь жить в этом доме. Помещение, где я очутился, было кухней; к моему разочарованию, всё выда-

* Саутворк – район Лондона к востоку от Лондонского моста. *(Прим. ред.)*

вало то, что ею много лет не пользовались: даже в посудной мойке лежал толстый слой пыли. Я чувствовал, что надо мною подшутили глупейшим образом. Машинально, в раздумьях, что делать дальше, я выглянул за дверь кухни и вздрогнул от изумления. Пол в крошечном холле был наспех выметен, а к стене прислонены щётка и совок.

Дом, очевидно, был не столь пуст, как казался. Поколебавшись, я стал подниматься наверх. К несчастью, старая лестница, построенная, вероятно, немного спустя после коронации покойной Виктории*, ужасно скрипела; я уже опасался быть услышанным и спуститься назад не вполне традиционным способом. Но всё указывало на то, что хозяин дома, по-видимому, отсутствовал. На верхней лестничной площадке я нашёл дополнительное подтверждение тому, что дом обитаем: через перила свисало шёлковое кашне яркой восточной расцветки. Я понюхал ткань, чтобы определить, какими духами пользуется мой таинственный незнакомец, — это сказало бы о нём многое. Но от шарфа не пахло духами; я почувствовал лишь слабый невнятный запах чего-то нагретого и вселявшего тревогу. Я перешагнул лестничную площадку и вошёл в комнату.

Это, вероятно, был кабинет владельца дома; он был столь же пылен и обшарпан, как и все помещения, но в нём находилось немного мебели – хотя и старой, но всё же явно перевезённой туда недавно: кресло, письменный стол, диван и стеллаж, до половины заполненный книгами. На полу стоял раскрытый дорожный чемодан с книгами же; на столе я увидел листы чистой бумаги, карандаши

* Королева Виктория взошла на престол в 1837 г. Домов этих лет в настоящее время в Саутворке не сохранилось. *(Прим. ред.)*

и авторучку с позолоченным пером. Пишущей машинки я нигде не заметил. Более всего мне бросилась в глаза лежавшая в кресле книга. Это был «Мирослав боярин» Алистера Моппера. Открыв её на форзаце, я увидел надпись, сделанную, без сомнения, рукой самого писателя:

Герою моей книги с любовью от автора.
Алистер Моппер, 11 апреля 1913 года.

У меня захватило дыхание от волнения. Я понял, что не уйду отсюда, пока не увижу всего, что здесь есть, чего бы это мне ни стоило. Книги на полках мало могли сказать мне: большинство из них было не на английском языке. Я пересёк кабинет в обратном направлении, вернулся на лестничную площадку и распахнул дверь в другую комнату. За дверью оказалась спальня.

В ней также было совсем мало мебели – стул, умывальный таз на табурете и безобразная кроват XVIII столетия под огненно-красным балдахином. Но взгляд мой остановился на другом – на человеке, лежавшем на кровати.

Может ли зрелище человека, мирно спящего на кровати, быть ужасным и противоестественным? В тот раз я убедился, что может. Постель была не разобрана; он спал прямо поверх одеял, скрестив руки на груди, совершенно одетый, не сняв даже сапог, только ворот рубашки, столь же отвратительно красной, как балдахин, распущен у горла. Поза его была ненатуральной и застывшей; вначале я принял его за слугу, решившего поваляться на господской постели и притворившегося, что не слышит шагов. Но тут же я понял, что стараюсь убедить себя в заведомой глупости, ибо лежавший на постели был, несомненно, знакомый мне по газетным портретам Мирослав Эминович, и одет он был в костюм цвета гречишного мёда...

Читатель, конечно, догадается, что все эти мысли пронеслись у меня в голове в течение считанных секунд. Потому что человек, лежавший на кровати, подскочил и сел, и в руке у него оказался маленький браунинг.

– Ни с места, – приказал он, направив дуло на меня. – А ещё лучше, сядьте на стул. Вот так.

Я понял, что шутить он не собирается, – и одновременно понял, как сильно рисковал. Хозяин, Мирослав он или не Мирослав, мог запросто сдать меня в полицию, – я незаконно вторгся в частный дом и, как ни крути, правда была на его стороне. Мне ничего не оставалось делать, как только проследовать к стулу и послушно сесть. Не опуская пистолета, тот, на кровати, спустил ноги на пол и вновь обратился ко мне:

– Кто вы?

– Корреспондент журнала «Презент энд Модерн Лайф», – быстро ответил я. Я счёл благоразумным говорить правду.

– По какому праву вы залезаете в чужие дома?

– По праву истины, – дерзко сказал я, решив пойти ва-банк. – Мой долг – выяснить, кто вы в действительности и какое отношение имеете к мистеру Мопперу и его книге. Поскольку вы не спешите помогать в прояснении ситуации, мне приходится брать кое-какую инициативу на себя.

– Хорошо, – презрительно обронил мой захватчик, и его губы искривились в иронической усмешке. – Я – Мирослав-боярин. Это вас устраивает?

– Не очень-то, – я набрался храбрости, видя, что он упустил момент и теперь уже в меня не выстрелит (да и кому охота связываться с английским законодательством?)*. – Вы даже не похожи на героя романа по внешности. У вас есть более веские доказательства, чем пуля в журналиста?

– Доказательства? – усмехаясь, переспросил Мирослав. – Я могу предъявить свои документы. Ловите!

Всё ещё держа меня на мушке, он левой рукой вытащил из кармана паспорт и через всю спальню швырнул его мне на колени. Раскрыв шагреневую книжечку, я с испугом понял, что не знаю, чего мне искать. Внешне этот человек ничуть не походил на Мирослава-боярина, описанного в романе, но ведь то могла быть художественная вольность автора. Моппер, как известно, не приводит даже фамилии своего героя – он подписывается на страницах романа как «Мирослав Э.» Под дулом пистолета я перелистал паспорт. Он был выдан на имя Мирослава Эминовича, глаза тёмные, волосы тёмные... и так далее. Только дата рождения – 1856 – была явно подложной: тому, кто сидел на кровати напротив меня, никак не могло быть более тридцати пяти – тридцати семи лет. Я поднял голову, и взгляд мой встретился с насмешливым взглядом Мирослава.

– Может быть, теперь вы ответите доверием на доверие и раскроете вашу личность?

– Хорошо, – устало сказал я. – Меня зовут Джонатан Степлс. Я штатный корреспондент журнала «Презент энд Модерн Лайф», как я уже говорил.

* Степлс имеет в виду, что английское законодательство его времени, по которому любое убийство каралось смертной казнью, не предусматривало по этой статье понятия смягчающих обстоятельств. На практике это приводило к тому, что присяжные нередко признавали невиновными заведомо виновных, если были основания для сочувствия. *(Прим. ред.)*

Журналистское удостоверение у меня с собой, и вы можете ознакомиться с ним.

(Окончание читайте в следующем выпуске журнала Present&Modern Life.)

ЗАМЕТКА ИЗ DAILY TELEGRAPH ОТ 17 АВГУСТА 1913 г.

Айзек Райхман, преуспевающий портной и владелец ателье на Риджентс-стрит, повесился вчера в собственной мастерской на муаровой ленте. Следствия открывать не будут, так как в кармане покойного находилась записка: «В моей смерти виновен я сам, и никто другой», написанная его рукой и сложенная так, чтобы её было видно. Причиной самоубийства, по-видимому, стало внезапное психическое расстройство мистера Райхмана, так как все остальные карманы его одежды оказались набиты цветами, а за брючный ремень заткнут целый пучок фиалок. Остаётся задуматься над тем, к чему приводит ускорение темпов жизни в современном обществе, где за успех зачастую платят душевным расстройством и даже самою жизнью.

ИЗ PRESENT&MODERN LIFE ОТ 21 АВГУСТА 1913 г.

В ОБИТЕЛИ УЖАСА

Окончание. Начало в выпуске от 14 августа с.г.

Мирослав опустил пистолет.

– Я не нуждаюсь в доказательствах, – всё с той же презрительной интонацией ответил он. – Доказательства – бесполезное стремление оправдаться перед истиной.

– В чём же, по-вашему, истина? – заинтересованно спросил я. Я понял, что столкнулся с личностью более чем неординарной и общение с ним стоило того риска, который я испытал. Он встряхнул длинными, как у пианиста, волосами.

– Истина – в том, что вы сознательно прибавляете подлости к вашей и без того подлой профессии. В том, что вы Джонатан Степлс – и не потому, что это имя записано у вас в документах. Что с вами сделал Август Стриндберг? Швырнул в голову чернильницу?

Вероятно, мистер Моппер рассказал ему об этом инциденте. Внутри у меня всё закипело от обиды. Всё ещё опасаясь пошевелиться, я, тем не менее, сказал:

– Вам ли читать мне нотации? Если вы утверждаете, что вы – боярин Мирослав из романа Моппера, то вы тем самым признаёте, что совершили всё, что содеяно этим персонажем на страницах книги. Если бы это было не так, то книга Моппера была бы бессовестной клеветой, которой никто не стерпел бы. Значит, Моппер изобразил вас верно?

– Gospodine Степлс*, – Мирослав буквально пронзил меня взглядом своих карих, навыкате, глаз, – вы когда-нибудь воевали в повстанческом отряде? Разве сейчас война, а я враг-поработитель, что вы лазаете в мои окна, не спросившись? И не только в мои, по всей видимости? Разве герои ваших репортажей турки?

– Я удивляюсь, – проговорил я. – Вы даже не хотите отрицать обвинений, которые я на вас возвожу. Вы, наверное, и романа не читали.

– Разочарую вас, молодой человек, – меня оскорбило это обращение, ведь Мирослав был от силы на два-три года старше меня, – роман я читал и смею подтвердить, что относительно событийной сто-

* Так в оригинале. Очевидно, Мирослав обращается к Степлсу по-старославянски. *(Прим. ред.)*

роны дела там на восемьдесят процентов правда. К сожалению, Моппер исказил психологический аспект, дав совершенно неверные мотивировки поступков – он вывел меня параноиком с манией власти, к тому же извращённым эротоманом. Это только показывает, насколько непроницаемо и чуждо англичанам мышление жителя континента. Однако большая часть фактов в романе изложена верно.

Признаюсь, мне стало не по себе; но я решил не подавать виду, иначе бы он подумал, что ему удалось меня запугать.

– Этого не может быть, – возразил я. – Вас бы повесили.

– Моя очередь ловить вас на том, что вы не читали романа, мистер Степлс. Иначе бы вы знали, что меня повесить нельзя.

Неужели я имел дело с сумасшедшим? Убедительно, стараясь не вызвать вспышки гнева, я заговорил:

– Существует ведь такая вещь, как художественный вымысел. И лучшее подтверждение этому – что мы с вами разговариваем. Роман я читал дважды и прекрасно помню, что Мирослава-боярина в конце книги убили.

С его стороны не последовало ни малейшего замешательства.

– И это верно. Это единственный способ меня убить – тот, который там упомянут. Вот только вряд ли он когда-нибудь будет применён на практике. Тут Моппер сделал ошибку. Для этого недостаточно оружия, описанного в романе. Нужно, чтобы тот, кто отважится на это, был бесконечно выше меня морально и обладал бесконечной правотой по отношению ко мне. Но такой человек вряд ли явится в ближайшее время.

Его слова мне показались чистым безумием, однако в них было что-то убеждающее. Он был явно подкован в философии, и это одновременно пугало и завораживало. Встав с кровати, он почти невесомой походкой приблизился ко мне.

– Хотите попробовать? – со своим пришепётывающим акцентом выговорил он.

И вложил мне в руку ещё не остывшую от его ладони рукоятку пистолета.

Я изумлённо отшатнулся. Мирослав деловито снял пиджак, бросил его на кровать и расстегнул рубашку. Потом повернулся лицом ко мне.

– Ни к чему портить новый костюм, – пояснил он. – Стреляйте.

– Вы с ума сошли, – тревожно сказал я. – Позвольте мне уйти. Я сознаюсь, я виноват, что вломился к вам в спальню...

– Это неважно, – он поднял мою руку с пистолетом и налёг обнажённой грудью на дуло. – Вы выстрелите. Сейчас. В меня. Сердце здесь.

Я и теперь не знаю, что на меня нашло; объяснение может быть только одно – Мирослав владеет даром гипноза. Но факт остаётся фактом: мой палец надавил на спуск. Раздался грохот, в комнате запахло пороховым дымом; я в ужасе зажмурился, не смея открыть глаза. Кажется, я выстрелил дважды. Не успев опомниться, наполовину оглушённый, я вдруг услышал иронический голос:

– Вы всегда стреляете с закрытыми глазами?

Облегчение моё я не в силах описать; разлепив глаза, я проговорил:

– Я ещё ни разу до этого не стрелял.

Я думал, что он воспользовался моей невольной игрой в жмурки и отстранился в последний момент. Но на коже его темнели следы пороха, не оставлявшие сомнений в обратном. Я перевёл дух и попытался улыбнуться, подражая ему.

– Старый трюк. Холостые патроны.

– Вы думаете? – снова усмехнулся Мирослав, и от лукавинки в его голосе меня прошиб холодный пот. Он повернулся ко мне спиной, и у меня перехватило дыхание. Сзади на рубашке отчётливо виднелись две дырки от пуль, прошедших навылет. Я видел его со спины за минуту до того и мог поклясться, что рубашка не была прострелена заранее.

Мирослав взял из моей обмякшей руки пистолет и выстрелил в пол у моих ног. Пуля расколола паркетину в двух дюймах от моего ботинка. Видя моё оцепенение, он произнёс:

– На сегодня хватит, – поставил пистолет на предохранитель и швырнул его на кровать.

Теряя последние капли соображения, я пробормотал:

– Вы... вы... вы – маг?

Глупее ничего нельзя было придумать; Мирослав поморщился.

– Магии не существует, мистер Степлс; уж вам ли этого не знать.

Как бы спохватившись, он внезапно застегнул рубашку. Тут только я осознал, что тело его было сильно обезображено – из-под расстёгнутой одежды виднелось несколько шрамов, которых я поначалу не заметил, будучи обеспокоен за последствия своего выстрела. Мирослав старательно застегнулся, и тут я увидел ещё один рубец – на его горле, куда в этот момент упал тусклый свет из окна. Мне стало не по себе. Длинные волосы Мирослава мешали рассмотреть, как далеко простирается этот шрам, но, по моему разумению, после такого ранения ни один человек не мог остаться в живых.

– Любуетесь? – обронил Мирослав, догадавшись о направлении моего взгляда. – Это меня на родине так разукрасили. Давняя история...

– И вы... остались живы? – я понял, что снова порю чепуху, но он совершенно не обиделся на меня.

– Какая разница, по большому счёту. Вы, англичане, придаёте слишком много значения этому вопросу.

Я терялся в догадках, что он хочет этим сказать. Мирослав набросил пиджак и провёл рукой по голове, приглаживая волосы.

– Важно не то, живы вы или нет, – заговорил он, вновь подойдя ко мне. – Важно, трус вы или нет. Я даже и не намеревался вас пугать, а вы едва в штаны не наложили. Всадить пулю в безоружного человека или лазать по чужим окнам – невелика доблесть.

Я молчал, окончательно загнанный в тупик. Он продолжал:

– На сегодня наш разговор окончен, и вряд ли он будет иметь продолжение – мне лично он решительно неинтересен. Сейчас вы встанете и уйдёте отсюда – мирно и без подвохов. Вы имеете право опубликовать в вашем журнале всё, что видели и слышали здесь, за исключением одного – обнародования моего адреса. В противном случае пеняйте на себя. Не один вы умеете разыскивать людей в Лондоне.

Крепко взяв меня за плечо – хватка у него железная, как и описано в романе Моппера, но пальцы оказались неожиданно горячими, как огонь, – он поднял меня со стула и вывел на лестничную площадку. Свободной рукой он подобрал с перил шарф и обернул вокруг шеи. На мгновение меня охватил страх, что он столкнёт меня с лестницы; но он властно свёл меня вниз и отпер входную дверь.

– Прощайте, – сухо сказал он. Я не решился обернуться и вышел за порог. Так закончился мой визит к Мирославу-боярину, герою романа Алистера Моппера.

ИЗ ДНЕВНИКА МИСС ДОРОТИ УЭСТ

28 августа 1913 г.

<...> Минни Паркер зовёт меня на выставку Генри Ховарда, открывшуюся в Южном Кенсингтоне. Там будут выставлены все его 53 листа по мотивам «Мирослава-боярина» – я видела некоторые из них в журналах, это превосходные рисунки акварелью и китайской тушью в стиле ар-нуво с некоторой примесью имитации поздних прерафаэлитов. Говорят, они предназначались для иллюстрации второго издания романа, но издатели были вынуждены отказаться от услуг Ховарда, потому что это сделало бы книгу чересчур дорогой и недоступной для большинства читателей. Я уже поддалась уговорам Минни (честно скажу, ей не пришлось долго трудиться); мне и в самом деле не терпится увидеть эти рисунки.

30 августа 1913 г.

Минни слегла с жестоким гриппом, и на выставку мне пришлось ехать одной. К счастью, нравы сейчас не те, что двадцать лет назад, – одинокая девушка не вызывает нареканий со стороны публики.

Я прибыла на выставку в 11 утра, когда там уже собралась большая толпа. Рисунки вызывали большое оживление, и то сказать – 53 больших листа, прекрасно выполненных и расцвеченных необычайными сочетаниями красок, не могут не завораживать. Большая обобщённость форм совмещается в них с тщательной орнаментацией, детальной до изощрённости, а линию не опишешь иначе как летящую. Конечно, в них есть – в самом содержании – несколько рискованный привкус, но автор нигде не выходит из границ благопристойности, очерченных ещё давним скандалом вокруг «Жёлтой книги». Право, от современного художника можно ожидать большей раскрепощённости. Но это вот сдерживаемое напряжение под маской чопорности и составляет неповторимую изысканность чуть старомодного стиля Ховарда.

Мне хотелось получше рассмотреть лист № 38, и я задержалась возле него. Это как раз тот самый лист, где леди Белинда стоит у разбитого окна, глядя на появившегося снаружи Мирослава. Невозможно передать словами весь скрытый драматизм этой сцены, воплощённой кистью и пером Ховарда: непередаваемо изящный росчерк пера, обрисовывающий фигуру Белинды, повёрнутой спиной к зрителю, а за окном – сплошной массив мрака, складывающегося в очертания кустов роз, мрака, из которого выступает подсвеченный лунной синевой контур высокой худой фигуры Мирослава, одетого в чёрное, и резкие густо-синие тени лежат на его смертельно бледном лице, искривлённом саркастической усмешкой. Сам гротескный жест Мирослава, угловато положившего руку на бедро, его вздёрнутое плечо и отставленная нога, контрастируя с бессильной плавностью очертаний обмякшей от страха Белинды, вызывают смешанное чувство ужаса и сострадания по отношению к происходящему.

– Действительно, прекрасная работа, – услышала я рядом хрипловатый мужской голос. – Лучшая в этой серии, я бы сказал.

Говорили с иностранным акцентом, и я обернулась. Вместе со мной рисунок рассматривал невысокий сухощавый человек, судя по пёстрому шарфу и пышной каштановой шевелюре, – художник. Мне показалось, что я где-то видела его раньше. Он улыбнулся мне – в его улыбке было что-то смущающее – и продолжил:

– Однако и эта работа могла бы быть в сто раз лучше, если бы содержала чуть больше правды.

– Вы любите Ховарда? – спросила я первое, что пришло в голову, так как начало разговора было довольно неожиданным. Незнакомец усмехнулся.

– Я этого не говорил.

– Так значит, не любите? – уточнила я. Он пренебрежительно повёл плечом.

– А если бы я сказал «нет», вы бы зачислили меня в своём каталоге на полочку врагов? Не кажется ли вам, что в наше время слишком много значения придаётся никому не нужным воззрениям и мнениям?

Я столкнулась с явственно незаурядной личностью. Без ложной стыдливости признаюсь, что его вызывающая ирония и его манера говорить были чрезвычайно привлекательны.

– Я не могу вас никуда зачислить, – мягко сказала я, – я ведь совсем вас не знаю.

– Тогда давайте познакомимся, – ответил он. – Меня зовут Мирослав Эминович.

Вот так раз! Я вспомнила теперь, где я видела его раньше – его портрет был опубликован в какой-то газете. Без сомнения, это был тот самый Мирослав Эминович, который якобы послужил натурой Мопперу. Так вот чем объяснялись его намёки в адрес рисунков Ховарда! Я рассмеялась.

– Тёзка Мирослава-боярина? Вдвойне замечательно. Но меня, к сожалению, зовут не Белинда. Я Дороти. Дороти Уэст.

– Белинду тоже звали не Белиндой, – непонятно обронил он. – Имена в данном случае ничего не значат. Вы художница?

– Нет, я критик. Забрела взглянуть на новую манеру Ховарда. А вы – вы не художник?

– Разочарую вас – нет. Скорее нет. Впрочем, это неважно.

– А что для вас важно? – я допустила капельку примитивного кокетства. Однако его реакция осталась неясной для меня. Безразличным – или, по крайней мере, неподходяще ровным – тоном он проговорил:

– Важно то, что завтра состоится премьерный показ «Мирослава боярина», на который меня пригласил один мой друг. Но этот человек сегодня заболел инфлюэнцей, и его билет пропадает.

Теперь его околичности прояснились; он всего-навсего спешно искал себе компаньонку для кинематографа, и я показалась ему подходящей кандидатурой. Во всяком случае, я была не против увидеться с ним ещё раз. Смотреть фильм о Мирославе-боярине с человеком по имени Мирослав – в этом было что-то не вполне обыденное. Поразмыслив, я кивнула.

– Премьера будет проходить в Гайд-парке – там смонтирован иллюзион под открытым небом, – сообщил он. – Показ начнётся с наступлением темноты. Но мне бы хотелось видеть вас там раньше.

– Когда? – уже без всякого удивления спросила я. Он как-то задумчиво улыбнулся.

– В восемь часов. Да, пожалуй, в восемь... В восемь часов у восточного входа в розарий. Вы придёте туда.

Меня слегка испугала уверенность, с которой он произнёс последнюю фразу; но я снова кивнула.

ЗАМЕТКА ИЗ TIMES ОТ 30 АВГУСТА 1913 г.

Завтра, по наступлении темноты, в Гайд-парке в специально устроенном кинематографе под открытым небом состоится премьера «Мирослава боярина», отснятого студией «Золотой Парнас». Ожидается более 200 зрителей. Предполагалось, что среди них будет Алистер Моппер, автор одноимённого романа и либретто к фильму, однако его присутствие отменено из-за его болезни. Гостей ждут фейерверки, танцы и бесплатная раздача прохладительных напитков в неограниченных количествах.

ИЗ ДНЕВНИКА ДОРОТИ УЭСТ

31 августа 1913 г.

Нужно вначале разобраться что к чему, чтобы записать всё по порядку. В голове какая-то карусель.

Итак, я пришла ровно к назначенному времени в Гайд-парк, одевшись с почти подчёркнутой нейтральностью. Мне не хотелось даже косвенно подтверждать репутацию, закрепившуюся за девушками, которые имеют отношение к сфере искусства. Что мною двигало – желание создать дистанцию между собой и им или же, напротив, желание произвести хорошее впечатление? Я перерыла весь комод, ища свою единственную пару светлых перчаток на пуговках, которых не надевала с времён окончания школы. К счастью, они не запачкались. Видела бы меня наша классная дама! Ручаюсь, мой внешний вид доставил бы ей удовольствие.

Стоило мне завернуть за угол тёмно-зелёной изгороди из стриженого тиса, как я увидела его. Он стоял между осыпающихся высоких кустов яркоалых роз, к моему изумлению, одетый так же, как вчера, – в берете вместо шляпы, в расстёгнутом пиджаке, горло обверчено пёстрым шёлковым шарфом. Нет, хуже, он напялил огненно-красную рубаху, ещё более яркую, чем розы, лепестки которых сыпались на его порыжелые сапоги старомодного фасона. Сходящее книзу солнце обливало его нестерпимой киноварью. Хороша же я буду с ним рядом! Я заготовила двусмысленный комплимент и, приблизившись, пустила его в ход.

– Вы настоящий мадьяр, – заметила я.

Очевидно, мне не хватило опыта вчерашнего дня, чтобы понять, что реакции Мирослава никогда не впишутся ни в один из предсказуемых вариантов.

Вместо того чтобы рассмеяться или притвориться обиженным, он серьёзно ответил:

– Я не мадьяр, я мунтьян. Это не одно и то же. Моппер кое-что напутал.

– Уж не намекаете ли вы, что Моппер списал героя с вас? – мне захотелось уколоть его. Все уже слышали эту историю, и мало кто принимал её всерьёз – слишком разительно было несходство между ним и поименованным в честь него (сомнительная, прямо скажем, честь) героем книги. Этот невысокий, большеглазый, кое-как одетый человек с деревенским загаром и румянцем во всю щёку никак не тянул на рокового красавца-колдуна. Впрочем, в его толстых губах и лёгкой горбинке носа было что-то чувственное – однако англосаксонский глаз склонен видеть чувственность во всём иностранном.

– Я не намекаю. Я говорю прямо.

– Что? – с маской бесстрастности спросила я. Мы проходили сквозь заросли жёлтых и чайных роз, смыкавшихся над дорожкой и хватавших шипами за одежду. Он отвёл в сторону тяжёлую от цветов плеть.

– Что моё имя – Мирослав Эминович.

– Ага; и что вы боярин, – в тон его иронии подхватила я. Он остановился и поглядел на меня внимательными тёмными глазами.

– А почему бы и нет?

Он сорвал полураскрытую розу и залихватски продел её сквозь волосы за ухом. В таком виде он походил на этнографическую картинку из журнала о путешествиях. Я фыркнула.

– Выдумщик.

– Выдумки – дело Моппера, – возразил он. Молчаливым жестом он предложил взять меня под локоть. Как ни странно, я не сопротивлялась. На парк наплывали сумерки, и гроздья роз в них казались светящимися. Меня удивило, какая горячая у него рука – я чувствовала жар сквозь жакет и блузку.

– Вы не из тех девушек, которым нравятся выдумки.

– О да; Мирослав-боярин мне бы не понравился, – я ускорила шаг. Меня начал увлекать этот словесный теннис; мой собеседник не был из числа патентованных болтунов, которые, вместо того чтобы лечиться от недержания красноречия, пытаются использовать его как средство обольщения.

– Тогда, боюсь, я не имею шансов.

– Что-то вы не очень похожи на бледного дылду в чёрном с истероидными наклонностями...

Я не договорила: мой каблук угодил в выбоину на дорожке, незаметную в сумерках, и я потеряла равновесие. К счастью, Мирослав обладал быстрой реакцией – благодаря ему я удержалась на ногах и не упала в колючие кусты, но, пошатнувшись, я невольно схватилась за плеть роз и поранила руку.

– С вами всё в порядке? – обеспокоенно спросил Мирослав, подведя меня к фонарю. – Как нога?

– Нога невредима, а вот руку я уколола. О розы.

Перчатка была испорчена – сквозь кремовую ткань проступила кровь. Я стянула её. Шип вонзился в ладонь у основания большого пальца, но, к счастью, не остался в ране. Мирослав взял мою руку и тщательно осмотрел её.

– Занозы нет, – подтвердил он. – Но с сепсисом не шутят. Надо отсосать кровь из ранки.

– Вы медик? – спросила я, поднеся уколотую руку к губам. Он мягко перехватил моё запястье.

– Позвольте мне.

Я не ожидала, что прикосновение его губ окажется таким нежным. Словно по руке провели разогретым шёлком. Самое удивительное, что ранка мгновенно перестала болеть. И, несмотря на неисправимую двусмысленность всей ситуации – в сущности, это оказание помощи было ничем более, как сублимацией поцелуя, – я ощутила облегчение. Странным образом это небольшое происшествие расположило меня в его пользу. Оторвавшись, он взглянул на меня тем своим взглядом, который я уже выучила, – полным одновременно проницательности и лукавства.

– Болеть больше не будет.

– Как вам это удаётся? – спросила я, разглядывая ладонь. Кровотечение прекратилось, ранка стянулась в красноватую точку. Он усмехнулся и заправил за ухо выбившуюся прядь волос.

– Не всё в мире должно быть объяснено. Что-то должно оставаться тайной. Моппер этого до сих пор не понимает.

Темнело. Держась под руку, мы вышли на берег Серпантина*, где завершались приготовления к показу фильма. Туда стекалась публика со всех концов парка, но на расставленные на траве стулья пускали только немногих избранных – пригласительные билеты тщательно проверялись. Между двумя старыми платанами был уже натянут огромный белый экран, и вдалеке я разглядела киномехаников, возившихся с аппаратурой. Воздух взрывали первые пробные фейерверки; в стороне оркестр настраивал инструменты. Насчёт бесплатных прохладительных напитков газета не обманула: Мирослав сходил в палатку и принёс для меня лимонаду. К моему изумлению, нам достались стулья в первом ряду. Я немного сконфузилась, обнаружив справа и слева от нас несколько официальных лиц весьма высокого звания, а также банкира, вложившего средства в съёмки фильма. Лорд-мэр, как мне показалось, взглянул на меня с неудовольствием; а может, мне только показалось. Сбоку от рядов стульев для зрителей стоял маленький столик, и за ним сидели двое. Первый был, по всей видимости, Фред Беркли, второго я узнала без труда – это был Имре Микеш собственной персоной. Я уже видала его портрет на афишах фильма. Без грима и накладной бородки он выглядел не столь демонически, но всё же довольно зловеще. Он смотрел в публику тяжёлым мрачным взглядом из-под кустистых бровей; его волосы цвета воронова крыла, сильно поредевшие на висках, были обильно смазаны бриллиантином, горло подпирал крахмальный воротничок. Возле него на столике лежала серебряная авторучка.

---

* Серпантин – узкий длинный пруд в Гайд-парке. *(Прим. ред.)*

– Вы можете подойти взять у него автограф, – шепнул Мирослав. Мне почему-то не хотелось этого делать, и я плоско сострила:

– Я не понимаю по-мадьярски.

Не буду здесь описывать официальную часть вечера – она была на редкость нудной, тем более что автор «Мирослава боярина» не присутствовал. Я начала догадываться, что именно его билет достался мне и болезни писателя я обязана тем, что очутилась перед этим экраном в первом ряду. Неловкое чувство возрастало; но Мирослава, кажется, ничто не смущало в этой ситуации, – даже его собственный цыганский наряд, – так как он подтолкнул меня в плечо и, показывая на экран, зашептал:

– Смотрите! Началось.

К несчастью, фильм меня лишь огорчил. Возможно, очарование мопперовского слога слабо укладывается в язык кинематографа; а может быть, дело было в том, что музыка была невероятно плоха. Режиссёр зачем-то слил Тимоти и Альберта в одно лицо, а Элоиза вовсе исчезла из сюжета. Добрую половину фильма Тимоти метался из угла в угол, тараща глаза, Белинда заламывала руки, а Мирослав-боярин в лице Имре Микеша потрясал кулаками и хватал за горло то одного, то другого из персонажей картины. Настоящий Имре Микеш за столиком исписал несколько десятков листков автографами, ослабил бабочку и нет-нет да и проскальзывал рукой за пазуху, где скрывалась фляжка, содержавшая явно не прохладительное. Зрители, однако, глазели на экран, затаив дыхание. Я искоса поглядела на Мирослава справа от меня – другого, не кинематографического. Он сидел, откинувшись на спинку стула и скрестив руки на груди, и губы его кривились от сдерживаемого смеха.

– Какая безвкусица, – шепнула я.

Он расцепил руки и как-то очень целомудренно коснулся моего плеча; в луче кинопроектора задрожали блики на белках его глаз. Почему-то мне показалось, что он хорошо видит моё лицо в темноте.

– Каждый творит в меру своего разумения. Не отнимать же у бедняги Беркли кусок хлеба изо рта.

Тут на экране, обрамлённая белой завитушкой, появилась знаменитая реплика Мирослава, столько раз к месту и не к месту цитированная в печати и в светских беседах: «Вы ещё придёте ко мне пить чай». Публика взорвалась овациями. Фред Беркли принял неописуемо самодовольный вид, и тут-то Мирослав Эминович рассмеялся. Его смеха не услышали за громом аплодисментов; лишь я повернулась в его сторону и увидела, что он, придерживая на шее кашне, заходится от хохота.

Фильм так утомил меня, – а ведь ещё и фейерверки не переставали громыхать, – что я почувствовала неодолимое желание уйти сразу после окончания. Мы шли с Мирославом по траве полутёмного парка, благоразумно выбрав путь, лежавший в стороне от розария. Я словно заразилась от него душившим меня смехом; стиснув его запястье, я повторяла:

– «Придёте ко мне пить чай»! Неподражаемый Имре Микеш!

Если бы он меня сейчас поцеловал, я бы не удивилась – я скорее ждала этого, ведь в такой обстановке и происходят поцелуи. Но он не делал никаких попыток в этом направлении и только поддерживал меня под руку, чтобы я не споткнулась. Наконец мы выбрались на твёрдую велосипедную дорожку у внешнего края парка. Остановившись,

Мирослав взял меня за обе руки. Свет электрического фонаря лежал на его лице.

– Позвольте заранее извиниться перед вами за то, что должен вас покинуть. Мы расстанемся здесь; не поезжайте на метро – я посажу вас в такси.

Я была удивлена и даже раздосадована; странное дело – ещё во времена моей мамы девушка моего возраста была бы только рада такому окончанию прогулки по ночному парку. «Не поцеловать, так хоть проводить он меня мог бы», – подумалось мне.

Должно быть, разочарование слишком явственно отразилось на моём лице; он быстро отпустил мои руки и сказал:

– Не считайте меня невежей; есть обстоятельства, которые препятствуют мне проводить вас.

– Что, вы женаты? – саркастически отозвалась я.

– Я вдовец. Это первое. Второе. Мне бы очень хотелось увидеть вас ещё.

Он подвёл меня к стоявшему у тротуара чёрному таксомотору и вручил шофёру соверен.

– Отвезите эту даму по адресу, который она назовёт. Сдачу оставьте себе.

– Но, мистер Эминович... – начала я. Он посмотрел на меня своими влажными тёмными глазами.

– Мирослав. Для вас – просто Мирослав.

Настойчиво усадив меня в автомобиль, он захлопнул дверцу и, перегнувшись в мою сторону через бортик, негромко сказал:

– Вы ещё придёте ко мне пить чай.

ЗАМЕТКА ИЗ TIMES ОТ 1 СЕНТЯБРЯ 1913 г.

Вчера в Гайд-парке под открытым небом состоялась долгожданная премьера «Мирослава боярина», снятого Фредом Беркли на студии «Золотой Парнас». На показе присутствовали:

[*Далее следует список из 107 имён высокопоставленных лиц, включая Абрахама Винкера – американского банкира, финансировавшего съёмки. – Прим. ред.*]

...а также 90 депутатов Парламента обеих палат. Глава Королевского общества садоводов поднёс Фреду Беркли букет из пятидесяти красных и белых роз, а также подарочное издание романа, по которому снят фильм, в сафьяновом переплёте с золотым обрезом. Второй букет, предназначавшийся для самого Алистера Моппера, отослан заболевшему писателю на дом. В первом ряду, отведённом для почётных гостей, был замечен некто Мирослав Эминович, близкий друг Моппера, претендующий на роль прототипа героя и уже дававший в печати интервью по этому поводу. Он неожиданно появился на премьере под руку с неизвестной молодой леди и так же неожиданно скрылся, прежде чем журналисты успели застать его врасплох. Очевидно, он ещё долгое время будет оставаться тайной для прессы. В течение сентября «Мирослав боярин» будет идти во всех иллюзионах Лондона – соответствующие контракты уже подписаны. Также 12 крупнейших книжных магазинов получили разрешение на продажу фотографий Имре Микеша в роли Мирослава; цена предполагается по 4 пенса за фото.

ПИСЬМО, ПОЛУЧЕННОЕ ДОРОТИ УЭСТ 1 СЕНТЯБРЯ 1913 г. ОТ ИМЕНИ ДЖОРДЖИИ ТОМСОН

Дорогая мисс Уэст!

Я очень сожалею, что мне пришлось расстаться с вами не так, как это сделал бы английский джентльмен. Надеюсь, вы простите это иностранцу с континента, спасающемуся от репортёров. Моего приглашения на чай никто не отменял: я буду ждать вас 3 сентября, в четыре часа. Мой адрес вы увидите на конверте. Постарайтесь не привлекать к себе внимания.

М.Э.

ИЗ ДНЕВНИКА ДОРОТИ УЭСТ

2 сентября 1913 г.

Всё это очень, очень странно. Либо он тронутый на голову романтик, либо я должна признать, что чего-то в этой жизни я ещё не знаю.

Я раздумывала сутки, принять или не принять его приглашение. Наконец я, сама не знаю почему, решила согласиться. Я, в конце концов, не малолетняя Лидия из романа Джейн Остен, я вправе распоряжаться сама собой, и что такого, если я соглашусь? Пусть он увидит, что я его не боюсь и не подвержена глупым предрассудкам. «Не привлекайте к себе внимания»? Отлично; оденусь поуродливее, чтобы он видел, что я не рассматриваю чай как прелюдию к соблазнам.

Но до того, как я отправила письмо, со мной произошло нечто неожиданное. Так случилось, что я отправляла его с почтамта — у меня не было марок, мне нужно было срочно выезжать в редакцию, и я решила, что захвачу письмо с собой и на обратном пути, благо почтамт рядом, куплю марок и отошлю его своему корреспонденту. Я заехала в редакцию, взяла корректуру своей статьи и пошла на почтамт.

Там было почти безлюдно, и я тут же купила марки и села за столик наклеивать их на конверт. Как вдруг за моей спиной послышался голос:

– Не пишите на конверте моё имя, это неосторожно с вашей стороны.

Я вздрогнула и обернулась. Позади меня стоял Мирослав Эминович.

– Что вы здесь делаете? – забыв о вежливости, спросила я. Мирослав не обиделся.

– Получаю почту, – просто ответил он и поднял руку, в которой был зажат конверт иностранного вида. Дав мне время убедиться, что встреча с ним действительно случайность (впрочем, она и не могла быть ничем иным – откуда бы он знал, что я окажусь на почтамте и именно в эти часы?), он присел рядом со мною на скамью.

– Не имеет смысла отправлять это письмо почтой, – улыбнулся он. – Теперь-то. Дайте его мне.

Потерявшись, я отдала ему письмо. Он внимательно поглядел на меня; и снова я отметила странное проникающее свойство его взгляда – словно он видел сквозь меня что-то, непонятное мне самой.

– Я так полагаю, в нём согласие? – спрятав конверт за пазуху, спросил он. Его непринуждённая уверенность вызвала у меня досаду.

– А если бы я написала «нет»?

Он снова усмехнулся.

– Что ж, вам лучше знать.

Он понял, понял, что в письме было согласие, и меня это начинало злить. Я уже жалела о том, что написала это письмо. И он видел это, готова поручиться. Потому что тем же ровным голосом он сказал:

– На будущее, мисс Уэст, – если решите писать мне письма, то пишите их на имя Джорджии Томсон, моей домработницы.

– У вас что, такое хобби – делать из себя тайну? – не выдержала я. – В особенности перед девушками, которых вы приглашаете на чай?

– Тайна – единственная вещь в этом мире, которая чего-то стоит, – ответил Мирослав. – Всё остальное – лишь её производные. Вы сами – тайна, но не хотите этого замечать.

Хватит с меня игры в комплименты! Подавив накипевшее раздражение, я спросила:

– Что вам от меня нужно?

В сущности, я могла бы и не спрашивать – я ведь не институтка прошлого столетия; артистическая среда меня многому научила. Ответ был столь же предсказуем, сколь походил на реплику из плохого романа.

– Ваша любовь.

Я вскочила со скамьи. Меня взбесила невозмутимость этого человека, его насмешливое выражение лица и неподобающая обстановка пустынного почтамта с его пыльным мрамором. Схватив зонтик и сумку, я заговорила:

– Конечно! Литераторы, в кругу которых вы вращаетесь, многое вам поведали о девушках творческих профессий! Только литература и жизнь – не одно и то же, дорогой мистер Эминович. Придётся вам узнать, что и в этом обществе девушки бывают порядочными. Прощайте!

Он побледнел. Я опешила, увидев неподдельное потрясение на его лице. Прикрыв глаза рукой, он произнёс:

– Боже! Бедная девочка!

Мирослав отнял руку от глаз; я в молчании замерла, силясь понять, в чём дело. Я уже раскаивалась в своей вспышке, надеясь, что никто не обратил на нас внимания.

– Как испорчен эвфемизмами ваш проклятый язык, – с горечью произнёс он. – Говорят «любовь», подразумевают «половые сношения»; говорят «плоть», подразумевают «распущенность». Омерзительная привычка не называть вещи своими именами, из-за которой чистейшие понятия оказались испоганены. Что такое «плоть»? Да вот же, – он ущипнул себя за щёку, на месте щипка расплылось пятно алого румянца. – Не больше и не меньше.

– Что вам от меня всё-таки нужно? – спросила я, понемногу успокаиваясь. Я поставила зонтик в угол и снова присела на скамью. На лицо Мирослава вернулась улыбка.

– Любовь. Вы вот обвиняете меня в развратных намерениях, а ведь я даже не пытался вас поцеловать, даже когда у меня была такая возможность. Но это неважно. Что, если я больше развращён, чем вы думаете? Что, если я хочу от вас того, что отдать гораздо труднее, чем невинность?

– Что же? – пересохшими губами спросила я. – Чувство?

– Именно чувство. Вы меня полюбите.

– Но как вы об этом узнаете? Мужчины, – тут я горько усмехнулась, подражая ему, – всегда требуют доказательств любви, рано или поздно.

– Доказательства нужны только дуракам, – негромко ответил он, сложив руки на коленях. – Мне нужна ваша любовь, а не доказательства. Когда вы полюбите меня, я это сразу узнаю наверняка.

– А почём вы знаете, что я вас полюблю? – я снова была готова рассердиться. – Вы говорите с такой уверенностью, будто вы пророк!

– Я не пророк. Но вы уже близки к этому. Иначе почему вы приняли приглашение?

– Из любопытства.

– Пускай. Но минуту назад вы скопировали мою интонацию и мою ужимку. Это не делают из любопытства.

Я замолчала, стараясь разобраться в самой себе и в происходящем. Он сказал:

– Предупреждаю, вам будет очень трудно. Позавидовать вам нельзя.

– Глупости, – буркнула я, не найдясь, что сказать. Он встал со скамьи и протянул мне руку, но я не взяла её. Не прикасаясь друг к другу, мы вышли из здания почтамта.

Мне не очень хотелось, чтобы он меня провожал, и он это чувствовал. До входа в метро он не проронил ни единого слова. И лишь когда мы расставались, он сказал мне:

– Надеюсь, вы поняли, что приглашение на чай остаётся в силе.

3 сентября 1913 г.

Более безумного дня не было во всей моей жизни.

Начать с того, что Минни оправилась от гриппа и во всё суёт свой нос. Без четверти три она вошла ко мне в комнату и, увидев, как я лихорадочно перекапываю платяной шкаф в поисках чего-то неброского, сказала:

– Признавайся, Дороти, – ведь ты кавалера завела?

Я промолчала, найдя лучшим просто пожать плечами. Минни плюхнулась на диван и дружелюбно проговорила:

– Да ладно, брось, мне-то что... Наше дело молодое. Скажи, он красивый?

– Вовсе он мне не кавалер, – сказала я, натягивая шерстяное коричневое платье, протёртое на локтях. Минни удивлённо поглядела на мой наряд.

– Ты так вырядилась на свидание с ним, что я, кажется, готова тебе поверить. Он что, католический священник?

– А если я иду вовсе не на свидание с ним? – разозлилась я. Она скептически покачала головой.

– Это твоё личное дело. Я только хотела предупредить, что квартирная хозяйка была недовольна, когда ты три дня назад вернулась на такси в одиннадцатом часу вечера.

– Хватит сочинять, – сказала я и выпроводила Минни из комнаты. Меня не поймаешь на эту удочку; она не дождётся от меня испуганных заверений в том, что «он» – приличный человек и т.д. – я вообще не хочу обмолвиться ни одним словом, кто он такой. Возможно, потому что сама этого не знаю.

Выходя со станции метро «Лондонский мост», я перестраховалась и напустила на лицо вуальку. К счастью, был ещё слишком ранний час, чтобы вызывать предосудительные толкования. Я никогда не бывала в этом районе раньше; он имеет неприглядный вид, ведь отсюда рукой подать до Докленда – дальше на восток тянутся одни рабочие кварталы. Когда-то в этих краях располагался знаменитый шекспировский театр «Глобус»; в этом году исполняется ровно триста лет, как он сгорел*. С тех пор эти места не отличаются блеском. Я испытала дрожь, проходя под Лондонским мостом:

* «Глобус» восстановлен на прежнем месте в 1997 г. Трущобы XIX в., находящиеся вокруг, ныне охраняются как архитектурный памятник и переоборудованы внутри под престижные рестораны и офисы. *(Прим. ред.)*

в длинном тоннеле стояли полумрак и сырость, к стенам жались какие-то оборванные мальчишки. Здесь было больше бедноты, чем в любой другой части Лондона, где я бывала до сих пор. Закопчённые, почернелые дома производили страшное впечатление. Когда я наконец добралась до адреса, указанного на конверте, я подумала, что тут какая-то ошибка. Дом казался необитаемым в течение многих лет: с него облупилась вся штукатурка, окна нижнего этажа были заколочены, от палисадника осталось только незамощённое углубление в земле, засыпанное осколками кирпича. Мой новый знакомый, при всех его странностях, просто не мог здесь жить.

Я ещё раз сверила адрес на конверте: всё верно. Я пришла в нужное место. В полном недоумении я снова оглядела дом и вдруг поняла, что латунная табличка с номером была совершенно новой. Значит, дом был не совсем необитаем. Дверного молотка, однако, не было. Подойдя к двери, я постучала в неё рукояткой зонтика.

Дверь открылась почти мгновенно; неужели за мною наблюдали в какую-то щёлку? В проёме стояла старуха, несомненная англичанка, одетая бедно, как все жители этого квартала. Я попятилась, но она проговорила:

– Вы мисс Уэст? Идите сюда, боярин вас ждёт.

Она так и сказала «боярин», и экзотическое слово прозвучало в её устах жутковато. Неужели я столкнулась с Мартовским Зайцем при Безумном Шляпнике? Без лишних слов, деловито она захлопнула дверь за моей спиной, и я услышала щелчок автоматического замка. Не успев испугаться, я обернулась в поисках вешалки для шляп и стойки для зонтиков. Ни того, ни другого не было. И тут меня в самом деле охватил страх. Я вцепилась в перила лестницы, ведущей наверх. Старуха позади меня сказала:

— Поднимайтесь к нему в кабинет, это дверь сразу прямо. Там и зонтик поставите.

Мне ничего не оставалось, как пройти по лестнице, усыпанной битой штукатуркой, и постучать в тёмную ободранную дверь. В то время как я размышляла, что, может быть, такова мунтьянская манера принимать гостей, знакомый хрипловатый голос приветливо откликнулся:

— Входите.

Мирослав поднялся из-за письменного стола мне навстречу. Я оторопела: он был одет ещё более нелепо, чем я. На нём была домашняя куртка, перешитая, очевидно, из какой-то старинной вещи: тёмно-зелёное сукно, расшитое золотыми узорами, не могло быть изготовлено в начале XX века. Ткань была столь ветхой, что в нескольких местах сквозь прорехи виднелось голое тело. Шею обвивал длинный яркий шарф, но в этот раз не шёлковый, а гарусный, крупной вязки; концы свешивались до колен. Только брюки на нём были те же, что во время предыдущей встречи. Однако я заметила, что он подстриг усы; тщательно вымытые волосы были заправлены за уши, что его не красило. Протянув мне руку, он избавил меня от зонтика и шляпы с вуалью и усадил на вылинявший диван.

— Не сочтите обидным, что принимаю вас в такой обстановке, — сказал он, проследив за моим недоумевающим взглядом. — Видите ли, я чуть более полугода назад приехал в Лондон, и интуиция подсказывает мне, что я не задержусь здесь надолго. Да и как мне, иностранцу, укорениться в Лондоне!

Кабинет имел вид не лучше, чем весь остальной дом, он не нёс ни малейших признаков ремонта или попытки сделать помещение более уютным. Несколько предметов мебели не придавали ему жилого вида – они казались наспех втащенными, чтобы заполнить пустоту, и выглядели так, как будто были куплены на распродаже имущества разорившегося клерка. Впрочем, у человека, видимо, есть некий предел способности к удивлению; я свой предел исчерпала, не заметив как. Я спросила только:

– Ваша экономка – англичанка?

– Это не экономка, а приходящая домработница. Джорджия Томсон. Оплата у неё почасовая, по шиллингу в час.

– Хм, – недоверчиво откликнулась я. Человек, способный платить прислуге по шиллингу в час, вряд ли стал бы жить в такой дыре. Даже скрываясь от журналистов. Мирослав улыбнулся.

– Я не часто нуждаюсь в её услугах, зато всё остальное время она меня не беспокоит.

– Я вижу, вы не любите, чтобы вас беспокоили, – с ехидцей подметила я. Он сделал вид, что не заметил подтекста. Или всё же заметил? Взмахом руки остановив меня от дальнейших вопросов, он поднялся с дивана.

– Пойдёмте в столовую; чай уже давно готов.

Бережно взяв меня под локоть (я снова изумилась неестественному теплу его руки), он свёл меня по лестнице вниз и распахнул дверь в столовую.

– Прошу, – всё так же улыбаясь, сказал он.

Столовая пребывала в ещё большем запустении, чем остальные помещения. Я разглядела наспех брошенную на стол скатерть из пожелтевшего кружева и чайный прибор; но всё это почти мгновенно уплыло куда-то из моего поля зрения, потому что взгляд мой приковала большая, увеличенная фотография, висевшая над столом. Ничего более омерзительного и ужасного мне не доводилось видеть. Даже и теперь при одной мысли об этом снимке у меня кровь стынет в жилах. Вот почему я не хочу описывать её здесь; скажу только, что на фотографии был снят человек, замученный и убитый невероятно жестоким образом. Камера запечатлела всё до мельчайших жутких подробностей, и самое страшное было то, что был человек, который держал в руках эту зловещую камеру, выбирал точку съёмки и поджигал магний. Это было ещё отвратительнее, чем само изображение. Я окаменела, не в силах переступить порог.

– Вы... пьёте здесь чай? – с вымученной улыбкой спросила я, пытаясь уверить себя, что всё это – лишь шутка, подстроенная хозяином. Мирослав слегка подтолкнул меня вперёд.

– *Мы* будем пить чай, – со своим непривычным выговором произнёс он. – Прошу. Вот ваше место.

«Он не может так шутить надо мной!» – в ужасе подумала я. Стул, предназначавшийся мне, стоял прямо под фотографией. Сев, я бы оказалась к ней спиной; но самая мысль о том, что мне придётся пройти и сесть туда... и что Мирослав будет разглядывать моё лицо на фоне этого кошмара, не давала мне сделать ни шагу.

– Вы шутите? – идиотским тоном спросила я. Мирослав отпустил мою руку и сказал:

– Я всегда шучу, – голосом, каким обыкновенно говорят «я никогда не шучу».

Я ещё раз взглянула на фотографию. На изуродованном лице несчастного выделялись тёмные усы; на мгновение я вообразила, что на снимке – сам Мирослав, загримированный для какой-то дьявольской театральной постановки. Но нет, телосложение было не его – более крупное и массивное. Да и невозможно было достичь столь кошмарной убедительности постановочными средствами. Нет, фото отображало реальность – чужую и страшную, неизвестную мне, существующую где-то вдали, за пределами нашего благоустроенного мира. У меня вырвалось:

– Кто он?

– Предатель, – в голосе Мирослава снова зазвучали насмешливые нотки. – Он выдал туркам группу повстанцев. Те, кому удалось спастись, поймали его и проделали с ним то же, что турки с их товарищами.

– Это фотографировали... вы? – вдруг догадалась я. Он повёл изогнутой бровью.

– Вы ещё умнее, чем я ожидал. Садитесь же, чай остынет.

– Нет, – прошептала я и сделала шаг назад. – Вы не можете предлагать мне сесть там.

– Вы всё равно сядете. Это место для вас.

– Вы не заставите меня это сделать, – выговорила я, чувствуя, как подкладка корсета на моей спине промокает и прилипает к телу. И услышала:

– А если заставлю?

На меня в упор смотрело дуло браунинга в руке Мирослава.

Я имела дело с сумасшедшим; и я ещё позволяла себе сомневаться в этом, лезла на рожон, пока не доигралась и не поставила под угрозу собственную жизнь! Всем известно, что безумцы могут выдвигать маниакальные требования; и иногда лучше выполнять их, чтобы не поплатиться жизнью. Я сама почти обезумела от страха. Я уже готова была шагнуть в сторону проклятого стула. Но мои ноги словно приросли к полу. И вдруг я поняла, что никакие силы не заставят меня сесть пить чай под этой ужасной фотографией, убьёт он меня или не убьёт, потому что то, чего он от меня требует, нестерпимо гадко, гаже самой смерти, и я – такая, как есть сейчас, – сделать это не смогу, потому что сделать это ещё страшнее, чем не сделать.

– Стреляйте! – взвизгнула я. – Вы психопат, а ещё вернее того – негодяй! Можете развлечься и убить меня сейчас – я не сделаю этого, не потому, что у меня приступ героизма, а потому, что это мерзость, мерзость, мерзость!

Я не успела выплеснуть весь свой ужас и ярость ему в лицо. Рука с пистолетом опустилась, и в улыбке на смуглом лице на этот раз не было сарказма.

– Я пошутил, – просто, по-домашнему, сказал он. – Пистолет не заряжен. Можете убедиться в этом.

Он несколько раз нажал курок браунинга, направленного в пол. Раздались лишь сухие щелчки. Меня била дрожь. Я подняла глаза.

– Странная у вас манера шутить.

– На Балканах юмор несколько отличается от английского, – в его глазах зажглась давешняя лукавинка. – Успокойтесь. Я всего-то слегка вас попугал. Что может быть полезнее небольшого стресса! Теперь вам нужно всего лишь некоторое подкрепление сил. Давайте пить чай.

– Но... – начала я. Он прервал меня:

– Не здесь, конечно. Мы расположимся в моём кабинете. Пойдёмте наверх.

Я была ещё не в силах оправиться после пережитого кошмара и как во сне поднималась по лестнице. Пистолет он оставил внизу в столовой. Увидев, что я шатаюсь, он подал мне руку; тут бы мне оттолкнуть её, но я чувствовала себя настолько выбитой из колеи, что молча оперлась на его плечо.

– Зачем вы это сделали? – окрепшим наконец голосом спросила я. Он пристально поглядел мне в лицо.

– Чтобы вы поверили.

– Во что?

– Что я – Мирослав-боярин.

– Вам почти это удалось, – попыталась рассмеяться я. В кабинете теперь оказался маленький чайный столик красного дерева, накрытый белой льняной скатертью, расшитой крестиками, красным и чёрным, сложнейший узор, никогда не виденный мною и не имеющий ничего общего с привычными мне вышивками. На скатерти стояли чайник, молочник и две мисочки – одна с мёдом, другая с белым сыром; на тарелке возвышалась горка даже на вид горячих лепёшек. Я обратила внимание, что чашка была всего одна, и удивленно посмотрела на Мирослава.

– А вы?

– Я не привык к чаю. У меня на родине не очень-то жалуют этот напиток. Я просто составлю вам компанию.

Мы сели всё на тот же старый диван, и Мирослав собственноручно налил мне чаю. Чай был заварен добротно, по-английски, но угощение было совершенно не английским. От мёда пахло континентальными травами, и почему-то всплыло в памяти русское слово stерре; сыр был снежно-белый, сухой, ломкий и невероятно солёный – я растерялась, как его есть. Заметив моё смущение, Мирослав пояснил:

– Берите руками и ломайте. Это брынза. Мне прислали друзья из родных краёв.

Сам он, впрочем, не ел, а только сидел, облокотившись на диван и наблюдая за мной. Надкусив горячую лепёшку, я спросила:

– Неужели это печёт ваша домработница?

– Конечно. Но мне пришлось несколько раз показывать ей, прежде чем она научилась.

Я наконец сумела сбросить напряжение и рассмеяться. Кабинет теперь, с чайным столиком под расшитой скатертью, с паром от чайника и запахом свежих лепёшек и мёда, был необычайно уютным, и всё, что произошло четвертью часа раньше внизу, в столовой, казалось невозможным, случившимся в страшном сне. Мирослав благодушно улыбался.

– Ваши лепёшки приятнее, чем ваши шутки, – заметила я. – Особенно *после* ваших шуток. Не каждый день меня собираются убивать.

– Не знаю, что бы вы сказали, узнав, что скрывалось за этой шуткой, – многозначительно сказал он. – Вы даже не знаете, какому риску я вас подвергал.

– Что, вы и в самом деле собирались убить меня? – иронически спросила я, макая лепёшку в мёд. Теперь Мирослав вовсе не производил впечатления безумца; в ретроспективе его розыгрыш представлялся жестоким и низкопробным, но ничем более, кроме розыгрыша. Возможно, таким образом у потерявших голову мунтьян принято производить впечатление на приглянувшуюся девушку. Если вдуматься, всё это было даже лестно для меня.

– Нет, не собирался, – спокойно ответил он. – Но я бы убил вас, если бы вы согласились сесть под фотографией.

– Как? – весело поинтересовалась я, болтая ложечкой в чае. – Пистолет-то был не заряжен, а рукояткой вы и крысу не зашибёте.

– Вернее, вы бы сами себя убили. В том чае, внизу, был цианистый калий.

Холодок пробежал у меня по спине. Шутил ли он на этот раз? Я предпочла думать, что это была шутка. Мирослав снова заговорил, уже серьёзнее:

– Я не сомневался, что вы откажетесь. Даю вам слово, что больше не буду подвергать вас и ваши нервы никаким испытаниям. Вы уйдёте отсюда в полной безопасности.

– Но для чего, для чего вам это было нужно? – ничего не понимая, спросила я. – Вы не сумасшедший, я это вижу... Кто вы?

– Я – Мирослав-боярин. Не больше и не меньше. Я хотел, чтобы вы увидели меня таким, какой я есть. И приняли или не приняли – таким, какой я есть. Чтобы вы знали обо мне правду.

– Я не знаю, какой вы есть. Вы меня напугали своими выдумками и сбили с толку. Я ничего в вас не понимаю.

– Вы уже начали понимать. Не всё сразу. Постепенно вы поймёте.

Итак, мы расстались скорее друзьями, чем врагами, и вот уже два часа я стараюсь записать события этого дня в том порядке, в каком они происходили. Боже, я даже не могу понять, сержусь ли я на него за театральное представление, которое он мне устроил. Он, несомненно, очень эксцентричный человек – эксцентричный и безжалостный к себе и окружающим – вроде русского императора Петра Великого. Но я чувствую, что тут кроется что-то особое; что в его жизни есть какая-то причина для всего этого, которая скрыта от меня. Может быть, это связано с его участием в партизанских восстаниях. О, если бы я могла разгадать эту тайну!

4 сентября 1913 г.

Минни прицепилась ко мне, когда мы завтракали. К счастью, хозяйки не было дома; мы были одни в столовой, и нас никто не слышал. Намазывая масло на бутерброд, Минни как бы невзначай спросила:

– Ну что, будешь говорить, что не к нему вчера ходила?

Неизвестно почему, мне захотелось не столько скрыть правду, сколько разозлить Минни. Я поболтала ложечкой в чашке и с вызовом сказала:

– Ну, допустим, к нему. Я же вернулась домой в половине восьмого.

Минни поперхнулась чаем и положила надкушенный бутерброд прямо на скатерть.

– Ой, Дороти! – глаза её округлились. – Скажи, он красивый?

– Смотря на чей вкус, – отрезала я. – Тебе бы он не понравился.

– Так, – задумалась Минни, – значит, не высокий и не блондин. Дороти, ну скажи по-хорошему, кто он?

– Он мунтьян, – коротко ответила я. Мне доставило немалое удовольствие видеть её замешательство.

– Это ещё что такое?

– Это такая народность, вроде сербов, – равнодушно пояснила я. – Не клади бутерброды на скатерть маслом вниз, а то нам обеим будет головомойка.

Минни секунду переваривала услышанное, потом её глаза засияли идиотским восторгом. Она придвинула свой стул ко мне.

– Так он иностранец? Ну, ты даёшь, Дороти! Как он выглядит?

Весёлые черти потянули меня за язык; я поставила чашку на блюдце и сказала:

– Как мунтьян. В красной рубашке, с во-от такими усами и, – я вспомнила эпизод в парке и прибавила: – за ухом жёлтая роза.

Минни расхохоталась:

– Врунья! Я и не знала, что ты такая выдумщица! Ну ладно, не хочешь говорить, не надо. А что вы делали?

Мой новый знакомый, намеренно или не намеренно, открыл мне то, чего я и не подозревала до сих пор: самой неправдоподобной вещью часто бывает истина. И проще всего было её не скрывать – Минни... да что там Минни – никто бы не поверил.

– Пили чай.

– Пили чай? Только-то? – с деланным разочарованисм протянула моя соседка. Было видно, что ей хочется вытянуть из меня все жилы. Я доела булочку и ответила скороговоркой:

– Ну, не только. Он наставил на меня пистолет и хотел заставить меня сесть пить чай под большой фотографией партизана, подвешенного за рёбра на крюк. Я не согласилась, а потом оказалось, что в час был цианистый калий. И мы пошли к нему в кабинет пить обыкновенный чай, без цианистого калия, понимаешь, зато с мёдом, который ему доставили с Балкан.

– Ага! – визжа от смеха, подхватила Минни. – А ещё он ходит с саблей на боку и держит у себя дома восемнадцать японских гейш! А в ботинках у него спрятаны бриллианты, украденные им у индийского раджи!

– Может быть, может быть, – уклончиво ответила я и почти неслышно добавила: – Только у него не ботинки, а сапоги.

Минни прокашлялась и допила остатки чая.

– Слушай, Дороти, – примирительно сказала она, – не хочешь рассказывать – не надо. Дело твоё, личное, а то я не понимаю? Ты вот лучше скажи – брать тебе билет на «Мирослава боярина»? На следующей неделе показывают. Билеты заранее продают – слишком много желающих.

Я вспомнила тощую чёрную фигуру и набелённые залысины Имре Микеша и поморщилась.

– Нет, не надо.

– Чего так?

– Не хочется.

Единственное, в чём я сейчас бы не призналась Минни, – то, что я уже смотрела этот дурацкий фильм.

Оказавшись наконец одна в своей комнате, я бросилась на кровать и уставилась в потолок. Что-то явно перевернулось – не в обстоятельствах, а во мне самой. Я чувствовала какую-то беспричинную удаль; меня ничто не волновало и одновременно ничто не страшило. Я ощутила, что всё, что думали обо мне Минни или квартирная хозяйка, не значило для меня абсолютно ничего; что все эти мелочи терялись перед лицом того, что мне довелось – а может, ещё только предстояло – узнать. И, боже, мне снова хотелось видеть Мирослава!

ПИСЬМО ДОРОТИ УЭСТ, НАПИСАННОЕ 4 СЕНТЯБРЯ НА ИМЯ ДЖОРДЖИИ ТОМСОН

Дорогой Мирослав,
называю вас по имени, как вы и просили. То, что произошло между нами вчера, чрезвычайно странно – но в то же время как будто закономерно. Не скрою, ваша шутка поначалу показалась мне чудовищной, выходящей за все возможные рамки и так-

та, и приличий. (Что поделать, англичане не привыкли к таким розыгрышам!) Но вы, вероятно, удивитесь, узнав, что эта шутка имела гораздо более далёкие последствия, чем я могла предполагать. Во мне что-то изменилось, сильно и бесповоротно; теперешняя я — это не тот человек, которым я была все предыдущие двадцать шесть лет моей жизни. Я хотела узнать, кто на самом деле вы такой; теперь я вижу, что я толком не разобралась ещё, кто на самом деле я сама. Мне пришлось узнать, что истина бывает неправдоподобна. И я чувствую, что это не единственное, что мне предстоит узнать. Вы открыли мне вещи, о которых я даже не подозревала, и многое ещё требует разъяснения.

Ваша *Дороти Уэст.*

ПИСЬМО, ПОЛУЧЕННОЕ ДОРОТИ УЭСТ 5 СЕНТЯБРЯ

Милая Дороти,
я очень рад вашему письму. Оно ещё раз доказывает ваш ум и проницательность. Вы сделали крупный шаг вперёд по сравнению с началом нашего знакомства. Но, как вы сами признаётесь, вам предстоит ещё многое узнать. Я догадываюсь, что вас продолжает волновать вопрос, кто я на самом деле. Ваша проблема не в том, что вы не можете это узнать, — я от вас этого не скрывал. Вы знаете, но не можете в это поверить. Истина, как вам недавно открылось, бывает неправдоподобной. Впрочем, и неправдоподобную истину можно доказать; но выдержит ли ваша психика бремя доказательств, которые мне потребуется предъявить? Я подверг вас не слишком серьёзному испытанию, которое, тем не менее, подействовало на вас тяжело, — казалось бы, оно должно было убедить вас, кто я такой. Вы пред-

почли думать, что я хочу вас соблазнить; затем — что я сумасшедший маньяк; затем — что я злой шутник, демонстрирующий неджентльменский восточный юмор. Последнее всё-таки ближе к истине из всех прочих догадок; но истина одна, и она неправдоподобна.

Я очень хотел бы снова увидеться с вами. На этот раз время и место назначите вы — я полагаюсь на ваше чутьё и такт. Единственное условие — это не должен быть ресторан или дансинг. Выберите место, где мы бы не привлекали внимания.

Всегда ваш *Мирослав Э.*

ПИСЬМО ДОРОТИ УЭСТ, НАПИСАННОЕ 5 СЕНТЯБРЯ НА ИМЯ ДЖОРДЖИИ ТОМСОН

Дорогой Мирослав,
мы можем увидеться 7-го числа в Гайд-парке там же, где и встречались, но только с утра — в 12 часов мне нужно быть в редакции.

Дороти Уэст.

ПИСЬМО, ПОЛУЧЕННОЕ ДОРОТИ УЭСТ 6 СЕНТЯБРЯ

Милая Дороти,
не удивит ли вас, если я попрошу вас прийти к 7 утра? Можете ли вы выполнить эту просьбу? Я буду ждать вас точно в это время и надеюсь, что вы придёте.

Всегда ваш *Мирослав Э.*

ЗАМЕТКА ИЗ DAILY TELEGRAPH ОТ 5 СЕНТЯБРЯ 1913 г.

Вызывает беспокойство мода на «Мирослава боярина», принимающая характер повального сумасбродства. Вчера в психиатрическую клинику доктора Мейера в Вестминстере была доставлена Анна

Бейтс, белошвейка из Саутворка. Девушка утверждает, что заключила сделку с дьяволом и что дьявол этот не кто иной, как Мирослав-боярин. В доказательство она показывала большой порез на запястье, наспех забинтованный ею же. По всей видимости, это результат неудачной попытки самоубийства. К счастью, состояние мисс Бейтс — не что иное, как рядовой невроз, и врачи обещают полное выздоровление. Однако Алистеру Мопперу следовало бы призадуматься над последствиями своей рекламной кампании.

ИЗ ДНЕВНИКА ДОРОТИ УЭСТ

7 сентября 1913 г.

Я не знаю, чему верить, а чему нет. Я даже не знаю, можно ли сказать, что в этот день что-то произошло. С одной стороны, не произошло ничего особенного — тем более сравнительно с тем вечером третьего числа. С другой стороны, произошло очень многое... Но сначала придётся рассказать всё по порядку.

Было очень странно оказаться в Парке в семь часов утра. Полисмен посмотрел на меня с подозрением, но, поскольку в Парк разрешено входить с шести часов, он не мог мне этого запретить. Я быстро направилась по дорожке вдоль тисовой изгороди, мимо мраморного мальчика с дельфином, по направлению к розарию. Отчего-то я знала, что Мирослав не может обмануть — что он будет там. Он действительно стоял там, темноглазый и улыбающийся, обмотанный своим шарфом (в этот раз опять шёлковым). К счастью, рубашка на нём была более спокойной расцветки, чем тогда на премьере фильма. Мы обменялись сдержанным рукопожатием, хотя у меня сердце билось, как у восемнадцатилетней девчонки. Я опустила глаза, потом снова подняла, прежде чем смогла заговорить.

– Вот я и здесь, – запинаясь, сказала я. – Вы хотели снова видеть меня.

– Вы тоже, – заглянув мне в глаза, произнёс Мирослав. – Вы тоже хотели видеть меня. Себя-то зачем обманывать?

– Значит, мы хотели встретиться, – подвела итог я. – Я не знаю, для чего это нужно вам. И я не знаю, что я хочу узнать от вас. Но нам обоим это оказалось нужно.

– Верно, – вполголоса проговорил Мирослав, беря меня под руку. – Мне ещё есть что вам сказать, и вам мне – тоже.

Идя с ним под руку по безлюдным в этот час дорожкам, петляющим в зарослях цветов, я сбивчиво заговорила:

– Не знаю... Может быть, вам покажется смешным... но я вам очень благодарна за этот спектакль с фотографией партизана. Я поняла одну вещь... не знаю, как выразиться...

– Выражайтесь прямо, – улыбнулся он. Высвободив руку, чтобы на миг избавиться от ощущения неестественного тепла его тела, я выпалила:

– Что угодить или не угодить с кем-то в постель – не самое главное.

– Вот как, – приподнял бровь Мирослав. Испугавшись собственной реплики, я продолжила, пытаясь пояснением сгладить неловкость:

– Я хочу сказать, что мы, англичане, бережёмся не того, чего следует опасаться... И что есть вещи пострашнее того, чего мы привыкли бояться. Я всю жизнь считала себя современной девушкой, а вы открыли мне, что я недалеко ушла от моих бабушек. Я, конечно, допускала свободную любовь... и догадывалась, что лучше быть соблазнённой, чем мёртвой, а не наоборот... но благодаря вам я узнала, что существуют соблазны много более страшные — такие, что лучше в самом деле быть мёртвой, чем им поддаться.

Сама в ужасе от того, что сказала, я покраснела и смолкла. Но Мирослав ободряюще сжал мою руку.

– Вы делаете заметный прогресс, – ответил он. – Следующим вашим шагом будет понимание того, что не столь важно, современны вы или нет. И даже не столь важно, мертвы вы или нет.

Мы сели на траву под огромным старым платаном, прислонившись к стволу. Нас разделяло не более полудюйма – полдюйма горячего воздуха между его плечом и моим. Не пытаясь сократить это расстояние, он проговорил:

– Есть две вещи, значение которых непомерно раздуто вами, западноевропейцами, – совокупление и смерть. Я попробовал то и другое и смею сказать, что они этого не заслуживают.

– Как это? – переспросила я, не понимая смысла его парадокса. Он, по-видимому, решил, что вопрос относится к первой части высказывания, а не ко второй.

– Сущность человека, главное в нём – то, что он тайна. Секс и смерть лишь уравнивают его со всеми прочими живыми тварями. Заворожённый взгляд вашей культуры на то и на другое как на тайну – взгляд в перевёрнутый бинокль. Взгляните вовсе без бинокля, и вы увидите, что этот трепет вызван не тайной, а тем, что тайну так легко отнять. Чем объяснить поведение распутника, как не погоней за ускользающей тайной? Смерть и секс — простые и насущные стороны человеческой жизни, такие же, как еда и сон, не более. Но на них чрезмерно сосредоточились и думают, что в них-то — или в отношении к ним — и заключается существо человека. Сейчас все с жадностью накинулись на учение доктора Фройда, думая, что с его помощью постигнут тайну человека. Между тем образ человека, который предлагает нам доктор Фройд, попросту нестерпимо скучен.

— А каким способом, по-вашему, постигается тайна? — забыв от волнения про свой предыдущий вопрос, спросила я. Мирослав повернул своё лицо — в этот раз совершенно другое, неожиданно ясное и чуть печальное — ко мне.

— Вы никак не можете понять, что тайна должна оставаться тайной.

— Всем тайнам есть предел, — заявила я. — Вот, например, вы сами. Я отчаялась понять, кто вы. В первую нашу встречу я увидела неотёсанного иностранца из богемных кругов. Во вторую — доморощенного Казанову, строящего из себя загадку. Потом вы предстали передо мной психопатом с садистскими наклонностями, потом — злым шутником. Сейчас я вижу перед собой мыслителя, создателя оригинальной философской системы. Я не против тайн, но я против таинственности. Трюки — вещь, недостойная вашего ума и индивидуальности.

Мирослав тихо рассмеялся, потом смолк и поглядел на меня вдумчиво и серьёзно.

— Вы знаете, кто я. Но вам будет нестерпимо в это поверить.

— Ну да, конечно! Мирослав-боярин! А почему вы в таком случае разгуливаете невредимым? Ведь герой романа погибает.

— Это ничего не значит, — спокойно сказал Мирослав. Художник может кое что домыслить. Вы читали «Мага»?

— Нет; это тоже написал Моппер?

— Нет, не Моппер. Есть такой молодой писатель, Сомерсет Моэм. Это его роман. Так вот, у него там тоже героя убивают; а я лично знаком с ним — хотя он выведен в романе не под своим именем — и могу подтвердить, что он жив и здоров, правда, изрядно растолстел.

— Послушайте, — сказала я, — не морочьте мне голову. Автор может взять у реального человека либо внешность, либо характер, либо биографию. Внешностью вы на Мирослава-боярина не похожи, и это не нуждается в доказательствах. Ваш характер также трудно усмотреть в герое романа — насколько я помню, тот Мирослав законченный неврастеник с байроническими приступами злобы. Остаётся единственное — поступки. Вы что же, всерьёз хотите уверить меня, что сотворили всё, что Моппер описывает в своей книге?

— Не только это, но гораздо больше, — с какой-то цинической ухмылкой произнёс Мирослав, и мурашки побежали у меня по спине. Может, мне показалось? Гримаса цинизма мгновенно спала, на меня смотрел прежний Мирослав — внимательный, многое знающий, многозначительный. Прежний, но не совсем — двусмысленность в его взгляде и изгибе ярких губ под пушистыми усами приобрела какой-то недобрый и сладострастный характер; как будто он знал больше, чем полагалось знать, и даже больше, чем можно вообразить, как будто бросал мне вызов, который мне заведомо не по силам.

— Опять ваши шутки, — сказала я. — И опять игры, смена масок. Вы хороший актёр, но когда я увижу вас настоящим?

– Вам ведь не это нужно, – улыбка исчезла с лица Мирослава, и эта серьёзность была ещё более жуткой, чем предыдущая насмешка. Я заглянула ему в глаза.

– Почему? – спросила я, не узнавая своего голоса. При близком расстоянии было видно, что веки у него припухшие, глаза покрасневшие и воспалённые, полные какой-то застарелой усталости. Он посмотрел на меня в упор.

– Потому что вам нужна не истина, а успокоение. Потому что я вам нравлюсь, и вы хотите добиться от меня гарантии, что я не изверг и убийца и что я не причиню вам вреда. Но я уже гарантировал вам последнее – что у меня нет в отношении вас дурных намерений. Первое я вам гарантировать не могу.

Я не сразу нашлась, что ответить. Превозмогая нервную дрожь, я собралась с мыслями и сказала:

– Но, кем бы вы ни были, вы не можете быть... тем. Это невозможно. Такого не бывает. Это литературный вымысел.

– А вы говорили, будто поняли, что истина невероятнее любого вымысла. Теперь я вижу, что ничего вы не поняли.

Странная смесь чувств поднималась во мне – смесь страха, заледенившего мои пальцы в перчатках, с привкусом щемящей тоски, грусти по неизвестно чему. Потеряв контроль над собой, я вцепилась в рукав Мирослава.

– Не мучьте меня, ради всего святого! Скажите мне правду!

– Не поминали бы вы ничего святого, – сокрушённо проговорил он. – К тому же правда была уже многократно сказана.

– Но кто вы? Партизан, морфинист, беглый каторжник – мне всё равно, я хочу только знать, кто вы!

– Хорошо. Вы получите то, что требуете.

Мирослав аккуратно, но настойчиво высвободил от меня рукав и сел прямо, скрестив ноги.

– Вы хотите увидеть меня настоящего. Это не так сложно, хотя я хотел вас от этого уберечь. Смотрите.

Медленным движением он потянул за конец шарфа, размотал его и снял с шеи. Затем собрал рукой сзади свои густые волосы, чтобы мне было лучше видно.

– Боже... – вырвалось у меня. Его горло опоясывал широкий светлый шрам – по всей окружности, нигде не прерываясь. Я выронила ридикюль, потом подобрала и прижала к груди.

– Боже, боже... – задыхаясь, пробормотала я и, вскочив на ноги, кинулась прочь, по траве и цветочным бордюрам, не разбирая дороги, вон из проклятого парка.

Спотыкаясь, я летела между деревьями, не обращая внимания на прогуливавшуюся публику, уже появившуюся к тому времени на дорожках. И только перебежав улицу и очутившись в просторном подземном вестибюле станции метро, я поняла, что никто меня не преследовал. Купив билет и спустившись вниз на платформу, я шагнула в двери подъехавшего поезда, рухнула на диванчик, сжала голову обеими руками и разрыдалась.

ИЗ THE EGOIST, № 17/1913

КЕМ БЫЛ МИРОСЛАВ-БОЯРИН?

У нас в гостях – профессор Даниэль Стэнли, преподаватель истории в Кембриджском университете, близкий друг Алистера Моппера. Проф. Стэнли известен своими трудами в области славяноведения и балканистики и консультировал писателя, когда тот работал над романом. Он любезно согласился выступить и ответить на вопросы нашего корреспондента Эльзы Моррис.

Корр.: Скажите, пожалуйста, профессор, давно ли вы знакомы с мистером Моппером?

Д.С.: С 1906 года, когда он начинал работу над романом. Один наш общий знакомый порекомендовал меня, когда ему потребовались подробные сведения об истории и нравах стран Восточной Европы. Я охотно согласился снабдить Моппера материалами по этой тематике. Постепенно мы сблизились и стали хорошими друзьями.

Корр.: Насколько вы близки с неким Мирославом Эминовичем, который тоже приходится другом писателю? Что вы можете о нём сказать?

Д.С.: К сожалению, я знаю его мало. Моппер впервые представил мне его в 1907 году, но я никогда не общался с ним тесно.

Корр.: Он утверждает, что именно он послужил прототипом главного героя романа. Что вы думаете на этот счёт?

Д.С.: Боюсь, что публика попалась на мистификацию. Поскольку Моппер пользовался моими источниками, когда писал роман, я могу со всей ответственностью сказать, что никакого отношения к Эминовичу герой не имеет. То есть имеет, но весьма косвенное. В романе есть несколько легенд, которые мне неизвестны. Если Моппер не придумал их сам, он, скорее всего, узнал их от Эминовича.

Корр.: А имя? Он же использовал его имя.

Д.С.: Эх... С именем тут весьма занятное совпадение. «Мирослав Э.» в романе списан с реального исторического лица – воеводы, жившего в XVI веке, и этот воевода тоже носил имя Мирослав Эминович. Кстати, Эминович – не фамилия в данном случае, а прозвище, так как он получил воспитание в заложниках у турецкого паши Эмина. Я разыскал сведения о нём по просьбе Моппера. Это была фигура не то чтобы приятная, но любопытная. Он прославился своей отчаянностью в борьбе с турками-османами. Тот тут, то там он собирал отряды головорезов и вёл, как бы мы теперь сказали, партизанскую войну. Десять лет он наводил страх на турок, но ещё больше на своих соратников. Говорят, он осматривал их после сражений и самолично рубил головы тем, у кого находил раны не спереди, а сзади. В конце концов, утомлённые его непримиримостью и кровожадностью, партизаны выдали его туркам. Это случилось после битвы под Слатиной, в которой полегла большая часть повстанческого войска. Уцелевшие настаивали на бегстве и прекращении борьбы, но Мирослав отказался. Это его и погубило. Выданный османам, он был обезглавлен, и голова на три дня выставлена в Слатине, а тело изрублено на куски. Поскольку его останки бесследно исчезли, обстоятельства его жизни и гибели обросли легендами уже считанные десятилетия спустя. Среди прочих есть и легенда, будто он занимался чёрной магией или будто он вступил в сделку с дьяволом, который не позволил ему умереть. Часть этого фольклорного материала Моппер воспроизводит в романе. Однако мне досадно, что он отказался от многих подлинно балканских поверий и предпочёл расцветить сюжет своими собственными выдумками, которые гораздо менее интересны и к тому же грешат против истории и хорошего вкуса.

Корр.: Благодарю за чрезвычайно интересный рассказ. Скажите, а этот Эминович не может быть потомком того?

Д.С.: Не знаю; не могу сказать наверняка. Возможно, он в самом деле аристократического происхождения; но по своему роду занятий он – модный дамский портной, а хобби у него – исторические разыскания. Первое известно точно, второе – по его собственным утверждениям. Он, насколько я знаю, не претендует на родство с тем Мирославом. Правда, в нём действительно есть сходство с портретом слатинского воеводы, которое может навести на эту мысль.

Корр.: Но можно ли доверять средневековым портретам? Известно, что они приукрашивали лица заказчиков. Во многих старинных изображениях можно разглядеть сходство кого угодно с кем угодно.

Д.С.: По крайней мере, тот портрет, о котором я говорю, не приукрашен. На гравюре видна такая деталь, как вывернутый край нижней губы. Точно такая же губа у Мирослава Эминовича, друга Моппера. Это с большой долей вероятности может быть фамильной чертой, и в принципе, он может состоять в родстве с тем Мирославом. Тем не менее, ни в одну из наших встреч он ничего про это не говорил.

Корр.: Большое спасибо за то, что ответили на наши вопросы. От имени журнала желаю вам дальнейших успехов в вашей научной деятельности. Позвольте преподнести вам подарок от редакции – карманное издание «Мирослава боярина»

Д.С.: Спасибо.

ИЗ ДНЕВНИКА ДОРОТИ УЭСТ

8 сентября 1913 г.

Только сейчас собралась обдумать и записать кое-какие мысли. Во-первых, до меня дошло, что я вела себя как последняя дура. Пора бы мне уже привыкнуть к фокусам Мирослава и понять, что он никогда не будет вести себя так, как от него ожидает англичанин. Разумеется, шрам не может быть настоящим; иначе бы пришлось допустить, что моему приятелю некогда отрубили голову — нелепое предположение. Стало быть, это имитация, весьма искусная; но чего не сделают пластырь и краска! Все мы читали рассказ сэра Артура Конан Дойля «Человек с рассечённой губой». Уж если рассечённую губу возможно подделать, что там какой-то шрам! Если Мирослав хотел меня испугать, то он, конечно, добился своего, хотя, пожалуй, перестарался. Во всяком случае, эта его выходка яснее ясного свидетельствует, что он ко мне более чем неравнодушен. И я абсолютно верю, что он не собирается меня соблазнять. Для затаскивания девушек в постель существуют более верные — и менее трудоёмкие — способы. Но что ему нужно от меня? Вероятно, он ищет во мне человека, которому мог бы доверить что-то исключительное, что тяготит его душу, но до конца не уверен во мне, и душевные муки заставляют его разыгрывать передо мною все эти спектакли. И я, кажется, догадалась, что у него на душе. Думаю, это он убил партизана за предательство, а потом сфотографировал труп.

ПИСЬМО, НАПИСАННОЕ ДОРОТИ УЭСТ 8 СЕНТЯБРЯ НА ИМЯ ДЖОРДЖИИ ТОМСОН

Дорогой Мирослав,
я даже не могу просить у вас извинения – я вела себя чрезвычайно глупо. От всей души надеюсь, что это не оскорбило вас. Теперь я понимаю, что вы, должно быть, очень страдаете, и, кажется, догадываюсь, по какой причине. Я спешу сказать вам, что вы напрасно сомневаетесь – вы можете мне довериться; без околичностей, без фокусов и т.д. Я даю вам слово, что, кем бы вы ни были и какие тайны ни скрывали, это не оттолкнёт меня от вас.

Ваша *Дороти Уэст.*

ПИСЬМО, ПОЛУЧЕННОЕ ДОРОТИ УЭСТ 9 СЕНТЯБРЯ

Милая Дороти,
вы обещаете то, чего не знаете сами, как в старой славянской сказке. Если вы считаете, что я скрываю что-то от вас и не решаюсь вам довериться, то дело не во мне, а в вас. Вы видите и знаете всё, но не хотите верить. Страдаю ли я? Смотря что вы понимаете под страданием; опыт научил меня, что в вашей стране это понятие довольно бессодержательно. Но, если вам в самом деле дорога истина, какой бы она ни была, – я жду вас завтра у себя дома в 7 часов вечера. Я предприму последнюю попытку объясниться с вами; если и она потерпит провал, вина будет не моя, а ваша – не пеняйте на меня.

Всегда ваш *Мирослав Э.*

ИЗ ДНЕВНИКА ДОРОТИ УЭСТ

10 сентября 1913 г.

Надо бы писать – 11-го числа. Время уже далеко за полночь, а я всё ещё сижу у себя в комнате при включённом электричестве, провалившись в кресло, и пытаюсь разобраться во всём том, что обрушилось на меня за прошедший день.

Итак, получив письмо от Мирослава, я долго не раздумывала. Если быть честной до конца, я предпочитала не думать вообще ни о чём. Все мои страхи, желания, вообще все чувства испарились куда-то; осталось только одно – желание, чтобы он наконец мне доверился и чтобы все недомолвки и театральные представления между нами кончились. Я почти автоматически натянула на себя поношенное шерстяное платье, то самое, в котором явилась к нему в первый раз, прикрыла лицо вуалью и поехала по уже знакомому маршруту. В этот раз я нарочно взяла с собой зонтик, зная, что стучать в дверь нечем.

Он открыл мне дверь сам – домработницы не было либо он опередил её. На нём снова была домашняя куртка, которую я видела на нём тогда, – убогая роскошь неизвестной мне эпохи. Отступив назад и пропуская меня, он сказал:

– Добрый вечер. Я знал, что вы придёте.

Его голос звучал успокаивающе; он взял мою ладонь в свою горячую руку и бережно пожал её. Я откинула назад вуаль – от волнения я забыла сделать это раньше.

– Простите меня. Я не знаю, что на меня нашло тогда, в парке...

– Не стоит об этом говорить, – возразил он, закрывая входную дверь за моей спиной. – Идёмте наверх, в мой кабинет, вас ждёт ужин.

Я смутно отметила, что, стало быть, фотография ещё висит в столовой, раз он не пригласил меня туда. Словно упреждая мой невыговоренный вопрос, он улыбнулся, как умел улыбаться только он.

– Нет, дело не в фотографии. Просто есть вещи, о которых не говорят в английских столовых.

Не говоря ни слова, я прошла за ним наверх, в кабинет. У дивана снова стоял чайный столик с бело-красной вышитой скатертью; ужин был, как и чай в прошлый раз, на одного. Он пододвинул кресло и сел напротив меня, ожидая, когда я приступлю к еде.

– Какой у вас на этот раз предлог, чтобы не присоединиться ко мне? – иронически спросила я. – Уж не подложили ли вы яд и в это угощение?

– Вздор мелете, – ответил Мирослав, откинувшись в кресле. – Вы-то знаете, что это за предлог.

– Довольно фантазировать, Мирослав. Это начинает надоедать.

– А, так вам угодно психологически убедительное объяснение? Извольте: в ужине на двоих есть нечто неисправимо похабное. Конечно, не я извратил смысл этого невинного и благородного занятия, и не мне должно быть стыдно за это. Но что поделаешь...

– Опять ваша риторика, – сказала я, отпив маленький глоточек вина. Ужин был отличный, но у меня отчего-то не было аппетита. – Это вы убили человека, снятого на том фото?

– А кто это ещё мог сделать, по-вашему? – просто сказал Мирослав. Я держала бокал на весу, почему-то не решаясь поставить его.

– Значит, это и есть ваша тайна? Та, о которой я должна была догадаться?

Ответ Мирослава обрушился на меня, как ушат ледяной воды.

– Я, кажется, не делал из этого тайны.

Моя рука задрожала; я поставила бокал на столик, расплескав вино.

– Вы безжалостный человек, – через силу проговорила я. – Мне всё равно, заслуживал или не заслуживал смерти этот ваш партизан, но будьте милосердны ко мне. Чем я заслужила, что вы мучаете меня, играете со мной, как кошка с мышкой?

– Господи, – выдохнул Мирослав. Казалось, его первым побуждением было вскочить с кресла и подойти ко мне; но он остался на месте. Дёрнув свой тёмно-русый ус, он проговорил: – Вы сами себя мучаете. Я и не думал с вами играть.

– А что же, по-вашему, произошло в парке? Зачем вы нарисовали на шее шрам и перепугали меня до полусмерти?

– Шрам не нарисован. Он настоящий.

– Хватит выдумывать! – вне себя воскликнула я. – Чтобы оставить такой шрам, вам должны были отрезать голову. Вы что же, после этого остались живы?

– Я этого не говорил, – оборвал Мирослав.

Я мучительно подыскивала слова, сбитая с толку от растерянности и обиды, но не успела ничего сказать. Заговорил Мирослав, встав с кресла. Он стиснул руками концы шарфа, стоя посреди комнаты.

– Вы сами себя мучаете, – глухо сказал он, – потому что не хотите поверить очевидному. Вы создаёте себе мучения, не я вам. Меньше всего я хочу вас травмировать. Вам нужно либо оставить размышления о том, кто я такой и говорю ли вам правду, либо поверить – тогда мучения прекратятся сами собой. Но, мисс неверующая, если вы хотите вложить персты в мои раны – я выполню ваше желание.

Так же, как в прошлый раз, он размотал шарф и бросил его в кресло. Шрам был на месте. Я не успела высказать что-либо по этому поводу – Мирослав сбросил куртку и без малейшей застенчивости обнажился до пояса.

Мне стало дурно. Тело у него было смуглое, безволосое и довольно правильное, если не принимать в расчёт худобу; но вдоль и поперёк его пересекала путаница блестящих сморщенных шрамов. Шрамы вились и по рукам, словно браслеты, охватывая плечи, предплечья и запястья. Левого соска у него не было вовсе – на том месте, прямо против сердца, виднелась глубокая впадина, в которую действительно можно было вложить палец.

Я окаменела. Мне было трудно дышать. Мирослав повернулся ко мне спиной. На спине было то же самое – и след звездчатого разрыва под левой лопаткой.

– Как, по-вашему, можно это нарисовать? – устало спросил он. – Можете потрогать и потереть носовым платком. Они не сотрутся.

– Не буду, – я потрясла головой. Даже при всём желании я не смогла бы сейчас встать. – Что... с вами сделали?

– Изрубили саблями на куски. Только и всего.

– Только и всего? – прошептала я, бессмысленно уставившись в пространство. Мирослав кивнул и протянул мне левую руку. Я ухватилась за его предплечье и ощупала шрам. Без сомнения, это была плоть – изувеченная, деформированная, но тугая и горячая. Я отпустила его; я слышала в тишине кабинета отчаянный стук собственного сердца.

– Что это? Вы... живы или мертвы? – облизывая пересохшие губы, спросила я. Мирослав печально усмехнулся.

– Это неважно. На Балканах этому не придают особенного значения.

– Как так? – голова у меня шла кругом. Я пыталась уже не поверить, а понять, вникнуть в логику происходящего. Мне не особенно это удавалось.

– У нас случается так, что человек может проморгать собственную смерть – я знал одного такого. Всё это оттого, что мы не очень-то обращаем внимания, живы мы или нет. Для вас это кажется странным? А мне кажется ещё более странным то, что у вас в Англии литературные герои гораздо живее реальных людей. Мёртв я или жив, я настоящий. И я Мирослав-боярин.

– Это слишком невероятно, – прошептала я, уже зная, что верю ему, что не могу ему не поверить. Но что-то во мне ещё упорствовало, требовало противиться – неизвестный остаток прежней меня. – У вас тёплые руки. И румяное лицо.

– А вы ожидали, что я буду бледным и холодным как лёд? Значит, в фантазии Моппера проще поверить, чем в то, что вы видите и осязаете сами?

Я замялась. В который раз я ощутила себя в глупом, бессмысленном положении. Самое бессмысленное было то, что он был прав. Я попыталась привести в порядок свои мысли.

– Но ведь вы... – неловко начала я и прервалась. Я не знала, что сказать.

– Я не из промозглого Эльсинора. Земля, которая породила меня, пропитана огнём, солнцем и кровью; она никогда не остывает и не рождает ничего холодного.

Он запустил руку под широкий красный кушак, которым он оказался опоясан под курткой, и извлёк наружу маленький узелок из небелёного холста. Я бессознательно протянула ладонь, и он вложил в неё узелок. Я развязала ткань. Внутри был комок сухой, затверделой как камень коричневой земли.

Она казалась тёплой на ощупь и пахла тревожно – нагретой на солнце глиной, к которой примешивался слабый запах крови. И вдруг я поняла, что точно так же пахло от самого Мирослава. Так пахла испарина, покрывавшая его загорелое искромсанное тело, несмотря на прохладу комнаты. Земля ли передала ему свой запах или он ей свой? Я не знала этого; этого невозможно было ни понять разумом, ни принять на веру – это можно было только почувствовать – кожей, биением крови в сосудах.

Мирослав приблизился ко мне и положил руки мне на голову.

– Смотрите, – сказал он. – Смотрите внимательно.

Я почувствовала жар, исходивший от него, на своём лице; и вдруг нестерпимая боль ударила мне по глазным яблокам. Я зажмурилась. Не успела я сказать, что я не могу открыть глаза – и как я буду смотреть? – как под моими зажмуренными веками замелькали огненные полосы, слившиеся затем в сплошной слепящий туман, из которого постепенно проступали чудовищные, отвратительные картины и видения. Не буду описывать здесь, что я увидела тогда; европейцу невыносимо даже слышать о таком, не говоря о том, чтобы видеть. Но все романтические ужасы Моппера, леденящие кровь в жилах чувствительных читателей, казались теперь дурно пропечатанной картинкой из дамского журнала. И самое страшное, что во многих из сцен, разыгрывавшихся передо мной, главную роль исполнял Мирослав – я с содроганием видела его в самых кошмарных обстоятельствах, то палачом, то жертвой, и последнее, что врезалось в мою память, было настолько цинично и жутко, что я вздрогнула и открыла глаза.

Туман рассеялся. Мирослав убрал ладони с моей головы, и в этот момент, раскрывшимися глазами, я увидела его настоящее лицо – одновременно отталкивающее и прекрасное, исполненное жестокости и мягкости, насмешливое и усталое, гордое, измученное, знающее слишком много такого, чего не следовало бы знать никому. Закаты многих сотен лет лежали на нём, как отблеск пожара, и в тёмных, налитых кровью глазах сгустилась вся тёмная, отчаянная и злая мудрость народа, о котором здесь никто ничего не знал. Мирослав улыбался. Тень лежала в ямке на его подбородке, выбритом до атласной нежности, и яркий свет от лампы падал на вывернутый край нижней губы, губы убийцы.

Это длилось недолго. Он встряхнул волосами и мгновенно сделался прежним – то ли представителем богемы, то ли политическим эмигрантом со своеобразным юмором. Подняв с пола куртку и шарф, он оделся и закутал горло.

– Довольно, – как ни в чём не бывало, сказал он. – Иначе это будет для вас тяжело. Сейчас нам лучше расстаться; вы придёте ко мне в следующий раз, как только поймёте, что готовы.

Своей непостижимой интуицией он угадал, что я не в силах была сейчас обсуждать увиденное.

11 сентября 1913 г.

Я плохо спала эту ночь; должно быть, поутру на мне лица не было, потому что Минни Паркер вообразила, что я больна. Я отыгралась на ней за её досаждающую опеку: в самом деле сказалась больной и послала её в киоск за журналами и газетами. Избавившись от неё на некоторое время, я легла на диван в раздумье. То, с чем мне пришлось столкнуться, было выше моего разумения; но сам ужас, пережитый мною, убеждал в реальности всего того, что стояло за улыбкой этого человека. Вчера напоследок я спросила его: «Что это у вас здесь?» – и, не решившись показать на него, дотронулась до своего собственного сердца.

– След от альпенштока, – ответил он. В романе Моппера Тимоти Батлер делает попытку заколоть Мирослава-боярина альпенштоком... Господи боже!

Я знаю, что я снова приду к нему, хотя и разум, и душа мои сопротивляются этому. Меня тянет что-то другое. Возможно, та часть организма, которая у меня пока ещё не пробита альпенштоком... Боже, ну и шутки у меня! Я стала шутить, как он...

Минни вернулась и принесла для меня свежий номер журнала The Egoist. Бросив его мне на колени, она объявила:

– Мировая подборка! Обязательно прочитай – там про Мирослава-боярина. Про этот его... исторический прототип. Там сюжетец почище Моппера!

Я вяло пролистала журнал, ожидая увидеть очередную глубокомысленную критическую чушь. И замерла, наткнувшись на интервью профессора из Кембриджа.

Я прочла интервью раз, потом ещё раз. Разрозненные фрагменты наконец начинали складываться в моей голове – в неправдоподобное, ужасающее, но истинное целое. Так вот из каких глубин явился мой страшный друг – из кровавых веков кровавой страны; из времён, когда в Англии правили Тюдоры, и в Лондоне, прекраснейшей столице мира, вдоль улиц торчали на кольях отрубленные головы – что уж говорить о странах, не затронутых цивилизацией! Неужели из этой бездны он вынес свою улыбку? Но какой же несокрушимой силой нужно обладать, чтобы заплатить ту цену, которую заплатил он, за право так улыбаться!

ПИСЬМО ДОРОТИ УЭСТ, НАПИСАННОЕ 11 СЕНТЯБРЯ 1913 г.

Проф. Даниэлю Стэнли,
Кембриджский университет

Уважаемый сэр,
я прочла ваше интервью в «Эгоисте» и была чрезвычайно заинтересована. Видите ли, я пишу статью об историзме в творчестве Моппера, и мне крайне любопытно узнать о реальном прототипе Мирослава-боярина. Не могли бы вы сообщить мне, какими источниками вы пользовались? Мне бы это очень помогло в работе.

С уважением, *Дороти Уэст.*

ПИСЬМО, ПОЛУЧЕННОЕ ДОРОТИ УЭСТ 13 СЕНТЯБРЯ 1913 г.

Дорогая мисс Уэст,
к сожалению, вы не сказали, владеете ли вы языками стран Балканского полуострова. Большинство источников существует только на сербском, греческом, валашском и старославянском языках. Но если вам просто нужны более подробные сведения о Мирославе-боярине для журнальной статьи, то отсылаю вас к книге Джеймса Форстера «Балканская старина», 1826. Прилагаю перепечатанный на машинке отрывок из неё, где содержится то, что вас интересует. Это нечто вроде сокращённого резюме легенд о Мирославе Эминовиче, имеющих хождение в придунайских землях. Думаю, вы найдёте там ответы на интересующие вас вопросы.

С наилучшими пожеланиями, *Даниэль Стэнли.*

ПЕРЕПЕЧАТКА ИЗ КНИГИ ДЖ. ФОРСТЕРА, ПРИСЛАННАЯ ПРОФЕССОРОМ ДЛЯ ДОРОТИ УЭСТ

Одним из героев народных песен и сказаний, почти забытым к настоящему времени, является Мирослав Эминович – лицо несомненно историческое, хотя сведения о нём крайне скупы. Нельзя сказать с уверенностью, когда он родился, но время смерти его относят к 1576 г. или несколько ранее. В каком возрасте он скончался, также неизвестно. Все соглашаются лишь в том, что прозвище своё он получил в честь паши Эмина, у которого он в детстве воспитывался в заложниках, но которому так и не удалось сделать из мальчика янычара. Большая часть историй из жизни Мирослава Эминовича носит характер совершенно легендарный, ему приписываются деяния чудесные и невероятные. Однако из того, что о нём рассказывают, можно вывести, что он принадлежал к боярскому роду и что он какое-то время был воеводой в Слатине, однако вскоре поднял мятеж против турок, и ему пришлось бежать со своими людьми и скрываться в лесах. С этого времени он собирал большие дружины самых отчаянных *гайдуков* и устраивал нападения на османов в неожиданных местах. Он и его приспешники истребляли столько турок, сколько было им под силу, а с захваченными в плен расправлялись с невероятной жестокостью, наводя ужас на турецкое воинство. Говорят, что рука его сразу узнавалась в его деяниях, так как он имел своеобразное чувство юмора и втыкал цветы в раны на телах замученных им пленных. За это ему дали весьма поэтическое прозвище Цветочный Воевода. Однако столь же сурово он поступал по отношению к своим же соратникам, которые давали повод заподозрить себя в слабости или предательстве. По преданию, после каждой вылазки он осматривал их, и если находил ранение не спереди, а сзади, то плохо приходилось такому несчастному. Их также находили казнёнными чрезвычайно варварским способом и с цветами в ранах. Неудивительно, что такое поведение Эминовича оттолкнуло от него большую часть его сторонников. Он же упорно не хотел признавать османское владычество и настаивал на сопротивлении до последнего, хотя бы и с малыми силами. В конце концов своим упрямством он навлёк на себя беду: повстанцы выдали его туркам в обмен на помилование. После продолжительной пытки Эминович был казнён, и его голову выставили на три дня в Слатине, а тело изрубили на куски и разбросали в овраге за городом. Говорят, что турки отплатили ему его же монетой и за ухо его отрубленной головы заложили жёлтую розу. Предатели же, отдавшие его на расправу, просчитались: турки не сдержали обещания помиловать их, и их головы очутились на кольях рядом с головой Эминовича. Однако голова последнего оказалась похищена через день, и все его останки исчезли без следа. Вероятно, какой-нибудь из его уцелевших приверженцев тайно похоронил его; но это дало повод для возникновения легенды, что Цветочный Воевода не умер, а скрывается где-то. Существуют даже многочисленные рассказы о том, что будто бы его видели десятилетия спустя. Это, конечно же, уже область чистого вымысла; хотя, возможно, какие-то повстанцы могли выдавать себя за чудесно спасшегося Эминовича, имея в виду пробудить патриотические чувства у населения покорённых земель. Остаётся добавить только то, что песни и легенды о Цветочном Воеводе были запрещены турецкими властями — запрет не снят и поныне*, – и вследствие этого до наших дней дошло довольно мало из этого любопытного наследия древней эпохи.

[*Форстер Дж. Балканская старина. Оксфорд, 1826. С. 158–159.*]

ИЗ ДНЕВНИКА ДОРОТИ УЭСТ

13 сентября 1913 г.

Этого не может быть, это невероятно, и насколько, право же, было бы успокоительнее сойти с ума, чем знать, что всё это правда! Он тысячу раз прав – истина неправдоподобна. Столь же неправдоподобна, сколь и невыносима. Потому что если это так, то я пожимала руку самому кошмарному созданию на земле за последние четыре века.

Я знаю, то, что Форстер считает за легенды, – доподлиннейшая правда. Потому что я видела всё, что упомянуто в книге, до деталей, видела и много больше – в тот час, когда Мирослав возложил руки мне на голову. Всё то, на что в книге лишь намекается, я видела в самых низменных подробностях. И, боже мой, я видела *это*. То была последняя сцена из показанных мне тогда – его собственная голова, грубо наколотая на деревянный шест, в почерневшей запёкшейся крови, стекающей изо рта, с рассечённым лбом и болтающимися длинными волосами, и из-за уха торчала воткнутая глумливой рукой увядшая жёлтая роза. Но ужаснее и невероятнее всего была улыбка, застывшая на его мёртвых губах, покрытых кровью. Это была улыбка бесконечного превосходства над теми, кто убивал его; улыбка человека, знающего столько, что ему не страшна сабля, опускаю-

* То есть по состоянию на 1826 г., когда Валахия и Сербия ещё находились под османским владычеством. *(Прим. проф. Стэнли.)*

щаяся на его шею, – знающего такие вещи, что ему не жаль даже и бессмертия души, а не только жизни. Но в улыбке этой не было беспечности человека, ничего не имеющего, которому нечего терять, – это была улыбка обладателя, обладателя чего-то такого, что нельзя отнять даже и вместе с жизнью.

Но странное дело – мои ужас и отвращение таковы, что граничат с восхищением; может быть, на мунтьянском языке есть названия для этих чувств. Это невероятное влечение вовсе не эротическое; может быть, единственный поцелуй разрушил бы эти чары. Никогда я ещё не была так близка к тому, чтобы его полюбить – не любовью Джульетты к Ромео, не любовью сестры к брату, не христианской даже любовью, а той, которая, должно быть, никогда ещё не зарождалась в английском сердце.

14 сентября 1913 г.

Я больше была не в силах терпеть это томление. Я знала, что он ждёт меня, что он готов принять меня в любой момент – что я не смогу не прийти к нему и что он это знает. Я ходила по комнате, взглядывая то в окно, то на часы, то на настенный календарь, лишь бы куда-то смотреть; потом села за письменный стол и сжала голову руками; потом вскочила, причесалась, схватила сумочку и шляпу и бегом бросилась вниз по чёрной лестнице.

Как я доехала до его дома, я помнила смутно. Дрожа, как в лихорадке, я постучала в дверь кулаком – впопыхах я не захватила с собою зонтика. Я боялась, что меня не услышат, но опасения мои не оправдались. Дверь открыла Джорджия Томсон.

– Здравствуйте, – безо всякого удивления сказала она. – Вы к боярину?

Опять это слово! Опустив глаза, я кивнула.

– Он наверху, занят своим туалетом.

Три часа дня было по меньшей мере необычное время для туалета, но я решила не возражать. Я сказала:

– Хорошо, я подожду внизу, пока он закончит.

– Зачем же, – ответила она, – поднимитесь наверх, в спальню, он вас примет.

Сердце моё заколотилось то ли от страха, то ли от радости – я сама не знала, отчего. Едва успев поблагодарить миссис Томсон, я побежала наверх. Очутившись у двери, которая, по моему разумению, вела в спальню, я легонько стукнула в неё. Голос Мирослава тотчас же отозвался:

– Да-да, входите. Не бойтесь, я одет.

Я надавила на ручку двери и вошла. Мирослав, размотав шарф, брился над тазом – без зеркала, но очень ловко. Обернув ко мне измазанное мыльной пеной лицо, он сказал:

– Я знал, что вы придёте.

– Вы всегда всё знаете, – сказала я, глядя на него. – У меня такое чувство, что вы знаете обо мне больше, чем я сама.

– Возможно, – уклончиво отозвался он, старательно полируя подбородок. – Но вы не это хотели мне сказать. Одну минуту...

Завершив бритьё, он ополоснул лицо водой и взял щётку для волос. Погрузив её в густые тяжёлые пряди, он сказал:

– Прошу меня извинить, здесь не на что сесть. Сейчас мы перейдём в мой кабинет, и вы скажете мне то, что вы хотели сказать.

Я отметила, что причёсывается он тоже без зеркала. Впрочем, мне не было до этого дела; взволнованно сжав в руках ридикюль, я произнесла:

– Я не могу удержаться; кое-что я скажу вам прямо сейчас.

– Что же? – с улыбкой переспросил Мирослав, начёсывая тёмные волны волос.

– Я вам верю.

Он улыбнулся ещё раз и положил щётку.

– Пойдёмте, – сказал он.

Я снова была в его кабинете, снова он усадил меня на тот же диван и устроился на стуле напротив, оправляя шарф. Внимательно поглядев на меня, он спросил:

– Пить что-нибудь будете? Я позову миссис Томсон.

– Нет, спасибо, – отказалась я, не зная, как начать разговор, прелюдия к которому была во всех отношениях неподходящей. Он развернул стул задом наперёд и уселся на него верхом, как мальчишка, положив на спинку стула скрещенные руки и на них голову.

– Я вам верю, – продолжила я, сбиваясь, – но от этого мне ничуть не легче. То, во что мне пришлось поверить, чудовищно. Я не знаю, сколько загубленных душ на вашей совести...

– Я могу сказать вам это точно, – прервал меня Мирослав. – Без турок – четыреста пятьдесят три.

Жуткая эта точность поразила меня в самое сердце. Стиснув переплетённые пальцы, я спросила:

– Но чем, чем они перед вами провинились?

Не знаю, зачем я это спросила; мне надо было помнить, что с логикой Мирослава мне не совладать. Он спокойно ответил:

– Каждый из них прекрасно знал свою вину; а вам до неё не должно быть дела, раз вы сами невинны.

В его голосе не было угрозы; в нём звучала будничность, какая редко встречается даже у телеграфиста. Но эта будничность каким-то образом предостерегала меня. От чего? Я решила попробовать другое направление.

– А Белинда тоже была виновна?

– В определённом смысле, – с расстановкой сказал Мирослав. – Я признаю, что тогда, десять лет назад, в Лондоне я наломал дров. Ситуация сложилась весьма глупо. Я был впервые в этой стране и ещё не знал, как себя вести с англичанами. Я допустил несколько просчётов, которые обернулись катастрофой. На меня открыли охоту, как на лисицу. Я был вынужден защищаться любой ценой. Знаете ли, альпеншток в сердце – это очень больно, хотя это меня и не убило.

Он помолчал, пощипывая холёные усы. Затем заговорил снова:

– Теперь я приобрёл некоторый опыт. Эти события меня научили уму-разуму. Теперь я знаю, что в Лондоне ни к чему пытаться решать какие-либо вопросы силой – любую проблему, даже самую непривычную для англичан, здесь можно разрешить с помощью денег. Правда, следует доплачивать за молчание, но это тоже чисто финансовый вопрос.

– Вы в самом деле чудовище, – сдавленным голосом произнесла я. – Неужели для вас совсем ничего не значит нравственность?

Он поднял голову и выпрямился на стуле, твёрдо уперевшись обеими ногами в пол.

– Какая именно нравственность? Ваша, английская нравственность? Безусловно, не значит.

– Оставьте ваши софизмы, – сказала я, чувствуя себя оскорблённой. – Вы прекрасно знаете, что нравственность существует одна – общечеловеческая.

– Общечеловеческая? – усмехнулся Мирослав. – Сказки. Турок, например, считает добродетелью перерезать горло старику и изнасиловать его восьмилетнюю внучку. При условии, что они нс его единоверцы.

– Я ничего не знаю о магометанах, – сказала я, – я говорю о христианской нравственности. Вы-то ведь христианин, а не турок.

– Ах, вот как, – прищурился Мирослав, – значит, уже только о христианской? О какой именно христианской? О нравственности Христа или о нравственности христиан? Первой не видел и подозреваю, что её в силах исповедовать только сам Христос, он всё-таки был Богом, не то что мы, грешные. А вторая мне известна очень хорошо: ваши предки, все как один христиане, сжигали живьём женщин и детей и полагали это нравственным.

Я перевела дух; эту старомодную провокацию в духе агностиков прошлого столетия отразить было не столь трудно. Меня даже разочаровало, что Мирослав, с его умом, скатился до плоской демагогии.

– Ну, здесь вы подтасовываете, – благожелательно отозвалась я. – Всякому ведь ясно, что то, о чём вы говорите, – не идеал христианства, а, напротив, его болезнь, извращение его социальных основ. Какое это отношение имеет к духу христианства? Где в Евангелии Христос предписывал жечь людей?

– А где в Евангелии Христос предписывал резать ирландцев? – неожиданно сказал Мирослав. – Так называемые оранжисты*, которые сейчас, пока

* Оранжисты – проанглийское религиозно-политическое движение в Ирландии; в первой четверти XX в. скандально прославились погромами и массовыми убийствами католиков. См. «Улисс» Джеймса Джойса. *(Прим. ред.)*

мы тут с вами беседуем о нравственности, может быть, разбивают кирпичами головы вашим согражданам – ведь они уверены, что делают это во имя христианского идеала.

– При чём здесь оранжисты, – досадливо сказала я, не понимая, какова связь между беспорядками где-то в Ольстере и вопросом о христианской нравственности. – Никакой это не христианский идеал.

Мирослав посмотрел на меня спокойно, как ни в чём не бывало, и спросил:

– А каков, по-вашему, христианский идеал?

– Человеколюбие, естественно, – ответила я, изумившись такому вопросу. И увидела невыразимое презрение на лице Мирослава.

– Человеколюбие! Ваше англиканское человеколюбие предписывает умиляться босому мальчику в рваном тряпье и подавать ему грошик, а потом вздёргивать этого мальчика на виселицу за кражу репы. Не гуманнее было бы повесить его сразу, пока он не дошёл до кражи?

Мне стало невмочь от его цинизма и невозмутимости, с которой он говорил подобные вещи, весьма поверхностно разбираясь в истории нашей страны и валя всё в одну кучу. Он сел на любимого конька иностранцев – попрекание чужой страны, и это надо было пресечь.

– Вы, Мирослав, городите чепуху, – с трудом сдерживаясь, сказала я. – Никто сейчас детей не вешает, тем более за кражу репы. Вы говорите так, как будто не существует никакого прогресса в сфере нравственных ценностей. Нужно быть слепым, чтобы не видеть, какой огромный шаг современный мир сделал в сторону защиты гуманности и прав личности.

– Да? Скажите это участникам англо-бурской войны*.

Мирослав хмыкнул; его вывернутая нижняя губа оттопырилась ещё больше, придав ему сходство с китайским драконом, которых рисуют на веерах.

– Я вижу прогресс только в укреплении приятности своего бытия. Вначале отсечение головы заменили на повешение – и тем продлили агонию осуждённых в десятки и сотни раз, при чём же тут гуманность? Может, лучше признаться, что боитесь крови? Недавно у вас казни из публичных сделали тайными – якобы ради соблюдения прав личности. Уверяю вас, что человеку, которому осталось жить пятнадцать минут, не до того, отнимут ли у него жизнь публично или тайно. Это волнует только тех, кому вид виселицы портит воскресную прогулку. Приятность не должна омрачаться – кредо вашего прогресса.

Как ни омерзительно это, но я чувствовала в его словах какую-то дикую правоту; в отчаянии уцепившись за последний аргумент, я сказала:

– Когда-нибудь смертную казнь вовсе отменят. Все цивилизованныс народы к этому стремятся.

– Отменят, – подтвердил Мирослав. – А затем тех, кто ограбил вас или убил вашего брата, поместят в просторную светлую камеру с розовыми полотенцами и будут кормить диетическим обедом. И полотенца, и обед будут куплены на ваши деньги – ведь вы добродетельны и платите налоги. И вас никто не спросит, желаете ли вы содержать на свой счёт убийцу ваших родных и близких.

---

* Англо-бурская война (война англичан против голландских колонистов в Южной Африке) длилась с 1899 по 1902 г. Она вызвала моральное потрясение у англичан, так как в ней впервые были применены окопная тактика, форма цвета хаки и химическое оружие. Англо-бурская война положила конец «рыцарской» традиции в военном деле. *(Прим. ред.)*

Он раскачивался на стуле с неприятным скрипом.

– Коне-ечно, – нараспев проговорил он, – отменят смертную казнь, не беспокойтесь. Лет через сто устранят нищету, накормят всех детей и построят для всех рабочих дома с садами. Арестантов в тюрьмах будут угощать мороженым. Борцы за права, лишившись других предметов, переключатся на борьбу против купальных костюмов – или что они там ещё способны выдумать. Но вот представьте себе: кому-нибудь прискучит стерильность этого мира, и он, вспомнив Джека Потрошителя, задушит первую встречную наивную барышню и изрежет её на куски... Что вы с ним тогда сделаете?

Его тёмные глаза упёрлись мне прямо в лицо.

– Посадите в камеру писать мемуары и есть мороженое?

Я снова промолчала. Мирослав порывисто встал со стула, захватив рукой длинную прядь своих волос и намотав на палец.

– Вы вот зовёте это гуманностью, а я зову это трусостью. Чего стоит ваша английская нравственность, прекрасно видно из «Джейн Эйр». Достойный человек благородного происхождения влюбляется без памяти в жеманную гусыню из дешёвого пансиона и хочет на ней жениться – она же вместо того, чтобы проявить хоть каплю благодарности, бросает его, обвинив в том, что он хотел сделать её своей любовницей! И всё из-за того, что их брак не совсем безупречен с точки зрения канонического права, хотя разве он виноват в том, что его обманом женили на неизлечимо больной психопатке и развестись с ней нельзя? Нет, пепиньерка – откуда столько гонору? – принимает вид оскорблённой римлянки и бросает своего жениха фактически на верную смерть, ведь полоумная жена уже раз чуть не убила его, – а потом, когда психопатка погибла и преграда устранена, она с видом доброй самаритянки возвращается на пепелище нянчиться с избранником, потерявшим руку и глаз. Вот цена вашим английским добродетелям! Потому что вы бежите от вопросов, вместо того чтобы отвечать на них.

Он наклонился ко мне, дыша жарким запахом нагретой земли; шарф соскользнул с его шеи, и шрам был у меня перед самыми глазами.

– А если на ваших глазах мерзавец в зелёной повязке прирежет вашего соседа и изнасилует его дочь, с которой вы играли в детстве? И в руках у вас не окажется сабли или пистолета, как у мужчины, а только кол из садовой ограды?

Я содрогнулась.

– Хватит, – сказала я. – Начитались «Братьев Карамазовых»! Не выбивайте из меня те слова, которые хотите услышать; я не мальчик с нервической религиозностью. И мы не в Османской империи и даже не в крепостнической России, мы в Англии...

Он перебил меня:

– Ручаюсь, местонахождение в Англии не гарантирует вам ничего. Подобное может приключиться с кем угодно и где угодно. Итак, чего, на ваш взгляд, он заслуживает?

– А чего заслуживаете вы? – потеряв терпение, выпалила я. – Вы сторонник справедливости, вот и ответьте мне, чего, по вашей шкале, заслуживаете вы за всё то, что сделали.

Мирослав отступил назад и улыбнулся.

– Вы умная девушка. Я в вас не ошибся.

– Вы не ответили на мой вопрос.

– Ответить на него не составляет труда, – дружелюбно произнёс Мирослав. – Смерти.

Поражённая той бесхитростностью, с которой он дал мне ответ, я задохнулась, и по лицу моему потекли слёзы.

15 сентября 1913 г.

Боже, как страшно всё перепуталось – во мне и вне меня! А ведь мы знакомы с ним чуть более двух недель; но за эти две недели мне пришлось узнать такое, что я не в силах ручаться, осталась ли я сама собой – Дороти Уэст. Казалось, англичанину такое знать нельзя, а узнав, остаётся только повеситься; но я живу. Живу, и, что хуже, я принимаю Мирослава таким, как он есть. По меркам любой цивилизованной страны, он не заслуживает зваться человеком; сам факт его существования чудовищен и неправдоподобен, – ведь что ни говори, а обезглавленному века назад полагается лежать в могиле, – и у Моппера были все основания изобразить его мерзким монстром. Но отчего же я чувствую к нему нечто иное и большее, чем ужас и гадливость? Не потому ли, что я видела то, чего нет в романе Моппера, – ясные мудрые глаза Мирослава, его печальную и злую иронию, его неподдельную боль и тоску, его несгибаемую отчаянность и диковатую, но последовательную честность – человеческое, слишком человеческое лицо совершавшего бесчеловечные поступки. Да, это он – такой, какой он есть; ревнующий к своему литературному двойнику. Он хочет, чтобы любили его, настоящего Мирослава, а не героя Моппера. Вот что он так долго пытался до меня донести.

Вот вопрос, который должен бы быть в моей прямой компетенции как художественного критика: будь Гамлет или Отелло нашим современником и живи рядом с нами во плоти, любили ли бы мы его? Понравился бы он нам, восторгались бы мы «величием» его духа? О, насколько проще любить литературных героев, чем живых людей! (Да и мёртвых – тоже, когда они невыдуманные.) Будь Джек Потрошитель сказочным персонажем, разве мы бы испытывали по отношению к нему хоть вполовину то отвращение, которое испытываем теперь? Страшно сказать, мы почти восторгаемся Синей Бородой, а как насчёт его исторического прототипа, Жиля де Реса? Какова же извращённость человеческой природы, когда человек прикипает душой к бумажным извергам, сотворённым писателями с целью удовлетворить человеческое любопытство к пороку, и не хочет знаться со своими ближними из плоти и крови, если находит их хоть ненамного хуже себя! Как несправедливо утверждать, будто литература может сделать жизнь лучше; литература и жизнь – два непримиримых врага, которые душат друг друга, словно дерущиеся бульдоги, и горе тому, кто будет изучать одну по другой или путать обе вместе! Литература – теперь я вижу это – не только не делает нас лучше в жизни, она делает нас глухими и чёрствыми к самой жизни, извращая сознание. Хирургическая операция, которую произвёл над моей душою Мирослав, ужасна; но я теперь вижу её цель. Древние египтяне удаляли с глаз катаракту медным ножом, без обезболивания; больной терпел невыносимые мучения, но в итоге обретал зрение. Мирослав не хотел, чтобы между нами была хоть капля лжи, не хотел скрыть от меня ничего, даже самого ужасающего... Мне кажется, я начала понимать, в чём... [*Не дописано.*]

20 сентября 1913 г.

Мы снова встретились в Гайд-парке, на том самом месте, где он впервые попытался показать мне, кто он такой. Мы сидели на траве под слабеющим осенним солнцем, бурые листья платана валились на нас, и Мирослав держал мою руку в своей, очень странно, сжимая двумя смуглыми пальцами моё запястье. На голове у него был коричневый плисовый берет, длинный вязаный шарф спускался до колен, в петлице торчала жёлтая роза. Не в силах вынести его улыбки, я произнесла:

– Ведь вы знаете, что я вас люблю. Кем бы вы ни были и что бы вы ни совершили, мне всё равно. Вы добились своего.

Лицо Мирослава исказилось усмешкой, полной такого страдания, что мороз прошёл у меня по коже.

– Нет, я ещё не добился своего, – просто ответил он. – Вы ещё не знаете, что вам предстоит.

– Почему? – обратилась к нему я, не вынимая из его руки своей. – Я ваша. Я знаю, на что иду. Теперь, когда знаю, что люблю вас.

– Так ли вы знаете, на что идёте? – мягко спросил Мирослав. – Готовы ли вы узнать, что не вы моя, а я – ваш? Готовы ли вы обладать мною в последнем, предельном смысле?

– Вы опять говорите загадками, – с дрожью сказала я. Неестественный жар его тела, столь близкого, создавал ощущение тяжёлой лихорадки. Вдруг в моём уме забрезжил какой-то проблеск понимания. – Вы хотите... чтобы я... как Ленора?

– Холодно, – с переменившейся интонацией обронил Мирослав. – Я думал, вы будете догадливее. Нет, мне не нужна ни ваша плоть, ни ваша кровь, ни ваша жизнь.

– Но что же, что же вам нужно? – вскричала я так громко, что две прогуливавшиеся вдалеке дамы обернулись и посмотрели на нас. Мирослав выпустил мою руку.

– Ваша совесть, – вполголоса сказал он. – Ваша чистая, незапятнанная совесть. Сможете ли вы пожертвовать *этим*?

– Я не понимаю, – прошептала я. Меня бил озноб, и инстинктивно я привалилась к тёплому плечу Мирослава. Он не противился, но и не делал никаких ответных движений в мою сторону. Глядя куда-то вдаль, он произнёс:

– Когда я впервые сказал вам, что жду от вас любви, вы поняли это как предложение переспать со мной, и это вызвало у вас моральное отвращение. Теперь у вас пафос жертвенности, и вы думаете по-другому. Но я своих намерений относительно вас не менял. Вспомните, я говорил вам, что я гораздо хуже, чем вы обо мне думаете. И что я потребую от вас расстаться с совсем другим видом невинности. Мне нужно от вас то, что вызовет у вас бесконечно большее моральное отвращение, чем любые виды полового греха.

Страшное, свербящее чувство пустоты поднялось у меня внутри; кровь отлила от лица, я услышала звон в ушах – и свой собственный голос, чужой, как будто издалека:

– Я должна... убить кого-то?

Я почувствовала, как сильные руки Мирослава подхватили меня и прислонили к стволу дерева. Видно, у меня закружилась голова и я начала заваливаться набок.

– Не кого-то. Меня.

Я открыла глаза. Мирослав смотрел на меня, печально улыбаясь.

– За что? Вы не сделали мне ничего плохого, – пробормотала я, понимая, какие глупости говорю, но думая, что надо что-то сказать, как-то возразить ему. Он кивнул.

– Тем лучше. В вашем сердце не будет мстительности. Вы будете чисты.

Мне было трудно дышать; привалившись к замшелой коре платана, я глядела на Мирослава. Внезапно я поняла всю серьёзность его намерений; сейчас он не шутил – потому что на эту тему нельзя шутить, даже таким, как он...

– Вы прокляты, – задыхаясь, проговорила я. – Вы прокляты и хотите, чтобы я избавила вас от проклятия? Чтобы ваша душа обрела покой?

Лицо Мирослава посуровело.

– Чепуху говорите, – нахмурился он. – Такой вещи, как проклятие, не существует. Меньше верьте мопперовской мистике.

– Мистике? А разве ваше существование – не мистика? Вы не пользуетесь зеркалом, – сбивчиво заговорила я, – я видела, как вы брились. Почему? Ведь это правда?

– Неужели вы думаете, что не сможете увидеть меня в зеркале? – криво усмехнулся Мирослав. – Я такое же физическое тело, как и вы, и так же отражаю свет. Не ищите мистики там, где её нет. Вам не приходило в голову, что я не пользуюсь зеркалом по другой причине? Потому, что оно отражает меня слишком хорошо?

– Как это? – не поняла я. Мирослав разгладил усы, и лицо его приняло серьёзное выражение.

– На человека можно навести морок. На зеркало – нельзя. Оно всегда будет отражать меня таким, какой я есть. А вид моего настоящего лица в зеркале невыносим даже для меня самого.

Я знала, о чём я его сейчас спрошу.

– А я... вас таким видела?

– Видели, – кивнул он. – Вы помните, когда это случилось.

– Тогда, когда вы сняли куртку и показали мне шрамы? Ведь правда?

– Да.

Моё сердце лихорадочно заколотилось; с трудом сознавая, что делаю, я запустила руку в сумочку. Скользкий стеклянный кружочек не давался в руки, он прыгал по дну сумки, и всё же я нашарила его и извлекла на свет.

– Что вы делаете? – приподнял бровь Мирослав.

– Хочу посмотреть на вас ещё раз.

Я вытянула руку с зеркальцем так, чтобы в него попало отражение Мирослава – тёмные волосы, падающие из-под сдвинутого набок берета, воспалённые карие глаза, оттопыренная губа. Едва поймав его черты в зеркале, я содрогнулась. Это был тот человек, с которым я только что разговаривала здесь, в парке, который с усмешкой предлагал мне его убить – и не тот. Его улыбка была улыбкой, пронесённой через века жестокости и кровавых смут – улыбкой Чеширского кота с лицом палача. Лицо это лучилось юмором, на который способен лишь тот, кто умирал и воскресал столько раз, что всё, имеющее для нас значение, для него не стоило ничего, – тот, кому нечего терять, кроме верности своему сердцу; и тёмная красота его огромных глаз была нестерпима, она источала то же страшное тепло, что и его тело. С усилием я отвела взгляд от стекла и сунула зеркальце в ридикюль.

На меня смотрел прежний Мирослав, насмешливый и чуть печальный, но всё же обычный – усталый тридцатипятилетний иностранец с припухшими от бессонницы веками. Он проследил за тем, как я убираю зеркало, снял берет и положил его на траву, отбросив назад волосы.

– Вы согласны?

– Я... не знаю, – похолодев, выговорила я. – Ведь меня повесят. Что я сделаю с вашим телом?

– Трусость, трусость, снова трусость, – с горечью ответил Мирослав, не глядя на меня. – Самая непристойная из болезней вашей цивилизации. Успокойтесь, у вас не будет проблем с законом. Если вы сделаете всё правильно, моё тело исчезнет само собой – оно обратится в пепел, и от него не останется ни следа.

– Боже, боже, – повторяла я; меня трясло. – Вы уверены?

– Абсолютно.

– Но когда? Когда?

– Завтра, – со своей жуткой улыбкой сказал Мирослав. – Завтра, до захода солнца. Скажем, в четыре часа.

Совершенно без памяти, я кивнула. Как во сне, я сняла перчатку и протянула ему руку. Мирослав коснулся её своими толстыми красными губами, не так, как целуют руку женщинам, так, как прикладываются к церковному кресту, и тепло его губ прошло по моим жилам, вызвав шум в ушах и звон во всём теле. Мы смотрели друг на друга взглядом пойманных партизан, связанных той жестокой порукой, что крепче рыцарской преданности и супружеской верности. Он доверился мне весь, отдал себя в мою власть, и я не могла его обмануть.

– Завтра, – сказала я. – Завтра, в четыре часа.

21 сентября 1913 г.

Всё пропало! Я не могу, я не в силах об этом писать... Но нет, мне придётся записать это, рассказать всё по порядку. Моё платье всё ещё в его крови, я запачкала страницы дневника. Что со мной? Что-то тянет меня попробовать его кровь на вкус. Как Элоиза? Стану ли я Элоизой, взяв в рот его кровь, или мне суждено навсегда остаться Дороти Уэст? Неужели я – Дороти Уэст и это навсегда?

Я не спала всю ночь; данное мною сгоряча страшное обещание нагоняло на меня лихорадочный жар. От бессонницы я чувствовала тошноту и едва прикоснулась к завтраку, во рту было сухо, как будто его набили войлоком. Минни Паркер, заметив моё состояние, начала было отпускать шутки по поводу сердечных недугов. Не знаю, что на меня на шло; я поднялась из-за стола и выкрикнула в её адрес непристойное ругательство. Не дожидаясь, пока побледневшая и изумлённая Минни что-либо ответит, я бросилась назад к себе в комнату и без сил упала на кровать. Там я неожиданно для себя забылась в тяжёлом болезненном сне.

Проснулась я в десять минут четвёртого. У меня страшно болела голова, я ощущала тяжесть во всём теле. Наспех переменив платье и кое-как причесавшись, я нахлобучила на голову шляпку и чёрным ходом вышла из дома. Всё вокруг меня было как в тумане; пульсирующая боль сверлила висок, и в метро я едва не потеряла сознание от духоты. Я стала лучше соображать, когда очутилась на улице. Спотыкаясь, я добрела до дома Мирослава, подобрала обломок кирпича и ударила им в дверь.

Он открыл мне сам, и я успела увидеть выражение облегчения на его лице – прежде, чем губы его успели сложиться в обычную ироническую улыбку.

– Вы всё-таки пришли, – сказал он, придерживая тяжёлую дверь.

– Да, я пришла, – ответила я, не зная, что ещё сказать. Он посторонился и пропустил меня в дом.

Видя, что меня шатает, он взял меня под руку.

– Поднимемся наверх, в мой кабинет, – сказал он. – Там будет удобнее.

Он говорил так, как будто речь шла о деловой беседе; но нежность, с которой он поддерживал меня, странным образом контрастировала с его тоном. В первый раз в его прикосновении ко мне появилось нечто интимное – нечто, выражающее желание. Увы, я знала, каково это желание – какая консумация мне предстоит.

– Лучше бы, право, вы убили меня, – не выдержала я, сжав его руку. Он мягко высвободился. Мы были в его кабинете. Там многое переменилось: книги со стеллажа были собраны в два дорожных чемодана, стоявших открытыми на полу, исчезли чайный столик со скатертью и диван. Я опустилась на облезлый стул, пододвинутый Мирославом.

– Как я это сделаю? – спросила я, морщась от мучительной боли в виске. Левый глаз почти ничего не видел; казалось, что в нём ковыряют раскалённой тупой иглой. Мирослав приблизился ко мне.

– Что с вами?

– У меня болит голова, – как со стороны, услышала я свой голос. Мирослав улыбнулся, обошёл кругом меня и, крепко сжав ладонями мою голову, прижался губами к моему затылку. Не знаю, что он сделал; я почувствовала короткий болезненный укол, и затем боль стихла, прекратилась, как будто её и не было. Понимание того, где я нахожусь и что меня ожидает, постепенно возвращалось ко мне. Мне пришлось сделать усилие, чтобы заставить себя поднять глаза – и увидеть предмет, который Мирослав достал из ящика письменного стола.

– Деревянный кинжал? Как в романе? – тупо спросила я, не веря тому, что происходит. Он вложил странное оружие мне в руки; дерево было сухим и твёрдым на ощупь.

– Кинжал из кипарисового дерева, срубленного в полнолуние. Им так и не воспользовались.

Я провела пальцем по лезвию кинжала. Оно было остро заточено, но всё же это было дерево, дерево, а не металл.

– Но ведь это причинит вам чудовищные мучения, – в ужасе сказала я. – Я не смогу решиться на это. Я думала, мне надо будет вас застрелить – это страшно, я никогда ни в кого не стреляла, но это было бы проще...

– Другого способа нет, – оборвал Мирослав. – Вам придётся это сделать.

Он аккуратно снял шарф и куртку и повесил их на свободный стул. Он был теперь в одних брюках, вернее, в каких-то шароварах. Его шрамы уже не пугали меня; они были пустяком в сравнении с тем, что мне предстояло сделать. Я сжалась; это длилось недолго – сумев взять себя в руки, я встала со стула и проговорила:

– Если вы в самом деле исчезнете... бесследно – мне бы хотелось, чтобы вы оставили мне что-нибудь на память, до того, как вы рассыплетесь в прах.

– Это нетрудно, – с готовностью сказал Мирослав. – Что вам дать – книжку с надписью, прядь волос? Можно и то, и другое.

В его голосе звучала насмешка; он повернулся и вытащил из чемодана экземпляр «Мирослава боярина». Найдя карандаш, он размашисто расписался на титульном листе; я успела разглядеть, что надпись была сделана кириллицей. Он сунул мне в руки книгу; отведя взгляд от непонятной мне надписи, я увидела, как он извлёк откуда-то маникюрные ножницы, поднял руки к голове и отхватил у виска длинную прядь. Бросив остриженный локон мне на колени, он сказал:

– Надеюсь, это утолит вашу сентиментальность. А ещё можете взять вот это.

Он стянул с мизинца тонкий золотой перстень с большим тёмным камнем и опустил его в мою ладонь. Чувствуя, как щёки мои горят от стыда и страха, я произнесла:

– Спасибо. Не знаю, как вас благодарить.

Я надела кольцо на палец и заложила в книгу срезанную прядь. Мирослав отступил на шаг в сторону и потянулся к стеллажу.

– Позволю себе свою последнюю шутку, – сказал он. Только сейчас я увидела, что на стеллаже в бутылке с водой стоит необыкновенной красоты жёлтая роза.

Страх пронзил меня, как электрический разряд. Проведя гребешком по тёмной копне волос – небольшая жертва в мою пользу совершенно не испортила их вида, – Мирослав вынул из бутылки розу и заложил её за левое ухо.

– Цветочный Воевода, Мирка-цветочник, – усмехнулся он. Обеими руками разгладив пышные усы, он лёг на пол посреди комнаты.

– Идите сюда, – позвал он. Неловко держа кинжал из кипарисового дерева, я шагнула к нему. Повелительным жестом Мирослав приказал мне опуститься на колени. Направляя мою руку, он приставил остриё кинжала к своей отливающей медью груди.

– Сердце здесь. Постарайтесь попасть как можно точнее. И лучше, если вы будете в это время молиться.

– Прощайте, – сказала я. Он бросил на меня долгий, всепроникающий взгляд своих тёмных глаз, прежде чем закрыть их в ожидании покоя.

Я знала, что это будет трудно; но кто бы мог подумать, насколько трудно заставить себя вогнать деревянную щепку в обнажённую тёплую грудь человека, распростёртого на полу, которого я знала менее месяца, но с которым у меня сложилось страшное и пронзительное взаимопонимание, с которым я разделила всю горечь и ужас его души. Я не хотела причинять ему страданий, но меня колотил озноб, руки соскальзывали. Уперев, наконец, лезвие в его грудь, я зажмурилась и всем весом навалилась на рукоятку.

До сих пор в ушах моих стоит кошмарный хруст, с которым заточенная деревяшка вошла в его тело; я услышала придушенный хрип, вырвавшийся из горла Мирослава, и горячий поток крови хлынул мне на руки и платье. Я открыла глаза. Более жуткого зрелища невозможно себе представить: Мирослав бился в конвульсиях, кусая губы, в углах его рта пузырилась кровавая пена, усы слиплись от крови, хрип и кашель сотрясали его всего. Слёзы отчаяния залили моё лицо; тяжело дыша, я ухватилась за рукоятку кинжала и налегла снова, обеими руками вколачивая его в грудь Мирослава.

Кинжал не поддавался. Упругая смуглая плоть яростно сопротивлялась ему, выталкивая его из раны; кровь продолжала хлестать, но ручей её ослабевал. Судорога свела мою помертвелую руку; я выпустила кинжал, и он пробкой выскочил из тела Мирослава. Рана стягивалась на глазах. Сама не своя, я стояла на коленях, в вымокшем от крови платье, и смотрела на Мирослава, простёртого на полу в тёмной луже. Кровь перестала бежать у него изо рта, губы разомкнулись, и открывшиеся глаза уставились на меня.

Я увидела его взгляд, полный невероятной боли, ненависти и презрения. Брызги из кровавой лужи полетели во все стороны, когда он рванулся и сел на полу.

– Идите вон, – прохрипел он, упираясь руками в пол. – Вы такая же, как все! Джейн Эйр чёртова! Вы такая же маленькая дрянь с обсахаренным дерьмом в голове! Слабые нервы как основная добродетель! Оставьте меня – не вам меня убивать!

Я стояла, окаменев. Мирослав вскочил; лицо его исказилось от ярости, и я увидела в его вытянутой руке неизвестно откуда взявшийся револьвер.

– Убирайтесь! – выкрикнул он. – Убирайтесь, пока я не вышиб вам ваши куриные мозги!

Вид его был страшен: раздетый до пояса, весь в липкой подсыхающей крови, с перекошенным лицом и спутанной гривой волос, он трясущейся рукой наводил на меня пистолет. Я отшатнулась и услышала выстрел; пуля ударилась в притолоку над моей головой. Я схватила со стеллажа свою сумочку и метнулась к двери.

– Идите, идите, – крикнул мне Мирослав. – Вы недостойны того, чтобы я вас пристрелил, вы, вшивая модернистка!

С грохотом я почти скатилась вниз по лестнице и выскочила наружу. Не помня себя, забыв, что я вся в крови, я пробежала с полмили по улице, опомнившись лишь у Лондонского моста. Хорошо, что поблизости стоял извозчик. Он посмотрел на меня в ужасе, когда я сделала неуклюжую попытку ввалиться в его кэб.

– Мэм, на вас напали?

– Д-да, – солгала я и, выхватив из кошелька соверен, сунула ему в руку. – Отвезите меня в Блумсбери.

– Может быть, вам надо в больницу?

– Нет, нет, – задыхаясь, сказала я, – отвезите меня домой, в Блумсбери, как можно скорее.

Я выпалила ему свой адрес; надо сказать, я весьма признательна ему – он не задавал мне лишних вопросов и довёз меня довольно быстро. Выпрыгнув из кэба, я вбежала в квартиру через чёрный ход и, пока никто меня не заметил, проскользнула в свою комнату. Силы покинули меня. Я упала на ковёр, уронив голову на руки, и пролежала так не знаю сколько времени. Придя в себя, я достала из ящика стола свой дневник.

Вот как случилось, что я сижу за столом, всё ещё в пропитанном кровью платье, и пишу эти строки. Не знаю, видел ли меня кто-нибудь – но сердце моё... [*Запись обрывается.*]

ЗАМЕТКА ИЗ DAILY TELEGRAPH ОТ 23 СЕНТЯБРЯ 1913 г.

Удивительное и неприятное происшествие приключилось с Дороти Уэст, подающей надежды молодой эссеисткой. Вчера утром она была найдена без чувств на Пиккадилли, причём рукава и подол её платья были все в засохшей крови. Когда её доставили в больницу, то оказалось, что девушка совершенно не помнит, что с ней было перед тем и как она очутилась на Пиккадилли. Полиция не считает возможным отправить её домой, так как подозревает, что она свидетельница или соучастница преступления. Дело в том, что осмотр врачом мисс Уэст не выявил на её теле никаких ранений и, следовательно, кровь на платье принадлежит не ей.

ЗАМЕТКА ИЗ DAILY TELEGRAPH ОТ 25 СЕНТЯБРЯ 1913 г.

И снова загадочное происшествие с Дороти Уэст. Амнезия подозреваемой не даёт установить, следует ли открывать уголовное дело; этому мешает и явное отсутствие пострадавшего. Никаких орудий преступления, когда девушку нашли на Пиккадилли, при ней не было. Полиция тщательно прочесала все близлежащие улицы, но нигде не было признаков того, что совершалось какое-либо насилие. Откуда взялась кровь на одежде Дороти, ещё предстоит выяснить.

ЗАМЕТКА ИЗ PALL MALL GAZETTE ОТ 25 СЕНТЯБРЯ 1913 г.

Повесят ли Дороти Уэст – вот чем в действительности озабочена так называемая общественность, хотя суда ещё не было и уголовное дело ещё не открыто. Девушку находят на улице без сознания, в окровавленном платье, и воображение полиции разыгрывается: она сочиняет преступницу, сочиняет убийство, сочиняет неизвестную жертву без пола, возраста и личности. Вот чем занимается Скотленд-Ярд на досуге; вот как он защищает закон, жизнь и имущество граждан. Въедливым полицейским не мешало бы вместо этого заняться опиумными притонами, процветающими у них под носом.

ЗАМЕТКА ИЗ TIMES ОТ 26 СЕНТЯБРЯ 1913 г.

Дело Дороти Уэст (между прочим, ещё официально не открытое) привлекает всё больше и больше внимания. Инспектор Скотленд-Ярда Лесли Митфорд выписал ордер на обыск её комнаты в Блумсбери. Обыск выявил следы крови на ковре и кресле, что поставило полицию в тупик: хозяйка квартиры и другие жильцы уверяют, что посторонние там не появлялись. Если бы кто-нибудь был убит или ранен там, это, несомненно, не осталось бы незамеченным. Возможно, мисс Уэст совершила преступление где-то вне дома и затем явилась на квартиру. Пролить некоторый свет на происшествие, вероятно, может найденная в комнате тёмно-каштановая прядь волос, заложенная между страниц модного ныне «Мирослава боярина» (книга также оказалась запачкана кровью). Соседка мисс Уэст, мисс Миньона Паркер, утверждает, что волосы принадлежат некоему мужчине, с которым встречалась подозреваемая. Однако этому свидетельству вряд ли стоит доверять, поскольку сама мисс Паркер этого господина не видела.

ЗАМЕТКА ИЗ DAILY TELEGRAPH ОТ 27 СЕНТЯБРЯ 1913 г.

Возбуждение уголовного дела против Дороти Уэст отменено за отсутствием состава преступления. Обстоятельства его прояснились самым неожиданным образом. В больницу, где мисс Уэст пребывала под надзором врачей и полиции, ожидающей, когда она сможет дать показания, явился знаменитый писатель Алистер Моппер; он сообщил, что во время поздней прогулки в Гайд-парке вечером 21 сентября у него случилось сильнейшее кровотечение из носа и оказавшаяся рядом девушка – он видел её впервые, но она узнала его по портрету в газете – бросилась к нему и попыталась ему помочь. К несчастью, долгое время не удавалось остановить кровотечение: писатель потерял полторы пинты крови. У него и сейчас бледный и осунувшийся вид. О таинственной пряди волос, найденной в книге на квартире его поклонницы, Мопперу не известно ничего, но, по-видимому, она не имеет отношения к делу. Причины беспамятства мисс Уэст не вполне ясны: по заверениям Моппера, она оставила его внезапно, и он не знал, что с ней стало, пока не наткнулся на газетные статьи, из которых понял, что речь идёт именно о ней. Так или иначе, мисс Уэст не узнаёт Моппера и не помнит, что с ней было до 22 сентября. Её соседка по квартире мисс Миньона Паркер собирается забрать её из больницы домой, поскольку девушка нуждается в восстановлении сил.

ЗАМЕТКА ИЗ TIMES ОТ 27 СЕНТЯБРЯ 1913 г.

Общественность, несколько дней с волнением следившая за судьбой Дороти Уэст, может быть спокойна. Вчера Алистер Моппер, автор знаменитого «Мирослава боярина», официально заявил, что мисс Уэст испачкала платье, останавливая у него носовое кровотечение, открывшееся на прогулке в парке. Врач засвидетельствовал, что писатель действительно недавно перенёс большую потерю крови. О том, что Моппер страдает кровотечениями, уже писали газеты в этом году. Теперь, когда недоразумение разъяснилось, мисс Уэст может спокойно отправиться домой.

ЗАМЕТКА ИЗ PALL MALL GAZETTE ОТ 27 СЕНТЯБРЯ 1913 г.

Случай с Дороти Уэст весьма поучительно демонстрирует, что значит создавать дутые тайны. Алистер Моппер с его носовыми кровотечениями имел неосторожность подвернуться девушке, которую он видел впервые, — и пока он не явился и не дал объяснения, все газеты подняли трезвон, обвиняя несчастную в убийстве. Всё только из-за того, что мисс Уэст нашли в беспамятстве и в окровавленном платье! А мистеру Мопперу в следующий раз не мешало бы трижды подумать, прежде чем сморкаться кровью в подол незнакомой девушке, которую собственная доброта едва не довела до уголовного суда. Вот до чего доводит пренебрежительность, с которой знаменитости отгораживаются от толпы!

ИЗ ЗАПИСНЫХ КНИЖЕК АЛИСТЕРА МОППЕРА

26 сентября 1913 г.

Господи! Неужели? Едва я прочёл в «Таймс» о локоне между страниц «Мирослава боярина», как подозрение уже не даёт мне покоя. Разрази меня гром, если это не его проделки! Он, конечно, не единственный в Лондоне человек с тёмно-русыми волосами, но... От него и впрямь можно рехнуться, и если девица рехнулась из-за него — я этого ему просто так не спущу.

Сейчас же бегу в больницу.

Позже

Моё объяснение было принято благополучно. Мисс Уэст, правда, меня не узнаёт, как, впрочем, не узнаёт и свою соседку по квартире мисс Паркер — она полностью потеряла память, события последнего года её жизни выпали из её сознания. Полиция официально запротоколировала мои показания. Подписав акт об освобождении мисс Уэст из-под полицейского надзора, инспектор Митфорд обратился ко мне:

— Мистер Моппер, мне нужно с вами поговорить.

Следуя за ним, я вышел на лестничную площадку. Убедившись, что нас никто не слышит, он заговорил со мной:

– Не знаю, правду ли вы сказали, но я рад, что вы её вытащили. Девчонка не в себе; она ненормальная. А с нашим правосудием, вы знаете, шутки плохи – у нас до сих пор не могут решить, подлежат ли сумасшедшие смертной казни. В случае чего, для неё всё могло бы кончиться плохо...

Он сунул руку за пазуху и вынул клеёнчатую тетрадь.

– Вот. Это мы уберегли от журналистов, и я считаю нужным передать это вам.

– Почему мне? Что это? – спросил я.

– Дневник мисс Уэст, обнаруженный у неё при обыске. Из него отчётливо следует, что она помешалась на почве вашего романа.

– То есть как? – всё больше и больше теряясь, спросил я.

– В дневнике описана совершенно фантастическая история её знакомства с вашим другом, мистером Эминовичем. Причём запись от 21 сентября, последняя по счёту, сообщает о её попытке убить его. Мы проверили, и оказалось, что мистера Эминовича видели здоровым и невредимым в Сохо 23-го числа, в то время как, если верить записи дневника – совершенно, впрочем, безумной, – он должен был быть серьёзно ранен.

– Я сам его видел вчера, – поспешил сказать я, тем более что это была правда. – Почему вы не обратились ко мне?

– Мы позвонили вам по телефону, и ваша экономка сказала, что вы больны и лежите в постели. Мы решили, что непроверенное сообщение о несчастье с вашим другом – слишком серьёзный риск для вашего здоровья. К счастью, с ним всё в порядке.

– Я не сомневаюсь, что всё в порядке, – напряжённо улыбнулся я и спрятал тетрадь в портфель. –

Вы правы, это лучше держать в тайне. Признаюсь, не очень-то приятно узнать, сколько бед натворил мой роман.

– Во всяком случае, эту беду вы исправили, – улыбнулся в ответ мне Митфорд. – В следующий раз будьте осмотрительнее.

О, если бы это было так! Если бы беда в самом деле была исправлена!

Я прочёл дневник Дороти Уэст от корки до корки, сидя в вагоне метро, и теперь я знаю, что она вовсе не безумна. По крайней мере, она не была безумной до ночи с 21-го на 22-е. Если сейчас она и повредилась в уме, то причиной этому – то, что пришлось ей пережить, та ужасная правда, которая открылась мне со страниц её дневника. Мирославу не суждено перемениться!

27 сентября 1913 г.

Я послал денег на лечение Дороти Уэст, и всё-таки что-то грызёт меня, как будто в произошедшем есть капля и моей вины. Но я сделал для неё всё, что мог. А кто просил её поддаваться на его провокации? Такова манера Мирослава – он ничего не скрывает о себе, он скажет: «Если вы пойдёте со мной, я сдеру с вас кожу живьём», – и люди идут за ним на край света. Но я не смолчу в этот раз; с меня хватило того, что было тогда, в 1903 г.

30 сентября 1913 г.

Он появился, как всегда, без предупреждения, как всегда, бесшумной и небрежной походкой вошёл в комнату и устроился в кресле. Полный ненависти и отчаяния, я бросил взгляд на него, помешал кочергой в камине и спросил:

– Пить будешь?

– Не сейчас, – усмехнулся он, сплетя пальцы на коленях. – Вижу, у тебя дурное настроение, Алистер.

Я не счёл нужным дальше молчать.

– Мирослав, – сказал я, – я знаю всё про мисс Уэст. Несколько дней назад мне пришлось лгать полиции, чтобы от неё отвязались. Ты заварил кашу, а девочку оставил расхлёбывать? Опять за старое, Мирослав?

– Брось, Алистер, – благодушно улыбнулся Мирослав. – Во всём, что произошло, виноват не я, а она сама. Незачем было соваться в воду, не зная броду.

– Ты её подтолкнул ко всему этому! – возмущённо воскликнул я. – Зачем, скажи на милость, ты попросил её убить тебя? Зачем?

– Зачем? – передразнил меня Мирослав. – Зачем? А ты не думал, насколько мне всё могло осточертеть? Ты живёшь шестьдесят шесть лет, Алистер, а я триста семьдесят, если округлить. Я повидал такое, что тебе и не снилось. И я очень устал, Алистер. Имею я право на покой, как ты считаешь?

– А мисс Уэст на что имеет право? – в тон ему ответил я. – Ты как был мерзавцем, так и остался. Что именно тебе осточертело? Я знаком с тобой десять лет, за это время ты высосал из меня всю кровь, вытянул все жилы. И если я окончательно с тобой не рассорился, то только потому...

– Потому, что я тебя кормлю, хороший мой Алистер, – издевательски улыбаясь, произнёс Мирослав, и в глазах его заплясали алые блики от камина. – Потому, что ты живёшь на дивиденды с моих грехов, ибо сам грех совершить не в состоянии.

– Что? – не веря своим ушам, переспросил я. Он поболтал в воздухе носком линялого рыжего сапога.

– Давай рассмотрим вопрос математически. От продажи второго издания романа ты в этом году получил триста фунтов чистого дохода. Недурно, если учесть, что многие живут на куда меньшие суммы. А ещё двести пятьдесят за либретто к фильму, ещё бешеный успех в газетах... Каждая загубленная мною жизнь принесла тебе один-два шиллинга по самому минимальному счёту.

– Ты циник, Мирослав, – сказал я, парализованный его усмешкой. – Ты всегда был циником, но чтобы до такой степени?

– Это я-то циник? – с брезгливой жалостью сказал Мирослав, глядя на меня. – А кто тогда ты?

Он встал с кресла и вытянул вперёд свои смуглые руки, поддёрнув рукава пиджака.

– Посмотри, – сказал он. – Эти руки по локоть в крови. Этими руками я рубил головы и засаживал крюк в грудные клетки. За это мне переломали кости на дыбе и за волосы отволокли меня на плаху. Что ты об этом знаешь? Ты получил за всё это полновесной английской монетой, по двенадцать пенсов за каждую каплю крови – ты, который способен пролить кровь только из собственного носа. Если бы я был праведником, что бы ты делал, скажи?

Мирослав отвернулся к камину, скрестив руки на груди – его любимая поза, поза непроницаемости и пренебрежения.

– Ты зовёшь меня циником, а сам свил себе лавровый венок из моих прегрешений. Ты особый вид вурдалака, Алистер, – ты питаешься кровью, которую не ты проливал.

— Замолчи! — крикнул я и вскочил с дивана. — В тебе нет ни капли совести — и благодарности тоже! Чем бы ты был без меня? Портным в Слатине, даже без паспорта! Я вытащил тебя из той передряги в Лондоне, я помог тебе легализоваться, раздобыл тебе документы. До встречи со мной ты половину жизни провёл, прячась по заброшенным домам и подвалам! Теперь ты знаменитость, тебе всюду открыты двери, газеты платят тебе за интервью... Как у тебя хватает наглости попрекать меня?

— Если бы меня интересовала gloria mundi*, — хмуро проговорил Мирослав, — то я... Впрочем, бесполезно тебе об этом говорить. Ты знаешь меня десять лет, и если ты за этот срок чего-то так и не понял — не моя вина, а твоя.

Я уставился в догоравший камин. Мирослав положил туда несколько поленьев и нагнулся, раздувая пламя. Левой рукой он придерживал сзади волосы, чтобы они не попали в огонь. Как будто он всю жизнь только и занимался тем, что топил камины. Жгучее раскаяние поднималось во мне; проглотив комок в горле, я выговорил:

— Мирослав, прости меня... я не хотел.

Он повернулся ко мне, со своей обычной насмешкой глядя на меня. Я не мог этого вынести; я приблизился к нему и обнял его. Он выглядит лет на тридцать моложе меня; сторонний человек подумал бы, что я ласкаю сына. Увы, он не сын мне — и даже не в полной мере создание моего пера; как описать связь, существующую между нами?

— Что мне делать? — спросил я. — Пойти и убить Имре Микеша?

— Ты викторианец, Алистер, — с лёгкой грустью улыбнулся Мирослав. — Последний настоящий,

* Слава мирская *(лат.)*.

кристально чистый и беспримесный викторианец, последняя значительная фигура этого рода. Когда ты умрёшь, последним прибежищем викторианства останутся домишки провинциальных аптекарей. Вот и сейчас ты ведёшь себя как викторианец. Чтение нотаций, уверенность в собственной непогрешимости, затем – приступ раскаяния и сентиментальности.

– А ты – уверен в собственной непогрешимости? – вырвалось у меня, и я тут же снова пожалел о сказанном. Но Мирослав спокойно ответил:

– Нет. Я грешник в грешном мире, не больше. Чем я ещё могу быть?

– А в чём ты уверен? Хоть в чём-нибудь?

– В том, что поступаю так, как подсказывает мне сердце. Несмотря на то, что его столько раз протыкали насквозь (последний раз – мисс Уэст неделю назад). И за каждый свой шаг, за каждое принятое решение я готов дать ответ – но не инспектору Митфорду и не тебе, а только тому, кому спрашивать со всех.

Он высвободился из моих объятий и сел в кресло. Его красные, воспалённые белки глаз влажно блестели в свете камина.

– Не ты меня сотворил, Алистер, – с расстановкой сказал он, – и не перед тобой мне отвечать.

ЗАКЛЮЧЕНИЕ ДОКТОРА ИОГАННА МЕЙЕРА

Мисс Дороти Уэст, к сожалению, демонстрирует признаки тяжёлого психического расстройства, которое вряд ли будет излечено в ближайшее время. Больная страдает амнезией и не может вспомнить ни одного события последних трёх-четырёх месяцев, к тому же выказывает склонность к странным и даже варварским выходкам. Она постоянно требует к себе в палату цветы, и это требование удовлетворяют; но недавно она высказала желание, чтобы ей принесли канарейку – когда же канарейка была доставлена, мисс Уэст, к ужасу всего персонала, оторвала ей голову. От больной прячут все острые предметы, потому что она порывается покончить жизнь самоубийством; временами она твердит бессмысленный набор греческих, латинских и славянских слов. Мы имеем дело с острым маниакально-депрессивным синдромом, о первопричинах которого у нас нет ни малейшего представления.

Д-р Мейер,
психиатрическая клиника имени
королевы Виктории, Вестминстер,
4 октября 1913 г.

Книга третья
ЭМИНОВИЧ НЕДОВОЛЕН

ЗАПИСЬ В РАБОЧЕЙ ТЕТРАДИ ИНГРИД ШТАЙН, ИНОСТРАННОЙ СТУДЕНТКИ*

6 октября 1913 г.

Это обязательно нужно записать, поскольку это нечто из ряда вон выходящее. Мне нужно сохранить это в памяти, потому и записываю после своих конспектов.

Сегодня я с 11.00 до 17.00 была в библиотеке Британского музея, где мне удалось найти уникальное издание – «Старопечатные гравюры Европы», собранные Рональдом Джейкобсоном. Эта книга вышла в свет в 1887 году и была зарублена цензурой по обвинению в непристойности; сохранилось лишь с полдесятка экземпляров, два из которых спасли сотрудники Британского музея. Сейчас нравы смягчились, и эта книга доступна читателям, другое дело, что о её существовании уже забыли. Издание охватывает период с 1400 по 1640 годы, и в нём более 90 иллюстраций. Меня в первую очередь интересуют сюжетные листы, отражающие эволюцию общественной мысли; но, пролистывая книгу в их поисках, я натолкнулась на гравюру, которая хотя и не относилась к сфере моего исследования, тем не менее, задержала моё внимание. Обычно лубок раннего Нового времени неуклюж и груб; этот же рисунок отличался реализмом и чёт-

* Перевод с немецкого на английский. Переводчик и местонахождение немецкого оригинала неизвестны. *(Прим. ред.)*

костью формы. Это был портрет, изображавший неизвестного мужчину в экзотическом славянском убранстве, с падающими на плечи волнистыми волосами. Анонимный мастер тщательно прорисовал оттопыренную губу, ямку на подбородке и роскошные усы; но особенно поразили меня глаза. Они казались совершенно живыми – огромные, выпуклые, в обрамлении длинных и густых ресниц (по наивности своей эпохи прорисованных раздельно), они как будто смотрели прямо на меня, задавая мне какой-то коварный вопрос. В них лучилась насмешка человека жестокого и знающего много.

Сверившись с подписью под иллюстрацией и комментариями в тексте, я узнала, что изображённый на гравюре – Мирослав Эминович, полулегендарный герой балканского сопротивления, известный также под прозвищем Цветочный Воевода. Милое это прозвище совершенно не даёт понятия о причине, по которой оно было дано; писать здесь, для чего применял цветы Эминович, у меня недостаёт духу. Гравюра относится к 1589 году, т.е. сделана уже после смерти Эминовича, который был обезглавлен турками. Но художественная убедительность её такова, словно автору позировал живой Эминович. Я подумала, что гравюра, вероятно, сделана с прижизненного портрета.

– Интересуетесь восточноевропейскими деятелями? – спросил у меня за спиной чей-то голос на хорошем английском. Я подняла голову от библиотечного стола. Боже...

Мне показалось, что я схожу с ума. Человек, стоявший возле меня, был точной копией того, кто глядел на меня из раскрытой книги. Разумеется, он был одет в современный костюм, в тонкую шёлковую рубашку, шея обёрнута длинным шарфом; но сходство с изображением в книге было поразительно. Те же большие, иронически глядящие глаза; та же ямка на подбородке, те же усы, не скрывающие большого насмешливого рта. Даже волосы – тёмно-русые, чуть седеющие – так же спускались на плечи, что в наше время встретишь нечасто.

– А вы что, относитесь к их числу?

Не знаю, почему у меня это вырвалось; но незнакомец, видимо, счёл мои слова удачной шуткой. Он улыбнулся.

– Иногда.

Его юмор меня отрезвил; я закрыла книгу, хотя он, конечно, не мог не видеть рисунка во весь лист. Он критически осмотрел переплет.

– Р.Джейкобсон... Не слишком доверяйте английским книгам. Я, например, предпочитаю пользоваться славянскими источниками.

Тут я заметила у него под мышкой переплетённый в линялую кожу старинный том. Что это была за книга, я рассмотреть не могла, так как на обложках старопечатных книг обычно не бывает надписей. Он улыбнулся ещё раз, повернулся и пошёл по залу.

Моя способность к спокойной работе серьёзно пострадала. Я промаялась с полчаса, пытаясь сосредоточиться на книге, и в конце концов в раздражении отложила её. Случайно ли это сходство? Ведь если портрет сделан с него, то гравюра не относится к 1589 году. Что там – и книга не относится к 1887 году: смутивший меня незнакомец в 1887 году, вероятно, ещё лазил в сады за яблоками. Бред! Книга не могла быть подделана, это маловероятно... Я окончательно запуталась. Встав из-за стола, я окинула взглядом читальный зал. Незнакомца не было.

Не почудился ли он мне? – засомневалась я. Я осторожно двинулась между столами, оглядываясь по сторонам. И я нашла то, что искала: на одном из пустующих столов лежала та книга, которую я видела у него в руках. Сам он, очевидно, вышел из зала. Подобравшись к столику, я раскрыла книгу. Она в самом деле была кириллической*; к моему сожалению, я не знаю кириллицы, но в книге лежала отпечатанная на машинке библиотечная карточка с английским заглавием книги и датой выхода – «Мунтьянский изборник», 1643. Этого оказалось вполне достаточно.

Волнуясь, я подошла к библиотекарю и спросила, не могу ли я узнать, кто заказывал «Мунтьянский изборник» 1643 года.

– Мне кажется, что это учёный, которого я видела на конференции, – сказала я. – Его имя... его имя не Конрад Заславский?

Имя я взяла с потолка. Библиотекарь перелистал пачку заполненных требований.

– Нет, мисс, – сказал он, – его зовут Мирослав Эминович.

– Что?

Мне показалось, что я ослышалась.

– Мирослав Эминович, мисс, и у него нет учёных степеней. Боюсь, вы ошиблись.

– Извините, – неестественно натужным голосом произнесла я и вернулась на своё место.

Не знаю, что и думать.

---

* Частое упоминание кириллицы в связи с «Мирославом Эминовичем из Слатины» вызвало у меня сомнения, но я проверила, и оказалось, что в раннее Новое время в Дунайских княжествах действительно пользовались кириллицей. *(Прим. ред.)*

9 октября 1913 г.

Я не читала раньше никогда английских газет — и, как выяснилось, зря. Я бы ни за что не взяла в руки старый номер «Таймс», валявшийся в холле у моей квартирной хозяйки, если бы мне не пришла нужда обернуть обложку одной из моих книг. Совершенно случайно я бросила взгляд на измятые страницы и увидела два слова, ошпаривших меня, как кипятком:

«Мирослав Эминович».

Я поспешно разгладила газету и прочла:

«...Мирослав Эминович, близкий друг Моппера, претендующий на роль прототипа героя...»

Я выронила газету из рук. «Мирослава боярина» я читала года два назад в немецком переводе, весной этого года познакомилась с оригиналом. Всё это не лезет ни в какие ворота. Он был в библиотеке или не он? Скорее всего, он, вряд ли в Лондоне так много людей по имени Мирослав Эминович. Описание внешности Мирослава в романе, однако, не подходит ни под того Эминовича (на гравюре), ни под этого... что это я! Тьфу! То есть оба Эминовича не подходят под описание. Но сходство между ними самими поразительно. С другой стороны, деяния того, исторического Мирослава Эминовича по прозвищу Цветочный Воевода, таковы, что он запросто мог послужить прототипом героя, выведенного в романе. Сплошная путаница! Сплошные Эминовичи! Ничего не понимаю...

Я прочла заметку от начала и до конца, но ничего из неё не извлекла. Там всего-навсего сообщалось, что Эминович посетил премьеру кинофильма «Мирослав боярин» и улизнул от журналистов после окончания показа. Я задумалась...

Заметку я вырезала ножницами и вклеила в чистую тетрадь. Кажется, я начинаю вести дневник — по примеру мопперовских героинь.

ЗАМЕТКА ИЗ PALL MALL GAZETTE ОТ 11 ОКТЯБРЯ 1913 г.

Трагикомический поворот приняла карьера Имре Микеша, звезды кинематографа этого сезона. Великий актёр недавно был замечен на Стрэнде в костюме Мирослава-боярина — то есть во всём чёрном и в развевающемся плаще, — причём изрядно подвыпившим. Он во весь голос обещал самолично разделаться со всеми другими Мирославами, объявляя их самозванцами, и претендовал на то, что единственный настоящий Мирослав — он сам. Бурные излияния «Блестящего мадьяра» были прерваны появлением полицейских, которые, узнав легендарного кингероя, со всей возможной деликатностью препроводили его домой. Остаётся только напомнить бравому актёру, что его персонаж подобной жидкости не употреблял и нигде в таком состоянии не фигурирует.

ПРОДОЛЖЕНИЕ ЗАПИСЕЙ ИНГРИД ШТАЙН

12 октября 1913 г.

Уже несколько дней я собираю газеты и вырезаю из них всё, что касается Мирослава Эминовича. Не подлежит сомнению, что в библиотеке я видела именно его — я узнала его портрет в газете, хотя рисунок несколько отличается и от гравюры в книге, и от лица человека, виденного мною. Все вырезки я наклеиваю в отдельную тетрадь.

14 октября 1913 г.

Информация, которую я могу выудить из газет, удручающе скудна, хотя публикаций у меня накопилось около дюжины. Все словно сговорились ничего толком не сообщать об этом Эминовиче. Записываю резюме:

1) он родом из Слатины (город на пограничье Сербии и Валахии);

2) он вдовец и занимается портняжным ремеслом;

3) он когда-то участвовал в национально-освободительном движении против турок;

4) с 1903 г. он знаком с Моппером.

Не очень-то много из этого выжмешь. Никаких намёков на возможную причастность Моппера к подделке старинных гравюр. Сюжет принимает всё более и более странный поворот. Я выяснила насчёт «Старопечатных гравюр» – эта книга числится в библиотечном фонде с 1889 года. И вообще я сильно погорячилась, вообразив, что она – фальсификат. Карл Вилленберг ведь ссылается на неё в своей монографии 1888 года. Как-то выскочило из головы. Конечно, это не тот Эминович, ведь ему в момент выхода книги было лет пять, ну, десять. А вклеена картинка быть не могла, мне ли не знать, как выглядят следы вклейки.

И всё-таки совпадения интригуют. Слишком много совпадений. И почему этот Эминович скрывает свой адрес и не даёт себя фотографировать? С другой стороны, он охотно даёт интервью в печати и разрешает помещать свои рисованные портреты. Сплошная путаница!

Позже

Я только что нашла статью Джонатана Степлса из «Презент энд Модерн Лайф». Чёрт возьми!

Похоже на обыкновенную журналистскую утку; но тут есть какая-то дьявольская закономерность. Старательно сличаю все упоминания об Эминовиче. Меня начинает раздражать таинственность, которой он окружён.

15 октября 1913 г. 8.45

Думаю, пора нанести визит этому «боярину». Нужно наконец познакомиться с ним поближе. Адрес? Не беда, найдём. Дано: старый двухэтажный домик с полностью облупившейся штукатуркой, без звонка и дверного кольца, без палисадника, нижние окна забиты досками, располагается где-то в Саутворке и, по всей видимости, не на набережной, а в переулке. Найдётся!

10.37

Я разбила карту этого района на квадратики и приступаю к поискам.

22.14

Я совершенно вымотана. За сегодняшний день я обнаружила восемь домов, соответствующих приметам, и нанесла их расположение на карту. Когда я отмечу на карте все остальные, будет иметь смысл обходить их целенаправленно.

16 октября 1913 г.

Дождливая погода сильно затрудняет прогулки по Лондону в поисках таинственного адреса. Тем не менее, сегодня мои усилия увенчались успехом. После часа блужданий по Саутворку я набрела на несколько заброшенных строений, теснившихся в тупичке. На одном из них после тщательного осмотра я обнаружила новую блестящую табличку с номером.

Если Эминович обитает в каком-то из виденных мною домов, то, скорее всего, в этом. Нижние окна заколочены, как и написано в журнале. Внезапно решившись, я постучала в дверь каблуком.

Казалось, прошла целая вечность, прежде чем дверь заскрипела и отворилась – но всё же отворилась. На пороге появилась фигура старухи в замызганном чепце. Бросив на меня подозрительный взгляд, она спросила:

– Что вам нужно?

– Здесь живёт мистер Эминович? – как можно любезнее спросила я. Старуха по-птичьи склонила голову набок.

– Вы из газеты?

– Да, – солгала я и тут же поняла, что промахнулась.

– Не велено пускать, – отрезала старуха и захлопнула перед моим носом тяжёлую дверь.

Что ж, отрицательный результат – тоже результат.

1) Эминович живёт здесь, теперь это ясно наверняка.

2) Что-то заставляет его не пускать в свой дом корреспондентов.

С этим Эминовичем явно дело нечисто. Самый выбор места жительства настораживает. С чего он поселился в этих трущобах?

Возможно, он всё-таки замешан в чём-то противозаконном. Об этом известно мистеру Мопперу; но он, конечно, прикрывает своего друга. Если Эминович вправду был повстанцем на Балканах, то за ним может числиться много не совсем приятных деяний: балканское сопротивление – суровая штука.

18 октября 1913 г.

Листая газеты за этот год, я стала обращать внимание и на другие фрагменты, которых раньше не замечала. За этим Эминовичем кроется больше, чем я предполагала поначалу. Я только сейчас начинаю присоединять к общей картине детали, которые бросают на всё происходящее странный и зловещий оттенок.

1) Айзек Райхман! Портной, упомянутый в интервью Эминовича «Полл Молл Газетт» от 7 апреля. 14 августа журналист из «Презент энд Модерн Лайф» упоминает в статье, что адрес Эминовича получен им от портного с Риджентс-стрит. 16 августа Айзек Райхман повесился. Повесился ли?

Цветы! Цветы в карманах Райхмана! Цветочный Воевода?

2) Не знаю, как до всего этого касается помешательство Дороти Уэст, но оно как-то с этим связано. Положим, у Моппера в самом деле было носовое кровотечение – от чего же она тогда сошла с ума? Или она уже была сумасшедшей, когда оказывала ему помощь? Экземпляр «Мирослав боярина» в её комнате – опять «Мирослав боярин»! И что за прядь волос в книге? Соседка утверждает, что мисс Уэст незадолго до происшествия встречалась с неким шатеном. У Эминовича как раз такие волосы.

Всё это может быть, конечно, совпадениями, но на этот раз слишком много совпадений. В такие совпадения даже самый убеждённый мистик не поверит. Кажется, я имею дело с преступником, и за ним совершенно необходимо установить наблюдение.

19 октября 1913 г. 10.00

Я приехала туда на извозчике к 6 часам утра и заняла удобную позицию за углом, так, чтобы мне была видна входная дверь дома. О дальнейшем говорить бесполезно. Я простояла за углом до 9.00, за это время мимо меня прошли два молочника, один старьевщик и один полицейский, подозрительно на меня посмотревший, а также множество всякой швали, мужская часть которой пыталась делать мне непристойные предложения. Эминович не вышел.

В следующий раз я буду умнее. Напротив дома Эминовича стоит заброшенный домик; думаю, можно найти точку, откуда открывается хороший обзор. Он не увидит меня там, а я смогу следить за его домом достаточно долго.

ИЗ ЗАПИСНЫХ КНИЖЕК АЛИСТЕРА МОППЕРА

16 октября 1913 г.

Сегодня я не выдержал. Мы в самом деле серьёзно поссорились, и я сказал ему, что знаю, кто повесил Райхмана. Он и бровью не повёл.

– В его записке ясно сказано, что в своей смерти виновен он сам, – холодно ответил Мирослав. Я взорвался.

– Потому что ты заставил его написать это! Можно подумать, я тебя не знаю!

– Он напросился на это, – сказал Мирослав. – Подлость есть подлость.

Чувствуя себя вымотанным, я рухнул в кресло и в отчаянии спросил:

– Но почему – почему на муаровой ленте?

Мирослав прислонился к дверному косяку, и усмешка тронула его толстые губы.

– Должна же быть к нему какая-то справедливость. Всё-таки он был первоклассный портной.

ПРОДОЛЖЕНИЕ ЗАПИСЕЙ ИНГРИД ШТАЙН

19 октября 1913 г. 15.12

Я разведала обстановку и выяснила, что в пустой дом можно пробраться через подвальное окно и что он не занят ни бродягами, ни цыганами. Из чердачного окошка хорошо видна не только дверь Эминовича, но и окно его, по видимости, кабинета. Если он будет в комнате, я смогу увидеть, что он делает.

20 октября 1913 г. 9.10

Сейчас я нахожусь на чердаке, куда поднялась четверть часа назад. С собой у меня саквояж, в котором лежат два пледа, свёрток с бутербродами, бутылка воды, вата и одеколон для гигиенических нужд и, главное, большой морской бинокль. Я собираюсь провести здесь сутки. Надеюсь, за это время я выясню, что за Эминович здесь живёт, почему он скрывает своё место жительства и почему он вообще поселился в этой дыре.

20.53

Удача! Только что я видела его. Ошибиться невозможно, несмотря на то, что солнце уже село: я смогла разглядеть невысокую сухощавую фигуру и гриву тёмных волос, раздуваемых ветром. Он вышел из дома и направился вверх по улице в сторону Лондонского моста.

23.09

Эминович вернулся, причём не один. С ним ещё кто-то, и я ясно вижу по силуэту, что это мужчина. К сожалению, погода облачная, свет луны едва пробивается сквозь муть, и я не могу видеть ни возраста, ни сословия человека, вошедшего с ним в дом.

Собственно говоря, в том, что я видела, нет ничего противозаконного. Любой человек имеет право приглашать к себе в дом кого заблагорассудится...

Я надеялась, что гость войдёт в кабинет, но надежды не оправдались. Я не могу видеть никого из вошедших. В кухне свет не горит. Окна гостиной и столовой отсюда не видны.

Новая мысль. Эминович – содомит. Он не англичанин, но английский порок существует во всех странах. Это объясняет его скрытность и то, почему он привёл к себе этого человека поздно в ночи. Говорят, английское слово buggar* происходит от Bulgar**.

NB: выяснить, насколько гомосексуализм распространён на Балканах.

21 октября 1913 г. 2.33 утра

Сейчас этот человек вышел из дома Эминовича. Небо очистилось от туч, луна светит в полную силу, и я смогла наконец рассмотреть его. Это был юноша пролетарского вида, нечёсаный и плохо одетый, левая рука перевязана (бинт ярко белел в лунном свете). Он пошатывался на ходу – должно быть, был пьян. Кажется, я на верном пути. Он по дешёвке заманивает молодых людей в свою берлогу ради любовных утех.

7.25 утра

Я поспала немного для восстановления сил и теперь покидаю своё убежище. Эминович сейчас, скорее всего, спит и не проснётся в ближайшие час-полтора, раз он предавался разврату до половины третьего. Поэтому я рискнула подойти к дому и обследовать крыльцо. Я надеялась увидеть следы, и я их нашла, но нечёткие – смазанные отпечатки грубых матросских ботинок. Их, несомненно, оставил ночной гость. Но обнаружилось и нечто неожи-

---

* Buggar *(букв.)* – «содомит», но в начале XX в. употреблялось и просто как грубое ругательство, без всякого сексуального смысла. *(Прим. ред.)*

** Болгарин *(англ.)*.

данное для меня – несколько пятнышек крови. Я ручаюсь, что их не было перед тем.

Неужели Эминович ранил его? Но шума драки не было. Или он был ранен, когда пришёл к Эминовичу? Может быть, Эминович привёл его к себе домой, чтобы оказать ему медицинскую помощь (перевязанная рука!)? Но зачем он тогда отпустил его в ночи, не оставив у себя заночевать? Мне нужно разузнать всё до конца.

22 октября 1913 г.

Ситуация крайне двусмысленная. Я не могу донести на него в полицию, пока не узнаю ничего точно.

1) Причастен ли он к смерти Айзека Райхмана? (Велика вероятность, что это так.)

2) С ним или не с ним встречалась Дороти Уэст до своего помешательства? В какой именно момент и отчего она лишилась рассудка?

3) Склонность его к циничным шуткам, в которых фигурируют картинки с пытками (Мэтью Арчер, Имре Микеш), – надо прояснить.

4) Почему он живёт в трущобах и скрывает свой адрес?

5) Что делал у него поздно ночью молодой докер с перевязанной рукой?

6 и последнее). М.б., он не содомит, а психопат – садомазохист.

В любом случае я не смогу узнать ничего больше, если не сумею пробраться в его дом. Я позаимствую методику у Джонатана Степлса.

Позже

Я купила гвоздодёр, чтобы вынуть две доски снизу из заколоченного окна. Мне нужно сделать это тогда, когда Эминовича не будет дома. Сегодня я как следует отдохну, а завтра засяду в своём убежище на весь день и дождусь, когда он уйдёт.

23 октября 1913 г. 16.36

Несказанное везение! Он покинул дом, когда было ещё светло — в половине пятого пополудни. Судя по тому, как тщательно он оделся, он вернётся нескоро. Думаю, у меня есть по меньшей мере пара часов — а может, и больше, но мне больше не надо.

17.10

Чтобы отодрать доски от заколоченного окна, больших усилий не потребовалось. Перед этим я проверила, нет ли в доме этой проклятой старухи, что открыла мне в прошлый раз, — но нет, на стук никто не вышел. Итак, я вынула доски и пролезла в кухню.

Кухней, по-видимому, давно не пользовались — она имеет запущенный и неприбранный вид. Возможно, он обедает в ресторане. Так или иначе, моей стратегической целью является его кабинет, и я поднялась по лестнице наверх.

Ни одна дверь внутри дома не заперта; кабинет — не исключение, но вид у него столь же странный и непривлекательный, как у кухни. Там грязно, стены обшарпаны, мебели мало, и вся она старая и неподходящая друг к другу: засаленный вытертый диван, стеллаж с книгами, ужасный письменный стол и стул полувековой древности — вот и всё. На полу стоял чемодан с остальными книгами. Большинство книг иностранные и напечатаны кириллицей; я заметила среди них достаточно много ценных старинных изданий. Они носят довольно специфический характер: в двух из пяти просмотренных мною книг обнаружились миниатюры весьма жестокого содержания. Впрочем, я не понимаю языка, на котором написаны эти книги.

Подробная опись того, что обнаружилось в ящиках стола М.Эминовича.

Верхний ящик:

1) пачка чистой бумаги хорошего качества;

2) 4 карандаша, из них 3 очиненных;

3) чернила фиолетовые, английского производства;

4) ручка и коробочка стальных перьев;

5) 2 письма на имя Джорджии Томсон, проживающей по этому адресу (вероятно, это и есть старуха, с которой я столкнулась тогда); адрес отправителя не читается – он написан кириллицей;

6) экземпляр «Мирослава боярина» с дарственной надписью А.Моппера. Так!

Нижний ящик:

1) сумма в 150 фунтов десятифунтовыми банкнотами;

2) очень большое количество золотых соверенов (затрудняюсь пересчитать; оцениваю в две сотни как минимум);

3) 6 ювелирных украшений старинной работы и явно огромной ценности – 2 ожерелья, 3 перстня и 1 брошь или пряжка.

Денег у этого субъекта изрядное количество. А что, если бы он со мной ими поделился? Кража – дело недостойное немецкой студентки, но ведь есть и другие способы, о которых не грех подумать. Всё равно полиция всё конфискует, когда придут его арестовывать; зачем мне безвозмездно обогащать британское государство?

Я ничего не возьму сейчас; я не воровка. Мне нужно обследовать остальные помещения.

17.34

Спальня. В спальне стоит огромная кровать под красным балдахином, однако нет свидетельств того, что здесь происходили сексуальные оргии. Вся остальная обстановка аскетична. Её составляют умывальный таз на табурете и кувшин с водой на полу; на подоконнике я увидела бритву, маникюрные ножницы, две щётки для волос – большую и маленькую – и кусок мыла. На стене, на гвозде, висело полотенце. Другие туалетные принадлежности отсутствовали. Ни духов, ни пудры, ни косметических кремов – обычно гомосексуалисты следят за своей внешностью и пользуются всеми этими ухищрениями. Как знать... Но у него здесь нет даже зеркала. Нет, вряд ли он содомит.

Я осмотрела полотенце и даже понюхала его. Духами не пахло; но на полотенце обнаружились следы крови. Порезался, бреясь без зеркала? Или дело в том юноше с пораненной рукой?

Под кроватью оказался второй чемодан, содержимое которого я обследовала. В нём, к моему удивлению, оказалось 3 образца старинного холодного оружия очень изысканной работы, сделанных не позднее XVII в. – не знаю, как оно называется, – и 1 современный пистолет системы «браунинг». Кроме того, там находилось несколько предметов одежды, весьма странных. Вот их перечень:

1) 4 шарфа – 1 шёлковый, 2 мохеровых, 1 гарусный;

2) рваная куртка из зелёного сукна с золотым шитьём;

3) 4 шёлковые рубашки – 2 алые и 2 кремовые;

4) 2 пары каких-то коротких шёлковых штанов алого цвета, вероятно, носимых вместо кальсон;

5) красный шерстяной кушак шириной около фута;

6) круглая шапочка, отороченная мехом выдры;

7) широкие коричневые шаровары.

В любом случае, в чемодане нет ни одного предмета, который мог бы свидетельствовать о сексуальных извращениях. Содержимое его какое-то этническое – похоже на детали национальных одежд.

Единственное, что я могу ещё сделать, – осмотреть помещения внизу. Может быть, там что-нибудь найдётся. В том, что я пока видела, нет ничего уличающего его (если, конечно, ценные вещи не краденые).

17.58

Я спустилась вниз; гостиная заколочена, и гвозди заржавели – стало быть, в ней никто не бывает. Остаются кухня и столовая.

Ещё раз осмотрела кухню. Странно, но нет никаких признаков того, что в ней хоть раз что-то готовили. В ней стоит адский холод, пол и столы покрыты слоем пыли и грязи, вокруг не видно ни дров, ни угля. В печи, правда, есть зола, но, похоже, её последний раз топили недели и даже месяцы назад – зола отсырела и слиплась, как камень. Я раскрыла все шкафы и не обнаружила не только продуктов, но даже посуды. Дверь, ведущая в погреб, также заколочена. В кухонной мойке тоже была корка затвердевшей пыли. Положим, Эминович обедает в ресторане, но чем тогда питается его экономка? Впрочем, кажется, я поняла. Джорджия Томсон – не экономка, а приходящая прислуга, и приходит она редко, вот отчего в кухне такой разгром.

Ни алкоголя, ни наркотиков. Вообще ничего.

18.03

Столовая. Здесь уже не совсем ничего. Излишне говорить, что в ней такая же грязь и запустение; но уже имеется кое-что, характеризующее хозяина. А именно — на стене над столом висит увеличенная фотография самого устрашающего содержания. Т.е. на ней снят мёртвый или умирающий человек, подвешенный за рёбра на крюк и совершенно обнажённый, при этом его тело изуродовано всевозможными способами. Кажется, снимок подлинный. Откуда у вас такие снимки, господин Эминович? Не хотите ли ответить полиции?

На всякий случай я заглянула в буфет, и вот он-то как раз не был пуст. Там стояли наполовину полная бутылка бренди и два бокала — один коньячный, второй высокий, узкий (для газированной воды?), — оба чисто вымытые. Кроме этого, в буфете находились медицинский ланцет, вата, бинт и липкий пластырь.

Что всё это значит? Если он пьёт бренди не один — а это так, — то почему бокалы разные? Не нашлось одинаковых? К чему все эти врачебные принадлежности? И спиртного для оргий явно маловато...

18.15

Я вылезла назад через окно и вставила доски вместе с гвоздями на место — это оказалось нетрудно. Я возвращаюсь домой. Мне надо кое-что обдумать.

22.18

Я сижу дома в полной прострации. Всё виденное мною может иметь смысл... тот, который написан в романе Моппера.

А что, если...

Это кажется неправдоподобным, но моя специальность историка приучила меня ничему не удивляться. История человечества – не что иное, как летопись самых причудливых и мрачных нравов и обычаев. В этой благословенной земле, где я сейчас нахожусь, ещё каких-то сто лет назад практиковали публичное вырывание сердца у живого преступника*. Мопперу потребовалось не слишком много фантазии, чтобы создать своего «Мирослава боярина».

25 октября 1913 г.

Я просматривала старые газеты за этот год в библиотеке, и я только что наткнулась на заметку об Анне Бейтс. Перевязанное запястье! И тут, и там!

Эта девушка вовсе не сумасшедшая: она действительно заключила сделку с Мирославом-боярином. И, кажется, я догадываюсь, какую...

26 октября 1913 г.

Я была права! Какие же эти англичане тупоумные ослы, что не видят очевидных вещей!

Проф. Даниэль Стэнли – балбес. Никаких двух Эминовичей не существует. Есть один-единственный Мирослав Эминович – тот, который был казнён турками в 1576 г. и стал после этого тем, что он есть.

Конспект выписок:
– скрытны; наиболее хорошо себя чувствуют ночью;
– обычно жертвы насильственной смерти;

---

* Ингрид Штайн ошибается: четвертование с вырыванием сердца в Англии прекратили применять к живым преступникам в XVIII в., в начале XIX в. его применяли исключительно редко и лишь к телам уже повешенных. *(Прим. ред.)*

– в основном с преступным прошлым; склонны к изощренной жестокости;

– по валашским поверьям, отличаются неестественной теплотой тела и чрезмерным румянцем (вопреки западноевропейским представлениям о них).

Чёрт возьми!

Я не сомневаюсь, что именно он повесил Райхмана и стал причиной помешательства Дороти Уэст. Нужно дать ему понять, что мне это известно. Ему не суждено насладиться безнаказанностью; я всё равно сдам его полиции – его нужно остановить во что бы то ни стало. Так или иначе, я знаю его тайну, и он у меня в руках.

28 октября 1913 г. 10.05

Письмо я положила вчера ему на крыльцо. Он обязательно его обнаружит. Я дала ему целые сутки на ответ и сегодня пришлю за ответом какого-нибудь беспризорника во второй половине дня.

17.41

Мальчик, посланный за ответом, вернулся с пустыми руками и с разбитым в кровь носом. Он прождал больше часа, потом стал стучать в дверь, и к нему вышел «господин с усами» – разумеется, это был Эминович. Далее, со слов мальчика, произошло следующее. Он, по моей инструкции, спросил ответа; Эминович сказал, что на подобные письма может быть только один ответ, и с этими словами размахнулся и ударил мальчика по лицу железным совком для мусора, с которым он вышел на крыльцо. Мальчик заплакал, а Эминович сказал: «Надеюсь, ты не понимал, что делал, – если бы понимал, тебя удавить мало», – и затем добавил, что слуга должен быть осмотрительнее в выборе хозяина, после чего велел ему убираться вон.

Я заплатила своему посыльному целых десять шиллингов, чтобы он перестал реветь. Не могу поверить, что я потерпела неудачу. Вероятно, не стоило использовать посредника. Но всё-таки не могла же я явиться к нему сама... До поры до времени мне не стоит показываться ему на глаза.

29 октября 1913 г.

Я больше не могу приходить в моё укрытие – он о нём догадался. Сегодня, когда я поднялась на чердак заброшенного дома, то нашла там аккуратно заклеенный конверт из плотной красной бумаги. В конверте находилась записка, которую я подклеиваю здесь.

ЗАПИСКА, ОБНАРУЖЕННАЯ ИНГРИД ШТАЙН

Любезный аноним,
кем бы вы ни были, рекомендую не совать свой нос в дела, в которых вы ничего не понимаете. Я оставлю Лондон ровно тогда, когда мне это понадобится, не раньше и не позже. Напомню вам также о старинном английском правиле не лезть в чужую частную жизнь. Излишне говорить, что никаких денег вы от меня не получите. Советую вам прекратить вашу нелепую игру в Шерлока Холмса и вернуться к вашим профессиональным обязанностям, которые вы знаете лучше меня.

Мирослав Э.

СОХРАНИВШАЯСЯ ЧАСТЬ РАПОРТА, ПОДАННОГО ИНГРИД ШТАЙН В ПОЛИЦИЮ 30 ОКТЯБРЯ 1913 г.

...без сомнения, опасен для общества. Так называемое самоубийство Айзека Райхмана – на самом деле убийство, к которому, как и к помешательству Дороти Уэст, причастен Эминович. Кроме того, есть основания считать, что он проживает в Лондоне с фальшивым паспортом, поскольку он скрывает свою подлинную дату рождения. Человек, выдающий себя за богатого иностранного портного, на самом деле не является даже человеком: это неизученное подобие человека, представляющее большую угрозу для населения. Кровь для поддержания своих жизненных функций он покупает у бедных горожан, по-видимому, щедро платя. Я сама была свидетелем, как от него вышел молодой человек с перевязанным запястьем. По моему убеждению, Эминовича нужно немедленно арестовать и поместить в надёжную камеру. Как с ним поступить затем, решится в зависимости от обстоятельств.

ИЗ ЗАПИСНЫХ КНИЖЕК АЛИСТЕРА МОППЕРА

26 октября 1913 г.

Я вернулся сегодня после утренней встречи с моим литературным агентом, совершенно обессиленный – я опять был нездоров с самой ночи. Миссис Браун, встретившая меня у порога, сказала:

– Сэр, у нас гости.

– Эминович? – отрывисто спросил я. Экономка кивнула.

– Он самый. Он спит сейчас. Я спросила, может, мистеру Эминовичу постелить в комнате для гостей, так нет, он лёг спать у вас в кабинете. Вы уж простите...

– Не имеет значения, – ответил я, зная, что Мирослав всегда поступает так, как хочется ему. Повесив пальто и шляпу на вешалку, я прямиком направился в кабинет.

Он был в самом деле там; его пиджак и шарф аккуратно висели на стуле, а сам он крепко спал, растянувшись посреди кабинета на ковре. Не в своей обычной позе, не скрестив руки на груди – он лежал, подложив правую руку под голову, склонённую на левое плечо; копна тёмных волос свесилась набок и падала на ковёр, алая шёлковая рубашка была расстёгнута, грудь обнажена. Я снова отметил неестественную неподвижность его фигуры и черт лица во сне. Даже спящий он наводил морок, не был самим собой – и слава богу. В этот раз он не забыл закрыть глаза; тонкая кожа век натянулась на выпуклых глазных яблоках, длиннейшие ресницы мирно покоились на щеках, большой презрительный рот плотно сомкнут; в дневном свете, падавшем из окна, выделялась жестокая ямка на подбородке. Я стоял в оцепенении, разглядывая его обманчивый полусон-полусмерть, его спокойное румяное лицо с его вызывающей молодостью – неиспитой, неизбытой молодостью, которой он сам тяготился. Ему навсегда останется тридцать шесть лет; а я? Смог бы я стать таким, как он? Мне было уже пятьдесят шесть, когда я впервые встретил его; время безвозвратно упущено, мне не суждена его молодость, за которую он заплатил столь непомерную цену.

Впервые за всё время в его позе была беззащитность; он лежал у моих ног, раскинувшись на ковре, не видя меня. В ящике моего стола лежит второй кипарисовый кинжал – деревянное остриё, которое с хрустом войдёт в эту ничем не прикрытую медно-смуглую грудь, исполосованную шрамами вдоль и поперёк... Я стиснул кулаки. Я знал, что я этого не сделаю – потому что не мне это предназначено. Потому что у меня всё равно ничего не выйдет.

Мирослав открыл глаза и приподнялся на локте.

– Добрый день, Алистер, – сказал он. – Ты, я вижу, не в себе.

– Знаешь, – сказал я, присаживаясь в кресло напротив него, – мне только что очень хотелось тебя убить.

Он рассмеялся и сел.

– Ты же знаешь, что на это не годишься. Да и вообще убить кого-то крупнее паука для тебя составляет неразрешимую проблему.

– Ты не голоден? – подавив волнение, спросил я. Мирослав помотал головой.

– Я раздобыл обед в Саутворке, – сказал он и облизал губы. – Больше я могу не беспокоиться до завтрашнего дня.

– Во сколько тебе это обошлось?

– В двенадцать шиллингов. В этот раз недорого, а? – с циничной складкой у рта произнёс он.

Я устало откинулся в кресле.

– Не по моим меркам. Ты же знаешь, я не часто обедаю на двенадцать шиллингов.

Мы помолчали немного; он оправил рассыпавшиеся по плечам волосы и сел в другое кресло.

– Мирослав, мне сегодня утром было очень плохо.

Он вскинул на меня насмешливые глаза.

– Помочь?

– Сейчас нет. Я справился без тебя.

Он сидел совсем близко от меня – тот, о чьём существовании я большую часть жизни не подозревал и не верил, что оно возможно, но ставший за последние десять лет неотторгаемой частью меня самого; одновременно жестокий и мудрый, отнимающий жизненные силы и исцеляющий от боли, друг и палач. Читающий эти строки, верно, подумает, что их писал какой-то романтик образца 1813 года, а не 1913-го. Но даже те двое юных поэтов, застрелившихся в объятиях друг друга восемьдесят пять лет назад*, не в силах постичь тайны отношений между автором и его героем. Вероятно, я сам никогда не понимал их по-настоящему.

– Ты думаешь, ты сможешь справляться без меня? – с леденящей кровь улыбкой спросил Мирослав. Я опустил голову.

– Не знаю.

ПРОДОЛЖЕНИЕ ЗАПИСЕЙ ИНГРИД ШТАЙН

30 октября 1913 г.

Провал, самый позорный провал. Прочтя мой доклад, инспектор Митфорд поморщился и буркнул:

– Чушь собачья! Да сколько же можно...

Овладев собой, он повернулся ко мне и спросил:

– Мисс Штайн, а вы знаете, которая вы по счёту в этом году девушка, чрезмерно, скажем так, увлечённая «Мирославом боярином»?

– Ну и?.. – выжидающе переспросила я.

– Четырнадцатая! И шестая из тех, которые сообщают, будто Мирослав-боярин приходил пить их кровь.

– Позвольте, – возразила я, – мою кровь он не пил, я не стану утверждать то, чего не было.

– Спасибо и на том! – саркастически рассмеялся инспектор. Я подступила к нему ближе.

– Сэр, но ведь он убийца! Вы оставите его разгуливать на свободе?

---

* История совершенно подлинная и дошла даже до России, так как была опубликована в «Московском телеграфе». В 1828 г. два английских поэта, один 16, второй 25 лет, не нашли иного способа выразить свою привязанность друг к другу, как лечь на диван, обнявшись, и застрелиться. В реакции современников особенно поражает то, что об этом случае говорят лишь как об ужасном, но отнюдь не как о ненормальном. *(Прим. ред.)*

– Почему вы так упёрлись в эту идею? – раздражённо спросил инспектор. – Из-за совпадений в датах? Нет никаких оснований полагать, что Райхман лишил себя жизни с чьей-то помощью; у него из кармана высовывалась предсмертная записка, и его почерк подтвердили четыре независимых графолога. Что же касается упомянутой вами Дороти Уэст, то насилию она не подвергалась ни в какой форме, и о том, что с ней произошло и была ли она вообще знакома с Эминовичем, можно только гадать. Забирайте ваш бред и отдохните.

Я была в ярости; но всё-таки я сдержалась. Я решила выложить свой козырь и рассказала ему про то, что видела в доме Эминовича, показав список найденных мною вещей.

– Ну и что? – прищурился на меня Митфорд. – Назовите мне год выпуска закона, по которому отсутствие продовольствия в буфете является основанием для ареста.

– Издеваетесь? – сдаваться я не собиралась. – А фотография?

– Мы не можем никому запретить держать у себя дома фотоснимки, если, конечно, они не порнографические. И вообще, при чём тут фотография? Какое касательство британской полиции до военных действий на Балканах, имевших место лет пятнадцать назад? В чём вы хотите уличить Эминовича на основании этой фотографии, неизвестно кем, когда и где снятой?

– В дурных наклонностях, – твёрдо сказала я. – Как, по-вашему, станет нормальный человек принимать пищу на фоне такой фотографии?

– Вы только что говорили, что столовой он не пользуется. Не сходятся у вас концы с концами, мисс Штайн.

— Не пользуется? Не пользуется в нашем смысле, инспектор, — я начинала терять терпение. — Есть свидетельства того, что он совершает там свою, с позволения сказать, трапезу... Ланцет, бинты...

— Бросьте фантазировать! — разозлился Митфорд. — В чём можно уличить человека на основании ланцета и бинтов? Что в них противозаконного?

— Но вы можете хотя бы проверить его деньги и драгоценности на предмет их происхождения, — упорствовала я. — Вам нужен формальный повод? Вот он вам.

Инспектор Митфорд снял очки и уставился на меня.

— Что-то я не понимаю, — медленно проговорил он, — в чём вы подозреваете мистера Эминовича? В убийстве, в употреблении человеческой крови или в скупке краденого? Не слишком ли много обвинений на одного человека? А вот вас можно упрекнуть в конкретном нарушении закона, известном вам. Вы лазаете по чужим домам — с какой стати? Это может вызвать серьёзные осложнения, мисс Штайн.

— Я же ничего не украла, — возмутилась я. — Я сделала это в интересах истины.

— Что ж, вам лучше знать, в чьих интересах вы это сделали, — криво усмехнулся Митфорд. — Я терпел ваше присутствие целых сорок минут. Вы сами покинете мой кабинет или вас направить на принудительное освидетельствование к психиатру?

— Спасибо, я сама, — бросила я.

Закусив губу от досады, я вышла. Если полиция не хочет заниматься Эминовичем, я займусь им сама. Нельзя же бросать начатое на полдороге. Я объявляю вам войну, мистер Эминович. Довольно вы морочили головы англичанам. Немца не проведёшь.

Эминовича нужно остановить во что бы то ни стало.

3 ноября 1913 г.

Я вычертила схему его передвижений по Лондону, основываясь на газетах и собственном опыте. Звёздочками отмечены места, которые он посещает чаще всего, и в первую очередь – дом Алистера Моппера. Он приходит туда со стороны сада...

Вчера я зашла в церковную лавку при Вестминстерском соборе* (не доверяю я англиканской утвари, она какая-то не такая, вообще-то я агностик, но в кризисную минуту предпочту старый добрый католицизм). Так вот, я купила несколько бумажных иконок, десяток церковных свечей, длинные чётки и распятие. Я должна испытать, как на него всё это подействует.

Задворки дома Моппера – удобное место, так как там ему легко отрезать путь к отступлению. Сквозь стены он проходить не умеет, это я поняла точно, хоть он и из нечистой породы. По моим расчётам, его следует запереть в углу между забором Моппера и примыкающей к нему стеной соседнего дома. Иконки, свечи и крест послужат преградой, а ещё я намерена нарисовать мелом кресты везде, где только можно. Я ещё не забыла молитв, которым меня учили в детстве; и мне удалось украдкой набрать воды из кропильницы в дверях собора. Думаю, от того и другого он ослабеет в достаточной мере, чтобы его можно было связать чётками, а тогда уж я проткну ему сердце вязальной спицей. Если

* Имеется в виду католический собор постройки XIX в. *(Прим. ред.)*

мне не удастся довести дело до конца – я всё-таки не могу полностью полагаться на удачу, – это всё равно подорвёт его силы. Тогда он, скорее всего, уйдёт отлёживаться в своё логово, и я последую за ним туда, чтобы прикончить его. Но на данный момент, пока он силён и опасен, соваться туда не стоит. Всё-таки у него там хранится оружие; а здесь я застану его врасплох, неподготовленным к встрече.

6 ноября 1913 г.

Третью ночь я наблюдала за садом Моппера из бокового переулка. Я уже было думала, что мне придётся в очередной раз покинуть свой пост, не дождавшись его прихода. Уже было совсем темно, но он не появлялся. Я замёрзла на ветру и не рисковала зажечь свечи – они сгорели бы слишком быстро. К счастью, в переулок попадало немного света от фонаря в саду Моппера. Иконки я прилепила на заборы и стены и нарисовала везде, где требовалось, меловые кресты. Улицу, по которой он придёт, я намеревалась преградить, встав за его спиной с распятием.

Я держала распятие и святую воду наготове, ожидая его появления, как вдруг горячая сильная рука стиснула моё плечо. Меня резко повернули, и я оказалась лицом к лицу с Эминовичем.

Вне себя от ужаса, я внезапно поняла, что не могу пошевелиться. Моя левая рука всё ещё сжимала склянку со святой водой, но я не в силах была даже приподнять её, не говоря уже о том, чтобы плеснуть водой в Эминовича. Правой рукой, в которой было зажато распятие, мне удалось сделать движение в его сторону, но это не возымело действия.

– Так-так, – хрипло произнёс он, вглядываясь в меня своими блестящими в темноте выпуклыми глазами. – Значит, это вы – аноним?

– Как вы догадались? – превозмогая оцепенение, спросила я. Он крепко сжимал моё плечо, не выпуская меня.

– Я не идиот. По какому праву вы за мной шпионите?

Всё оборачивалось совсем не так, как я себе представляла. Я попыталась вырваться, но попытка вышла вялой, словно моя воля была парализована. Он перехватил моё запястье и сомкнул на нём пальцы. Острая боль пронзила мою руку, я услышала хруст собственных костей – мои пальцы разжались, и пузырёк со святой водой вдребезги разлетелся об асфальт.

– Отвечайте же, – настойчиво потребовал он. – Зачем вам это?

– Чтобы поведать обществу то, что вы сами не спешите рассказывать, – набравшись дерзости, ответила я. Он усмехнулся.

– Какое у вас на это право? И хоть бы шпионили с умом. Хоть бы сообразили, что не стоит ехать к месту слежки на извозчике и потом назад. Вы знаете, какая у них память на адреса?

Мне стало жутко; но, собравшись с духом, я подняла свободную руку с распятием и выговорила:

– In nomine Patris, et Filii, et Spiritui Sancti*, именем Бога, который со мной, который видит правду и знает, кто вы такой...

– Не произносите имени Божьего всуе, – оборвал меня Эминович. – Думаете, Богу хуже известно, кто вы сами?

Он выпустил мою руку; она висела, как плеть, кисть утратила чувствительность. Я пошатнулась и перекрестила его распятием. Эминович презрительно поглядел на меня.

---

* Во имя Отца, и Сына, и Святого Духа *(лат.)*.

– Слушайте, хватит ломать комедию. Это, в конце концов, оскорбительно для Него – использовать Его образ в магических ритуалах.

– Для Него оскорбительно ваше существование, – через силу сказала я, держа распятие перед собой. Эминович рассмеялся.

– Вот как? – переспросил он. – Неужели шантажистов Он предпочитает неприкаянным?

Он вынул распятие из моей руки, поглядел на него и вернул мне обратно.

– Оно вам понадобится отмаливать грехи, – сказал он. – Что вы ещё хотели против меня применить? Это?

Его руки уже держали спицу, которую он неведомо как вытащил из моего рукава. Брезгливо оглядев её, он переломил её пополам и бросил на асфальт.

– Ступайте, – сказал он, – пока мы с вами окончательно не разошлись во мнениях. Надеюсь на ваше благоразумие.

С этими словами он оставил меня и перемахнул через забор в сад Моппера, невзирая на иконки и меловые кресты. Спотыкаясь, я побрела по улице, торопясь выйти на более открытое место. Я сама не своя; я до сих пор не верю, что потерпела поражение.

7 ноября 1913 г.

Что-нибудь да не так; не может быть, чтобы против него не было никакого приёма. Нужно порыться по старинным источникам и собрать всё, что до этого касается.

ЗАПИСЬ НА ВЛОЖЕННОМ ЛИСТКЕ (БЕЗ ДАТЫ)

Серебряные пули (мадьярское верование) – у Моппера нигде не упоминаются, однако это единственное, что стоит попробовать. Всё остальное, включая пение петуха, – технически затруднительно и вряд ли более действенно, чем святая вода и крест.

ИЗ ЗАПИСНЫХ КНИЖЕК АЛИСТЕРА МОППЕРА

9 ноября 1913 г.

Мне невыносимо его высокомерие, с которым он со мной обращается; невыносимы и упрёки, которые он мне бросает. Какое право он имеет упрекать меня? В конце концов, не я выпорол до полусмерти Картера, не я повесил Райхмана, не я свёл с ума мисс Уэст. И, однако, – странно, но это так – я чувствую за ним смутное право на эти слова. Я чувствую, что чем-то заслужил слышать это от него – знать бы, чем...

Нет, он не политик – и это так. Он не рождён политиком; он происходит из тех времён, когда этот человеческий тип только нарождался – когда многие государи ещё садились на коня и брали в руки саблю. Быть политиком ему помешала его кошмарная честность, натворившая столько бед. Его острый и язвительный ум напрочь лишён дальновидности и практической хватки: он угодил в плен к мадьярам, простодушно доверившись им; он погубил всю свою дружину и в конце концов попал на плаху сам. Причина этого – в его физиологической неспособности заключать компромиссы с собственной совестью. Мирослав и совесть! Какое оксюморонное сочетание! Применять слово «совесть» к тому, кто уничтожил больше людей, чем я – мух! И всё-таки его совесть существует, и она куда более материальна, чем то абстрактное понятие, которое подразумеваем под этим словом мы.

Его поступки ужасны; но он следует им, исходя единственно из веления своего сердца, не поддаваясь ни теориям, ни мнениям. Он чётко соблюдает принципы, которые выработал для себя. Что толку во всей нашей европейской этике, если мы не в силах её соблюдать? Мирослав повесил Райхмана потому, что не считал это безнравственным; наше же английское общество считает, что вешать человека безнравственно, и, тем не менее, вешает его. А я сам? Так ли я хорошо знаю то, на что замахнулся, я, заштатный драматург, снискавший случайную славу после выхода романа? Я не помню за собой серьёзных прегрешений, но разве это результат свободного выбора? Просто у меня не было случая стать безнравственным. Собака не может сделаться поджигателем не потому, что она лучше человека, а потому, что не умеет держать в лапах спички.

ПОСЛЕДНЯЯ ЗАПИСЬ ИНГРИД ШТАЙН

11 ноября 1913 г.

Вы сами накликали свою судьбу, мистер Эминович. Клянусь своей жизнью, я вас уничтожу. Я не отступлю ни на йоту. Возможно, вам удаётся запугать этих англосаксов; что-то вы запоёте, столкнувшись с немецкой волей! Когда Христос пятится, за дело берётся Заратустра. Я не посмотрю, сколько вам веков. Мир должен быть избавлен от твари вроде вас.

Я устроила у себя на квартире небольшую лабораторию. У торговца древностями я купила по дешёвке старинный пистолет, из тех, что заряжаются с дула, и несколько искорёженных серебряных монет, из которых я сделаю пули. Серебро не может его не пронять. Хорошо, что в Геттингене я упражнялась в стрельбе. Надеюсь попасть ему в его проклятую голову.

ИЗ ILLUSTRATED LONDON NEWS ОТ 14 НОЯБРЯ 1913 г.

Трагический несчастный случай оборвал жизнь Ингрид Штайн, немецкой студентки, 22 лет, находившейся в Лондоне ради изучения редких архивных материалов. Несчастную обнаружили рабочие в Докленде вчера в 5 часов утра. Она упала с моста на торчавший у воды кусок арматуры, пропоровший её тело насквозь. Смерть её была ужасна, ибо к моменту, когда её нашли, она была ещё жива и пыталась что-то говорить; при попытке снять её и доставить в больницу она скончалась. Врачи полагают, что между моментом, когда произошла беда, и смертью девушки прошло не менее 6 часов; это подтверждается и тем, что букет живых цветов, приколотый к её волосам, успел совершенно завянуть. Что привело её в Докленд с цветами в волосах, неясно; квартирная хозяйка показала, что в последние две недели покойная страдала какими-то навязчивыми идеями, о которых она, впрочем, не имеет представления. Гроб с телом фройлейн Штайн будет отправлен на её родину, в Геттинген.

ИЗ ЗАПИСНЫХ КНИЖЕК АЛИСТЕРА МОППЕРА

17 ноября 1913 г.

Я сижу и жду его. Странно об этом говорить, ведь за всё прошедшее время, после всего, что успело случиться, я почти возненавидел его — и всё-таки я мучаюсь, жду его. Впрочем, такое бывало много раз за десятилетнюю историю нашего с ним знакомства. Правда, он до этого не задерживался в Лондоне так долго (если не считать того страшного года – 1903-го). Но что бы я делал без него – без его мрачного остроумия, его сарказма, его подкупающей способности быть свободным от всего и оставаться самим собой, его умения исцелять и физическую, и душевную боль? Он даёт мне утешение, он вносит в моё сомнительное существование смысл – ради этого, право, стоит отдать несколько капель крови. Ещё наши отцы и деды лечили кровопусканием все болезни, физические и нравственные. Мне кажется, они были не столь невежественны.

Ночь с 17 на 18 ноября 1913 г.

Ожидание не было напрасным – он пришёл. Пришёл, и даже через парадную дверь. Слишком легко одетый для такой погоды, румяный, гладко выбритый, улыбающийся как никогда. Его улыбка всегда светится подвохом; но в этот раз у него на уме было больше, чем обычно. Я гадал, что он скажет мне в этот раз.

– Здравствуй, Алистер, – произнёс он и сжал мою руку. Пожатие его, как всегда, было твёрдым и горячим. В волосах у него блестели мелкие капли дождя.

– Ты опять куда-то влип, – сказал я тревожно.

Он задержал мою руку в своей; на миг его пальцы из стальных сделались успокаивающе мягкими, ласковыми; потом он выпустил мою кисть.

– У меня есть кое-что для тебя.

Только тут я заметил у него под мышкой большой грязный портфель со сломанной застёжкой, который он прижимал к себе левым локтем.

– Что там у тебя? – подделываясь под его иронию, спросил я. – Чья-нибудь окровавленная голова?

– Почти, – с улыбкой, от которой у меня мороз прошёл по коже, ответил он. Перехватив портфель на весу в правую руку, левой он вынул из него обтрёпанный блокнот без обложки и толстую тетрадь, разбухшую от газетных вырезок.

– Вот, – сказал он, протягивая мне то и другое. – Разумнее, если это останется у тебя; мне это не очень-то нужно.

– Что это? – в недоумении спросил я, взяв бумаги.

– Записки Ингрид Штайн. И досье, которое она на меня собрала.

– Кто такая Ингрид Штайн? – растерялся я. Он поставил портфель на пол и сел в кресло у камина.

– Немецкая студентка. Она была умнее многих и догадалась, кто я такой, вот только своим умом распорядиться не сумела.

– Что значит «была»? – с подозрением спросил я. – Повторяется история с Райхманом?

– Зачем же повторяться, – усмехнулся он и вынул из-за пазухи номер Illustrated London News. Ощущая какую-то странную слабость и пустоту внутри, я взял у него газету и пробежал глазами заметку. Господи!..

Должно быть, Мирослав заметил, как я побледнел, потому что тут же вскочил, подхватил меня и усадил на диван. Несильно шлёпнув меня по щеке, он укоризненно сказал:

– Что ты, право, нервный такой! В конце концов, никто не просил её открывать на меня охоту и писать доносы в полицию. Кому понравится, когда вторгаются в частную жизнь.

– Какая адская жестокость! – в потрясении проговорил я, не в силах смотреть на него. Он снисходительно глянул на меня.

– Жестокость? Наоборот, милосердие. У неё было целых шесть часов, чтобы одуматься и покаяться в своих прегрешениях. Теперь Бог, если он таков, каким мы его себе представляем, уж конечно простил её.

Волна отвращения поднялась во мне, когда я понял смысл его слов. Я отшатнулся от него, как от жуткого урода из кунсткамеры.

– Ты хочешь сказать... ты нарочно...

– Алистер, – склонив голову набок, сказал он, – посчитай, с какой долей случайной вероятности при падении с моста арматура может проткнуть тело насквозь, не задев жизненно важных органов.

– Это слишком, – устало сказал я. – Даже для тебя, Мирослав.

Он успокаивающе дотронулся до моего лба.

– Она сама виновата в том, что случилось.

– Это же ты говорил о Райхмане и о Дороти Уэст.

– Совершенно верно. Но мисс Штайн оказалась неосторожнее их обоих, вместе взятых. Её попытка убить меня с помощью серебряной пули, конечно, смешна, – вот тебе, кстати, тема о вреде фольклора, – но я не люблю, когда за мной шпионят, влезают ко мне с обыском и тем более строчат на меня доносы.

Он полез в карман пиджака и извлёк оттуда измятый обрывок бумаги.

– Вот уцелевший фрагмент телеги, на которой она хотела меня прокатить. Она, видимо, в сердцах порвала её и сожгла в камине; этот кусок упал мимо, завалился под решётку.

Сердце моё болезненно сжималось, когда я читал этот текст. Увы, в целом Ингрид Штайн была права. Не знаю, как она догадалась; мне это ещё предстоит узнать, когда я прочту её записки.

– Как ты вошёл в её квартиру? – оторвавшись, спросил я.

– Легально. Я сказал квартирной хозяйке, что я знал покойную. Она прищурилась и воскликнула: «Боже мой! Так это ваш портрет у неё на столе? Бедняжка, должно быть, была в вас без памяти влюблена!» В комнате действительно был мой портрет – она перерисовала его с гравюры в книге. Я спросил разрешения взять на память тетради мисс Штайн и сделал это в присутствии хозяйки, чтобы она видела, что я не покушаюсь на ценные вещи. Портрет я всё-таки выбросил. Остальное отдаю тебе.

– Мерзавец... – пробормотал я, но уже без ненависти. Я выдохся ненавидеть. – Какой же ты мерзавец... Для тебя и впрямь цель оправдывает средства.

Он с сожалением поглядел на меня.

– Всё никак не поумнеешь, Алистер, – сказал он. – Разве я итальянский плут или французский якобинец, чтобы изучать соотношения цели и средств? Я не думаю ни о том, ни о другом.

– Но цель? Не можешь ведь ты отрицать, что у тебя есть какая-то цель?

– Ты всё ещё мыслишь в категориях викторианского романа, Алистер. Да, у меня была когда-то цель – освободить мою землю из-под османского владычества. Я думал, что именно это держит тепло в моей крови сотни лет. Не так давно моя мечта сбылась, и что же? Союзники затеяли склоку из-за границ, а я как был неприкаянным, так и остался. Видно, ни мне, ни этой земле не суждено покоя.

Он помолчал, подёргивая тёмный ус.

– Я не ружьё, Алистер, чтобы задумываться о цели. Я холодное оружие. Сабля. А сабля либо висит на стене, либо разит насмерть.

– Беда в том, – проговорил я медленно, – что эту саблю, кажется, держу в руках я.

– Это не зависит от тебя, – ответил он. – Будь это не ты, разницы бы не было никакой.

– Пить будешь? – измученно спросил я и уже заранее знал, что сегодня он не откажется. Он кивнул. Я отлепил пластырь от запястья.

Он внимательно смотрел своими большими, в красных прожилках, глазами, как я выполняю привычный – слишком привычный для нас обоих – ритуал. О, это сладостное головокружение – ощущение уходящей из тебя по каплям жизни, более нежное, чем сон, знакомое мне уже давно – после него я ощутил примирение, я готов был простить Мирослава, лишь бы он и дальше дарил мне забвение.

– Тебе нужно бренди, – обеспокоенно сказал он, – ты ослабеешь.

– Не сейчас, – сказал я. Полулёжа на диване и расстегнув ворот рубашки, я погрузился в полуобморочное блаженство, одурманенный мягкой тяжестью, накатившей на меня. Я видел улыбку на губах Мирослава.

– Я пью за тебя, Алистер, – сказал он, подняв бокал, наполненный моей собственной кровью.

18 ноября 1913 г.

Я прочёл блокнот Ингрид Штайн и чувствую себя опустошённым и подавленным. Из блокнота ясно следует, что она шантажировала Мирослава, вернее, пыталась шантажировать. По какому-то своему извращённому благородству он не сказал мне об этом – он, который обрёк её на мучительную смерть. Я меньше, чем когда-либо, понимаю его поступки.

Впрочем, когда я его по-настоящему понимал? Он всегда был тёмен для меня, одновременно сотворённый мною и несотворённый, близкий и чужой. Десять лет назад меня пленили его характер и биография, сама неправдоподобность его самого и событий, в которые он оказался вовлечён. Я вынужден признаться себе, что рассматривал его как экзотическое животное, которое иногда приходится прикармливать своей кровью, – так, вероятно, зоологи содержат американских летучих мышей. Со стыдом вижу теперь, что мой интерес к нему был зоологический, в лучшем случае антропологический. Я изучил все его ужимки; я могу предсказать, когда он вздёрнет бровь, а когда разгладит усы. Но могу ли я похвастаться тем, что хотя бы на минуту проник в его помыслы? Вопрос не столь праздный, потому что с этим связано решение другого вопроса. В какой мере я, Алистер Моппер, несу ответственность за содеянное Мирославом?

Его стараниями в Лондоне прибавилось два трупа и одна пациентка психиатрической клиники (выпоротый Картер не в счёт – кто-то же должен был вправить мозги семнадцатилетнему лоботрясу, лазающему по чужим домам). Это хуже, чем когда бы то ни было. Та история десятилетней давности обошлась единственной жертвой – той, кого я вывел под именем Белинды. При этом он сам признаёт, что сгоряча наделал тогда глупостей. Мне казалось, что теперь он остепенился, что обойдётся без эксцессов... вот отчего я скрепя сердце выпустил его в свет. Впрочем, это зависело не только и не столько от меня.

Почему он так себя повёл? Потому, что такова его природа, которой никто не в силах изменить, или же потому, что я подталкиваю его к этому своим романом и образом, созданным мною там? Я его не сотворил; но я дал ему новую жизнь, третью по счёту. Первую он прожил с 1540 по 1576 годы – жизнь Цветочного Воеводы, вторую он влачил в Слатине, жалкую, полупотаённую, от которой он бежал в Лондон в 1903 году и стал причиной событий, прошедших практически незамеченными тогда, но от этого не менее ужасных. Это я вызволил его; я сделал его героем своей книги; я был единственным человеком, которому он мог довериться тогда, в те страшные дни. Почему я уступил ему свою кровь? Вначале потому, что он был голоден и измучен; я немало обессилел тогда, со мной даже бывали обмороки. Теперь это давно уже стало у нас чем-то вроде ритуала; одни только мои жилы не решили бы проблемы, и он уже много лет получает всё, что ему нужно, за деньги – странно сказать, я только теперь начинаю понимать, что наши отношения в большей степени нужны мне, чем ему!

Да, я должен в этом признаться себе – это мне нужно, чтобы он приходил и пил мою кровь; чтобы он острил и высмеивал меня; чтобы он крутил свои проклятые усы и с усмешечкой рассказывал о своих подвигах. Потому что из этого и сделан мой роман – книга всей моей жизни, лучшее, что я написал (ни «Маска крысы», ни «Дама в лиловом плаще» не имели такого успеха, не говоря уже о пьесах). Не знаю, существуют ли музы – я не верю в них, человеку XX века трудно поверить в их существование. Но есть я – автор романа, и есть он – его герой, и то тёмное, отчаянное, не поддающееся описанию — утекание жизненных сил, изнеможение, за которым следуют истома и покой, исцеление от мучений. Это и есть единственно реальное в наш век агностицизма и безверия. И вот почему я не смогу с ним расстаться. Несмотря на то, что роман уже написан.

Но как, как мне совладать с ним?

20 ноября 1913 г.

Сегодня я рылся у себя в письменном столе и обнаружил коричневую тетрадь, которой туда не клал. Я взял её в руки, и из неё выпала закладка с кириллической надписью. Думая, что это тайные записки Мирослава, я поспешно открыл её. Может быть, движения его души наконец прояснятся для меня хоть сколько-нибудь.

Тетрадь в самом деле принадлежала ему; но в ней не было ни одного письменного слова. Вместо записей листы были покрыты рисунками, большинство которых возбуждало ужас натуралистичностью исполнения, несмотря на ограниченность в технике — кроме простого грифельного карандаша, в столе у меня был только фаберовский красный, и Мирослав применил тот и другой не без умения. На многих рисунках фигурировал он сам, в разнообразных видах: на одном — обнажённый до пояса, в шароварах, опоясанных кушаком и подвёрнутых выше щиколоток, босой, рука на эфесе сабли; на другом — он в алой рубахе и полусапожках, поза рассеянно-ленивая, сабля висит на боку; на третьем он изобразил нечто вроде парадного портрета, представив себя в кафтане до колен, поверх которого была накинута меховая пелерина, и богато расшитой шапке. Надо полагать, эти рисунки изображали его при жизни. Композицией он не владел; не знаю, хотел ли он рассказать что-нибудь, помещая на левой странице разворота свои автопортреты, а на правой – те ужасные вещи, которые он зарисовывал с той же простодушной виртуозностью, что и себя в разных костюмах. Один рисунок заставил меня вздрогнуть. Это была его отрубленная голова на шесте, с застывшими, выкатившимися из орбит глазами и тщательно разрисованными красным карандашом потёками крови на подбородке. Я знал это видение; оно не раз представало предо мною, когда Мирослав прикладывал руки к моей голове. С содроганием перелистнув ужасную страницу, я взглянул на то, что следовало за ней, и мне сделалось дурно.

Он запечатлел на бумаге своё настоящее лицо. То нестерпимое лицо, от которого он меня уберёг до сих пор – которое «Тимоти» видел в зеркале. Несчастная Дороти Уэст видела его целых два раза. Ни один художник, кроме него самого, не в силах перенести это на бумагу; я видел более тридцати его портретов, как старинных, так и теперешних, – и ни один из них не похож на другой. Но этот кошмар, глянувший на меня с клетчатого листа тетради!

О костюмных принадлежностях можно было только гадать – он не довёл рисунок до шеи, опустив не до конца прорисованные локоны в пустое пространство. Но лицо, смотревшее на меня, было нарисовано с жуткой убедительностью. Теперь я мог видеть, что все мои догадки, – каков же он на самом деле, – которые я отчасти воплотил в романе, были пустой дешёвой фантазией. Я сочинил ему облик ходячего мертвеца, заживо тронутого тлением; но тот, кто был изображён на рисунке, был во много раз живее меня самого – на его ужасный румянец, на его алую лучезарную улыбку было затрачено немало фаберовского грифеля. Это было то же лицо, что я привык видеть рядом с собой, – и не то же. Как описать его? Дороти Уэст явно обладала литературным дарованием, но её описание не даёт даже слабого подобия того, что представляло собой это лицо. Прежде всего, оно было прекрасно. Какая-то невероятная, отталкивающая красота исходила от него. Я видел однажды раскрашенный фотоснимок с картины Караваджо, где Юдифь ударом меча отсекает голову Олоферну; кошмарное, отвратительное зрелище – кровь бьёт фонтаном из перерезанных артерий, рот Олоферна сведён в судороге крика, но при всём при том эта картина прекрасна; трудно понять, что доставляет нам столь извращённое эстетическое наслаждение. Таким же было и лицо Мирослава на рисунке: в него непостижимым образом вместились все Юдифи и Олоферны на свете. Это было прежде всего лицо балканского повстанца, отчаянного и безжалостного, ожесточившего своё сердце в борьбе с врагами; но вместе с тем в нём было что-то невыразимо детское – простодушие, граничащее с лукавством, и лукавство, граничащее с простодушием. Как возможно ужиться всему этому в чертах одного лица? Впрочем, может быть, противоречия тут нет – ведь дети самая жестокая нация.

Но нет, детская жестокость бессмысленна, а в нём я этого не замечал. Он не из тех, кто отрывает голову черепахе, чтобы проверить, сможет ли она ползать без головы. Для этого он слишком мудр, недетски – и портрет убеждал в этом лишний раз. Огромные прекрасные глаза смотрели со всей горечью мудрости; я вдруг осознал, что мудрость и доброта, те достоинства, которые мы всегда ожидаем встретить идущими рука об руку, в реальности едва ли совместимы — менее, чем красота и безобразие, воинственность и детскость. Трудно быть добрым, приобретя мудрость; Франциск Ассизский понял это и предпочёл остаться глупым, как и наш современник Честертон. Самое парадоксальное, что Мирослав — католик, как и они.

ИЗ ДНЕВНИКА О. ПАТРИКА КЕЛЛИ, СВЯЩЕННИКА ЦЕРКВИ СВЯТОЙ ЖЕНЕВЬЕВЫ В НОТТИНГ-ХИЛЛЕ

8 декабря 1913 г.

Мне надо обязательно это записать, иначе я сойду с ума. Мне никогда ещё не приходилось слышать ничего подобного; Бог или дьявол ввергает меня в это испытание?

Сегодня я принимал исповеди... но начать нужно не с этого. Верно, начать надо с того, что на прошлой неделе резко похолодало, что в церкви стоит ледяной холод и сквозняки дуют по ногам под дверью исповедальни (потому что нет средств даже на то, чтобы замазать щели в окнах, а из западного витража вывалилось несколько стёкол, всё-таки не старинная работа, сработано кое-как тридцать лет назад, а что делать, когда все старые церкви остались за англиканами, и ведь не предъявишь претензий к Генриху VIII). Какую чушь я горожу! Это оттого, что у меня поднялась температура, мне долго пришлось сидеть в простывшей исповедальне, слушая бесконечный перечень мелких грешков миссис Д. и миссис О., оттого, что я закоченел от холода, сидя в одной сутане поверх рубашки (это потому, что моя единственная шерстяная фуфайка не просохла после стирки, хотя зачем я это пишу?), и у меня онемели пальцы на руках, и — я каюсь, mea maxima culpa* — я испытывал не очень христианские чувства по отношению к старухам, которые носятся со своими прегрешениями, как курица с яйцом (Господи, прости мне это высказывание!). Но неужели они так серьёзно относятся к чепухе, которую мне рассказывают, что полагают, будто Бог не простит их без моего вмешательства (а также что я лично должен искупать их грехи своим насморком)?

Наконец я отпустил своих прихожанок и собрался было уходить (признаюсь, иногда чересчур приятно сменить епитрахиль на тёплый шарф) — когда тут и появился этот человек. Я знаю в лицо весь свой немногочисленный приход и ручаюсь, что его никогда не было в числе моих прихожан. Да и вообще он выглядел как иностранец — не то грек, не то албанец (почему албанец? Это я прочёл в газете про независимость Албании, а если бы не прочёл, то вряд ли бы знал такое название — где эта самая Албания находится, я слабо себе представляю). Во всяком случае, у него были длинные тёмные волосы, падавшие на лицо, и большие усы, а глаза навыкате и совершенно безумные. Да, на нём было пальто непонятного фасона на коричневом меху — видимо, дорогое, — а в руках он держал меховую шапку. Таким образом он приблизился к решётке и хриплым голосом сказал:

— Святой отец, мне нужно исповедаться.

Тогда я (я увидел, что он не в себе и что ему в самом деле требуется помощь — я не смог бы ему отказать) спросил его, католик ли он. Он ответил, что да, он католик, хотя и перешёл в католичество взрослым, и в доказательство совершенно твёрдо произ-

* Моя величайшая вина *(лат.)* — фраза покаяния в католицизме. *(Прим. ред.)*

нёс по-латыни обязательные формулы, которых требует исповедь, преклонив колени у решётки.

Тут я подхожу к самой странной части того, что должен рассказать. Мирослав – так назвался этот человек – не сразу смог приступить к исповеди; он напряжённо шевелил губами, несколько раз с волнением взглядывал мне в лицо и, наконец, сцепив перед собой руки, начал. Казалось, он взвешивал, можно ли мне довериться; и я знаю, что вид у меня идиотский – я выгляжу моложе своих лет, и у меня нос распух от насморка (и к тому же оправа очков замотана аптечным пластырем, потому что развалилась сегодня в шесть часов утра, и когда мне было отдавать её в починку?). Тем не менее, он всё-таки приступил к исповеди.

Господь Вседержитель, меня и сейчас колотит, когда я это пишу!

То, что мне пришлось услышать, было чудовищно; не только непостижимо жестоко и страшно, но и непостижимо мерзко. Я оцепенел – я был в шоке, я даже не знал, как отозваться на это. Не знаю, что значит выражение «кровь стынет в жилах», но, кажется, именно это я и испытал. Уж на что я одеревенел от холода в нашей нетопленой церкви – куда тут холоднее, – но тут мне показалось, будто ледяная чёрная вода смыкается над моей головой. Этот ужасный человек рассказывал мне всё это с какой-то странной улыбкой; но ведь этого не могло быть, такого просто не бывает, мне надо было сразу догадаться, что он не в своём уме – но какое бесстыдство нужно иметь, чтобы пытаться произвести впечатление таким способом!

– Послушайте, – сказал я, – прекратите паясничать. Как вам не совестно делать из исповеди профанацию!

На это он сказал, что, видимо, я ему не верю. Я ответил, что да; что поверить в такую дикую и богомерзкую фантазию ни у кого недостанет сил и что лучше бы он ушёл и не издевался надо мною в Божьем храме.

– Но мне нужно отпущение грехов! – воскликнул он, сжав руки. И тут я взорвался. Я сказал ему, что я не отпускаю вымышленных грехов, что если его воображение так разыгралось, то ему нужно обратиться к психиатру, – что он не сможет меня заставить поверить, что всё рассказанное им возможно на самом деле и что произносить слова отпущения – чего он, по-видимому, требует от меня – тут будет просто кощунством. Тогда он, задыхаясь, припал к решётке и стал клясться всем святым, что то, что он рассказал, – чистая правда.

– Не клянитесь тем, в чем вы не смыслите! – закричал я. На лице этого человека была написана такая боль, что я растерялся – он, по крайней мере, сам верил в то, что говорил. Но если бы я поверил, разве мне бы от этого было легче? Разве такие случаи предусмотрены в церковном праве – разве у меня самого, морально... Я запутался. Я не знаю, как описать то, что я испытывал. Передам только то, что я сказал ему (дрожащим голосом, потому что силы меня покинули окончательно):

– Я не могу отпустить вам грехи. Либо вы сумасшедший – и тогда вам нужно обратиться не ко мне, а к врачу, либо... Если допустить, что ваша история – правда, то как вообще вы посмели переступить порог церкви? Как вы можете находиться в Господнем храме, не говоря уже о том, чтобы требовать отпущения грехов?

– Значит, не можете? – с тоской переспросил он. Вид его был ужасен. Он явно очень страдал... но если всё это правда, тем хуже! Хотя поверить в это всё равно нельзя, сама человеческая природа противится этому.

– Не могу, – твёрдо сказал я. Он вскочил с колен, и лицо его совершенно потеряло человеческие черты.

– Вы это запомните! – крикнул он. – С вас это спросят на Страшном суде! Вы отказали мне в милосердии, отвергли меня – вы сами узнаете, что значит быть отверженным! Вы будете молить о милосердии, но вам в нём будет отказано!

Он выскочил из исповедальни, едва от поспешности не растянувшись на полу. Подобрав оброненную шапку, он выбежал вон.

Теперь я не знаю, что делать. А если несчастный натворит бед – если он вдруг вздумает покончить жизнь самоубийством – хотя, если он и впрямь сказал правду – нет, это слишком, слишком ужасно! Я утешаюсь мыслью, что я не мог поступить поиному. В конце концов, есть же пределы и милосердию. И я не Бог, я человек, увы. Какое я бы имел на то право? Боже, как тяжко во всём этом разобраться в неполных двадцать девять лет!

ИЗ ЗАПИСНЫХ КНИЖЕК АЛИСТЕРА МОППЕРА

НАБРОСОК ФИЛОСОФИЧЕСКОГО ЭССЕ, СДЕЛАННЫЙ В НАЧАЛЕ ДЕКАБРЯ 1913 г.

...представления о нравственности у нас в самом деле страшно теоретические. Мы воспитываемся с мыслью, что нравственность – это какая-то игра, свод правил, которые принято выполнять, когда на нас кто-то смотрит, и которые весело нарушать. Мяч нельзя хватать руками, но голкиперу – можно; что «не убий», что «не ковыряй в носу» – для нас разницы никакой. Мы не откусывали от познания добра и зла, нас не выгоняли за это нагими из рая. Мы в теории знаем, что дурно красть и убивать, не бывав в ситуациях, в которых крадут и убивают.

Вот почему эта самая нравственность так легко слетает с людей в колониях — почему вдруг милые юноши, декламировавшие Вордсворта и Кольриджа, начинают вешать негров. И является вместо британского джентльмена мистер Курц во всей своей красе. Всё это с ясностью доказывает, что мы по большей части своей вовсе не нравственные люди, а просто люди, не имеющие случая натворить бед. Паралитик не развратничает, не убивает и не подделывает денег, но кто же решится назвать его нравственным человеком? Однако мы не колеблемся считать себя лучше других на сходных основаниях.

У меня не было случая украсть или убить — зато был случай увести невесту у Оскара Уайльда, которым я и воспользовался не задумываясь. Более того, я искренне считал это своим моральным долгом — ибо, наблюдая в Уайльде человека легкомысленного и распущенного, я вывел отсюда безупречный силлогизм, что она заслуживает лучшей участи с лучшим человеком, то есть мной. И чем же всё кончилось? Рози два года тянула со свадьбой, а потом сбежала от меня к какому-то русскому революционеру. Уайльда уже давно нет в живых. Я, конечно, и тогда в известной мере понимал, что оправдываю благими намерениями тот вульгарный факт, что мне понравилась чужая невеста; но я искренне полагал, что у человека легкомысленного и распущенного не бывает чувств, которые можно оскорбить. Но ведь и Цветочный Воевода вешал турок за рёбра лишь потому, что они, с его точки зрения, заслуживали этого. И сейчас, когда я оглядываюсь назад, меня тревожит тень сомнения. Быть может, если бы я дал Уайльду жениться на Рози, он был бы сейчас жив? Не было бы брака с женщиной, которую он, в сущности, никогда не любил, быть может, он не ступил бы на путь порока, который привёл его к тюрьме и к ранней кончине (я, знаете, человек старой закалки и не верю в эти новомодные теории врождённых преступных типов), — всё так? Может, единственная разница в том, что я творил зло чистыми руками?

[*Приписка ниже:*] Нет, я обезумел — куда меня заносит? К чему это самобичевание? Вздор; я не могу быть виновен в смерти Уайльда; здравый смысл и понятие вероятности говорят, что я скорее невиновен, чем виновен. И вообще человек с дурными наклонностями рано или поздно всё равно скатывается в беду, глупо полагать, будто тут есть какое-то моё участие. А ну как есть? Но это же никто не докажет, и доказать нельзя, а я сижу тут и лелею свою неврастению. Это оттого, что я пьян. Нахлестался хереса и изливаю на бумагу своё безумие. А Ингрид Штайн и Айзек Райхман? Есть тут моя вина или нет?

10 декабря 1913 г.

Я не нахожу себе покоя. Всё слишком запуталось в течение этого года, так страшно и необъяснимо — как в плохом романе; я не мог этого предвидеть и теперь не знаю, как мне быть.

Проведя бессонную ночь, я пошёл бродить по улицам, чтобы развеяться. Выпал снег, и осенние лужи на асфальте прихватило лёгким морозцем. Губы пощипывало от холода, но это было даже приятно после промозглого тумана ноябрьских дней.

Через час блужданий я оказался у внешней аллеи Гайд-парка, где под облетевшими липами прогуливалось несколько дам с собаками и без собак и с суровым видом катался какой-то фанатичный велосипедист. Я люблю это место, хотя розы уже укутаны на зиму; в кармане у меня были хлебные корки для распушившихся, как шары, наглых серых белок, рыскавших по газонам в поисках подаяния. Я забрёл в чащу вечнозелёных экзотических деревьев, с которых осыпались хрупкие снежинки, и кинул хлеб за чугунную решётку. Из-за решётки мне были видны выделявшиеся на снегу, подрагивающие серые метёлки хвостов – белки обнаружили хлеб. Я спрятал замёрзшие руки под пальто и пошёл, приминая свежий снег, в сторону Серпантина.

Проходя между облетевших ив, свесивших к чёрной воде паутину перепутанных веток, я повернул к мосту и увидел его. Я не удивился; я знал, что он тоже любит ходить сюда. Он стоял на мосту, положив руку на парапет. Не меняя скорости, я двинулся к нему.

– Здравствуй, Алистер, – сказал он, обернувшись. Он приоделся: поверх его обычного костюма на плечи была небрежно брошена короткая, едва до колен бекеша на выдровом меху – не столько для тепла, сколько ради того, чтобы не выделяться среди одетой по-зимнему публики. Шею окутывал длинный мохеровый шарф, на голове была круглая меховая шапочка. Смуглое лицо горело от мороза; он протянул мне руку в тонкой замшевой перчатке. Не знаю, показалось мне или нет, но рука его дрогнула.

Это встревожило меня; я поднял глаза и пристально вгляделся в него. Что-то новое для меня было в его взгляде – какое-то затаённое страдание, которого я не мог прочесть. Улыбался он так же, как всегда, но, бросив взгляд на его улыбку, я увидел, что его нижняя губа вся искусана.

– Что с тобой? – теряясь в догадках, спросил я. Не знаю, что я готов был услышать. – Что-то случилось?

– Что-то случилось, – безлично подтвердил он, стоя на снегу в своих слишком лёгких сапожках и прислонившись к парапету моста. За спиной у него плескалась чёрная вода. Я схватил его за рукав.

– Не томи! Скажи, что! Что должно было случиться, чтобы на тебе лица не было?

Он посмотрел на меня немигающим взглядом из-под припухших век.

– Я был на исповеди, – хмуро произнёс он. – Священник отказался отпустить мне грехи.

Я вообразил себе невесть что, готовясь к самому худшему; немудрено, что я был раздосадован, услышав это. Отступив назад, я сказал:

– Только и всего? Я думал, ты, по крайней мере, вырезал кому-нибудь сердце. Зачем тебе это?

– Не надо шутить насчёт сердца, Алистер, – вдруг побледнев и прижав ладонь к груди, сказал Мирослав. – Ты не знаешь, что это такое.

– Мирослав, не устраивай комедию, – разозлился я. – Кто тебе отпустит грехи? Меня вообще удивляет то, что ты сунулся в церковь.

– А ты разделяешь это суеверие? – он в упор посмотрел на меня. – Что будто бы такие, как я, принадлежат дьяволу и должны корчиться от одного вида креста?

– Не говори глупостей, – неуверенно сказал я, – ты знаешь, о чём я...

Я не знал, что ему возразить. Как англиканин я всегда считал суеверием саму католическую исповедь — но ведь и случай Мирослава не был предусмотрен англиканским вероучением. Он усмехнулся со всей горечью снисходительности.

— Алистер, во мне не больше дьявола, чем в тебе. Я столько же страдаю, сколько любой другой; и я хожу в церковь чаще, чем ты. Теперь говорят, что и турок не лишён милости Господней, — не знаю, в моё время думали иначе, — так неужели я хуже турка?

Он замолчал. Я дотронулся до его плеча.

— Мирослав, пойдём, — сказал я. — Пойдём ко мне. Тебе нужно отдохнуть, ты проголодался...

Я вывел его из парка, и вдвоём на извозчике мы доехали до моего дома. Своим ключом я открыл парадную дверь и впустил его внутрь. Он не носит калош, и с его сапог тут же натекло на пол. Я взял его шапку и повесил на шляпную вешалку. Стянув перчатки, он невидящим взглядом уставился на меня.

— Мирослав, довольно, — попытался урезонить его я. — Всё обойдётся...

— Дурак! — отрывисто бросил он, повернулся и побежал наверх в мой кабинет. Я бросился за ним. Он стоял посреди кабинета, закрыв лицо руками. Услышав мои шаги у себя за спиной, он срывающимся голосом проговорил:

— Это был мой последний шанс, как ты не понимаешь? Последний шанс, и меня его лишили!

Он сорвал с себя бекешу, швырнул её на пол и повалился на диван вниз лицом. Плечи его вздрагивали. Приблизившись, я понял, что Мирослав рыдает — рыдает так, как не рыдали и наши прадеды сто лет назад, ибо он вышел из тех веков, когда не скрывали чувств, не ведая вовсе о чувствительности; когда для мужчин проливать слёзы было так же естественно, как сдирать кожу с живых пленных.

Лица его я совсем не видел из-за рассыпавшейся волны волос, но мне было страшно подумать о том, что я могу его увидеть.

– Мирослав, – растерявшись, проговорил я, – хватит… Я не в силах этого видеть.

– Ты ничего не в силах видеть, даже того, что у тебя перед глазами, – глухо застонал Мирослав, не поднимая головы от дивана. – Тебе кажется дикой мысль, чтобы хоть кто-то мог полюбить меня – такого, какой я есть, – неприкаянного? Меня, замаранного в крови с головы до ног, которым сама смерть брезгует? Ты не знаешь, как мне это нужно, Алистер.

– Мирослав, – взмолился я, – о любви Бога не нам судить, а если ты имеешь в виду человеческую любовь…

– Естественно!

– А я, Мирослав? Как же я?

– Не смеши меня, Алистер, – ответил он. Он всё ещё лежал, уткнувшись лицом в диван, но всхлипывал тише и реже. – Ты любишь не меня, а факт своего владения мной – то, что ты, такой благопристойный и порядочный, обладаешь экзотическим чудовищем вроде меня. Вроде профессоров, которые разводят ядовитых пауков.

Грудь у меня сдавило от обиды; превозмогая удушье, я выговорил:

– Как тебе не совестно! После всего, на что я иду ради тебя…

– Пауков тоже, бывает, кормят своей кровью, но кровными братьями их это не делает. Я в твоих глазах – такая же мерзкая тварь, на фоне которой твоя собственная респектабельность сияет ещё ярче.

Я молчал, чувствуя себя в полнейшем тупике. Он продолжал:

– Обладание мной приятно щекочет твоё самолюбие – потому, что ты считаешь меня обязанным тебе; потому, что ты водишь дружбу со мной, зная, кто я, и остаёшься при этом безгрешным и незапятнанным – всё зло на свете ты оставляешь мне.

– Ты полагаешь, что ты – отдушина для моих собственных дурных наклонностей? – тревожно спросил я. – Но я не Джекил, и ты не Хайд. Мы разные люди, из разных стран и времён, ты родился за триста лет до меня...

– Верно, – сказал Мирослав, отвернувшись лицом к спинке дивана. – Я не фройдист, чтобы утверждать, будто я – порождение твоего подсознания. В том-то и дело, что я – сам по себе, я – настоящий. Я не тень, Алистер, я не отражение; мне отрубили голову триста тридцать семь лет назад, но сердце у меня осталось то же. И этому сердцу больно, Алистер. Оно так же хочет утешения, как любое другое.

Я не в силах был пошевелиться, отрешённо глядя на его тёмно-русую макушку. Не меняя позы, он ослабил шарф на шее.

– Тебе это кажется нелепым, чудовищным? Ведь меня любили, Алистер. Ты сейчас этому не поверишь, но за меня умирали. Моя несчастная жена, когда я угодил в плен к мадьярам, думала, что я погиб, и выбросилась из окна. А ведь она знала меня как никто. Но я не прошу, чтобы за меня умирали. Я прошу, чтобы за меня помолились живые. И пусть чистоплюи не считают это кощунством.

Острая жалость к нему, поднимавшаяся во мне, была смешана с отвратительным чувством стыда; где, за что, почему? Наконец, напрягая память, я понял его причину. Несколько лет назад Моэм принёс мне черновики одного нашего общего знакомого, который переводил новеллу какого-то русского писателя, жившего во времена романтизма. Вымысел там был превосходен, а мрачные описания действительно нагоняли страх, но движущие причины событий, на мой взгляд, никуда не годились. Как сейчас помню, речь там шла о демоническом колдуне-чернокнижнике, которому священник отказался отпустить грехи, что было как-то связано с проклятием целого рода*. Я мог только посмеяться над таким мистическим и могущественным значением, придаваемым исповеди, – убеждение, будто слово священника способно освободить от бремени тяжёлого греха, любой современный англичанин сочтёт не только диким, но и легкомысленным. Увы, как просто разносить в пух и прах книгу, написанную не тобой!

Совладав со своим оцепенением, я приблизился к Мирославу. Я поднял с пола его бекешу и, расправив её, укрыл его ноги. Он не реагировал. Я боязливо коснулся его волос.

– Мирослав... Скажи, чем я могу тебе помочь?

– Это лучше знать тебе, а не мне, – услышал я в ответ.

– Прости меня, Мирослав, – поспешно сказал я. Он медленно повернулся ко мне и сел.

– Какой же ты дурак, Алистер, – сказал он. Я остолбенело смотрел на его лицо. Я готов был увидеть что угодно, только не это.

Оно не было страшным, как я ожидал; не было искажённым от страдания. Но оно само было страданием – осунувшееся, припухшее от слёз, странно

---

* Вероятно, речь идёт о «Страшной мести» Гоголя, которую Моппер неточно называет новеллой. Оставляю это слово в переводе, так как в английском языке нет слова «повесть» в значении литературного жанра. *(Прим. ред.)*

юное, почти как у подростка; если бы не усы, ему бы можно было дать в этот момент не более двадцати. Тонкие, детские полукружья бровей застыли в немом надломе; глаза были ещё влажными и блестели. «Таким он был в венгерском плену», — почему-то подумал я.

— Тебе нужно подкрепить свои силы, — решился сказать я и закатал рукав рубашки. Он резко перехватил мою руку.

— Не хочу.

— Не дури, Мирослав. Тебе сразу станет легче.

— Кто бы не дурил! — сквозь стиснутые зубы произнёс он. — Ты можешь понять, что и мне порой может быть так тошно, что не до крови?

Он перевернулся на спину и скрестил руки на груди. Он всегда засыпает мгновенно; я испытал немалое облегчение. Укрыв его бекешей, я отошёл к окну, за которым сгущался тёмно-синий вечерний сумрак, и прижался лбом к холодному стеклу.

Господи, чем я провинился? Что и когда я сделал не так?

11 декабря 1913 г.

Утром, когда я вошёл в кабинет, его там не было. Бекеша исчезла; стало быть, он ушёл и в доме его нет. Я на всякий случай пошёл в холл и взглянул на шляпную вешалку — его меховая шапка отсутствовала.

Пора бы мне уже привыкнуть к тому, что он приходит и уходит, не спрашивая. Но — не могу. Что-то сосёт меня. Я знаю, что я не могу смириться с тем, что он — тайна, которую мне постичь не суждено.

Но ведь я — тоже тайна? Он так утверждает. Для кого? Для него или для себя? Что, если я ему кажусь таким же экзотическим чудовищем, каким он представляется мне? И пытался ли я когда-нибудь понять его в самом деле или только притворялся, что хочу этого?

12 декабря 1913 г.

Он не пришёл сегодня. Я чувствую свою вину перед ним; чувствую, что вёл себя бестактно, что мои нравоучения были более чем неуместны, – и вот сейчас, когда я так хочу помириться с ним, взглянуть в его насмешливые карие глаза, пожать его горячую, как огонь, руку, его нет. Я рассентиментальничался, кажется; дело в том, что я вдребезги пьян. Я никогда не был пьющим, а сейчас, в последние месяцы, потянуло к рюмочке. Кажется, я следую дурному примеру злосчастного Имре Микеша.

Мирослав, Мирослав, зачем ты меня мучаешь? Что ты ещё собрался выкинуть? Ведь я за тебя отвечаю; я прикормил тебя, дал тебе паспорт – фальшивый паспорт – я облачил тебя в английский костюм – не сумел уговорить тебя остричь волосы – впрочем, так ты смотрелся ещё эффектнее: бедная «Белинда», павшая жертвой моих амбиций! Мне и сейчас думать дурно, когда вспоминаю её кошмарную смерть. Но неужели она в раю? Где тот рай, которого мы ей хотели? Неужели наш выбор после смерти – небытие – ничто – либо неприкаянность? И на что обречён я сам? Мирослав, скажи мне! Я пьян, пьян в стельку, я знаю, что несу бред – ну а вдруг я уже сейчас, при жизни, ничто, и даже сомнительное долговечие Мирослава мне не суждено? А ну как и впрямь – ничто?

15 декабря 1913 г.

Его всё нет. Я снова пьян. Смертельно плохо; несколько дней жуткое похмелье, и мучат кошмары.

[*Далее несколько строк зачёркнуто и густо замазано чернилами.*]

16 декабря 1913 г.

Сегодня я всё-таки увидел его. Я подстерёг его у почтамта, проследив, как он вошёл в стеклянную дверь. Он был в той же бекеше нараспашку, в неизменном своём шарфе; наклонив голову, он давал указания телеграфистке, и тёмно-русые завитки свешивались на разрумянившееся с мороза лицо. Он улыбался, но как-то нервно; заметив меня, он вздрогнул и отступил от стеклянной перегородки. Я был уверен, что он изменился в лице при виде меня.

– Что ты делаешь? – сухо спросил он. – Шпионишь за мной?

– Не мели вздор, Мирослав, – взмолился я. – Я рад видеть тебя. Я пришёл просить у тебя прощения.

– Прощать – профессия Бога, – отозвался Мирослав. – Даже священникам это не под силу, как же ты можешь требовать этого от меня, неприкаянного?

– Я сам неприкаянный без тебя, – сознался я, глядя на него. – Мне никаких сил не хватит думать, что я причинил тебе боль. Не мучай меня, Мирослав.

– Ты сам себя мучаешь, – отвернувшись, ровным голосом произнёс он. Я протянул руку и взял его за запястье.

– Мирослав, ты тоже не в себе, как и я. Пойдём ко мне домой, я всё, что смогу...

– Пусти меня, – прервал он и попытался выдернуть руку. По наитию я сжал пальцы; Мирослав бросил на меня раздражённый взгляд.

– Это что за фокусы? – буркнул он. – Я никуда не пойду.

– Ты пойдёшь со мной, – упрямо повторил я; не знаю, что на меня нашло, заставив удерживать его. Мирослав сделал новую попытку освободиться, но моя хватка, неожиданно для меня самого, оказалась железной. Я не подозревал в себе такой силы. Упираясь, я оттащил его от стеклянной стойки. Его мокрые сапожки с визгом проехали по мраморному полу; безразличная телеграфистка уже была занята другим клиентом.

– Пусти, идиот, – с ненавистью глядя на меня, проговорил Мирослав. Он рванулся. Я уже не мог остановиться. Мои пальцы, как тиски, сжались на его руке, впиваясь в его проклятую бессмертную плоть, горячую и упругую, пропитанную изнутри моей кровью; я крутил и выламывал ему запястье, хруст его сустава, казалось, был слышен по всему зданию почтамта, и джентльмен у стеклянного барьера уже, вытаращив глаза, советовался с телеграфисткой, нужно ли вызывать полицию... Странно, какое наслаждение я испытал, зная, что ему больно!

Да, ему было больно, хотя, к его чести, он никак не выказал этого. Лицо его покрылось рваными красными пятнами, но не дрогнуло; он яростно ударил свободной рукой, ребром ладони, по моему локтю, острая боль пронзила мою руку, и пальцы разжались. Мирослав пошатнулся, но удержался на ногах; из-под бекеши у него выпал белый конверт. Невзирая на болевшую руку, я мгновенно нагнулся и схватил письмо. Мирослав отступил назад и задрал меховой обшлаг рукава, обнажив распухшее, измятое запястье со следами моих ногтей.

— Ни худо, — с издевательским одобрением процедил он. — Ты быстро обучаешься, Алистер.

Краска стыда и неловкости заливала моё лицо; я не знал, куда деваться. Письмо я всё ещё держал в руке, не глядя на него. Я успел рассмотреть перед тем, что надпись на конверте была кириллической. Опустив голову, я пробормотал:

— Ни к чему было так разговаривать со мной.

— Пять минут назад ты уверял меня, что не в силах даже помыслить о том, чтобы причинить мне боль.

— То было пять минут назад, — хмуро сказал я. Мирослав улыбнулся — своей неповторимой, ни на что не похожей улыбкой, и под усами блеснули его белые зубы.

— Верно. Между тобой и тобой всего пять минут. Таков человек. Я человек, и ты человек. Как ты можешь пытаться распоряжаться мной, когда не знаешь, на что способен сам?

— Провокатор! Ты меня спровоцировал, — в отчаянии сказал я, прижимая к груди письмо. Мирослав расправил на себе бекешу, сдвинул назад съехавшую в схватке на лоб шапочку.

— Каждый сам себе провокатор, Алистер. Ты давно должен был это понять. Я бы хотел, чтобы ты всё-таки отдал мне письмо.

Я взглянул на конверт, который держал в руках. Мой глаз успел разобрать адрес отправителя: Кристина Эминович, д. 14, ул. Кузнечная, Слатина... Мирослав протянул руку.

— Дай письмо, — повторил он. Я молча вложил ему в ладонь конверт. Он сунул его за пазуху и, резко повернувшись, вышел на улицу.

Позже

Я имел весьма неприятные объяснения с вошедшим полицейским за беспорядок на почтамте. Чёрт знает что такое! Пью шерри-бренди. Ну, он у меня дождётся!

ПОСЛЕДНЯЯ ЗАПИСЬ АЛИСТЕРА МОППЕРА, СДЕЛАННАЯ НА САЛФЕТКЕ МЕЖДУ 16 И 17 ДЕКАБРЯ 1913 г.

вокзал Черинг-Кросс
18 числа 7.45 утра
поезд № 44 на Дувр
платф. 3
NB:
....

Послесловие редактора

Своим выходом в свет этот текст обязан чистой случайности, приключившейся со мною в мае 2001 г. Я была тогда на конференции в Воронеже, где читала доклад по поэтике Блока. Во время доклада на меня пристально смотрел какой-то пожилой профессор, и в перерыве мне сказали, что он хочет со мной поговорить. Человеком, изъявившим желание со мной побеседовать, оказался Рудольф Дмитриевич Стырский, которого нет нужды представлять – это известнейший специалист по Блоку, работы которого мы изучали с первого курса. В буфете он подсел ко мне и сразу удивил меня тем, как начал разговор.

– Так-так, – сказал он, вглядываясь мне в лицо, – новый блоковед, значит?

– Вообще-то я специализируюсь по английской литературе, – смутилась я. – Блок – это так, побочное явление.

– По английской? – вскинул брови Рудольф Дмитриевич. – Неисповедимы пути филолога! Не бойтесь, ваши наблюдения над Блоком вполне профессиональны, я скажу. Например, догадка, что в стихотворениях из цикла «О чём поёт ветер» скрыто присутствуют мотивы «Мирослава боярина». Только почему вы ни разу не ссылаетесь на заметку Блока о Моппере?

Я смутилась ещё больше и призналась, что никогда не слышала о существовании такой заметки. Стырский взглянул на меня с недоверием.

– Но откуда тогда вы это взяли? Ведь Блок его нигде прямо не цитирует.

– Не знаю… Интуиция… Резонанс. Просто хорошо знаю Моппера.

– Вы интересуетесь Моппером? – спросил он.

Я призналась:

– В известной мере. Как образцовым викторианским романистом и как непревзойдённым образцом глухоты к истории.

– Это любопытно! – возбуждённо сказал Рудольф Дмитриевич. Слово за слово, мы разговорились с ним о Моппере. Я узнала, что он является большим поклонником этого писателя и недавно завершил труд над его биографией, которая должна была вот-вот выйти в свет.

После этого мы виделись с Рудольфом Дмитриевичем ещё несколько раз, и через месяц нашего знакомства он предложил мне то, о чём я тогда не смела и мечтать, – помочь ему подготовить к печати личный архив Моппера, вернее, некоторую часть этого архива, хранящуюся у него. Поскольку я прекрасно владею английским, а поствикторианская документальная проза – самый благодарный материал, трудностей с переводом у меня не возникло. Гораздо сложнее оказалось разобраться с историей архива и его происхождением. Я до сих пор ещё испытываю большие сомнения в его подлинности.

Вот сведения, которыми располагал Рудольф Дмитриевич на момент, когда мы приступили к работе. После смерти Алистера Моппера его архив – не весь, а только данную часть, состоящую из очень разнородных газетных, журнальных, эпистолярных и дневниковых материалов, так или иначе связанных со вторым изданием «Мирослава боярина»

1913 г., – выкупила некая Кристина Эминович и вывезла в Слатину. Эта Кристина Эминович (неизвестно, подлинно ли её имя) исчезла или же была убита при непрояснённых обстоятельствах в 1936 г. Архив, о котором знали лишь единицы, считался погибшим при пожаре её дома, но лет десять спустя Егор Пашкевич, знакомый и поклонник Кристины, возвратился на пепелище и нашёл в подвале дома глиняный кувшин, который при ближайшем рассмотрении оказался полон рукописей и газетных вырезок. Не владея английским и не в силах прочесть хотя бы одну строку, Пашкевич, к тому времени уже сильно опустившийся из-за потери Кристины, продал всё найденное им собрание Мирче Элиаде, который привёл архив в порядок и расположил его хронологически. Элиаде собирался перевести текст на румынский язык и издать его у себя на родине, но политические обстоятельства помешали ему. Во время отъезда Элиаде в Париж чемодан, в котором находился архив Моппера, у него украли. Бумаги всплыли на книжном развале лишь в 1989 г., то есть несколько лет спустя после смерти Элиаде. Там их и выкупил Рудольф Дмитриевич Стырский, находясь в то время в Париже. Более десяти лет он в свободное от своей основной работы время разбирал их, выяснял историю их происхождения и степень их достоверности. Мне было поручено перевести сложенный воедино текст и подготовить его к печати.

О существовании архива Моппера Рудольф Дмитриевич узнал от самого Элиаде в 1978 г., хотя тот не чаял его найти. Великий учёный отказался дать какой-либо свой комментарий по поводу содержания архива, потому эту задачу придётся взять на себя нам с Рудольфом Дмитриевичем. Итак, основная часть архива – статьи из газет и журналов, письма и дневники – собрана Алистером Моппером. Это собрание в последующие годы несколько расширилось. Мы полагаем, что газетные заметки, касающиеся смерти Моппера, добавила в архив Кристина Эминович, которая, если верить данным архива, приходилась дочерью «Мирославу». Вставки из записных книжек Вирджинии Вулф и Герберта Уэллса сделаны самим Рудольфом Дмитриевичем; им же обнаружено письмо «Мирослава» Уэллсу. Происхождение дневниковой записи о. Патрика Келли неясно.

Полагаю, что читателя давно уже волнует вопрос о подлинности сведений из архива. Это вполне понятно, поскольку бумаги Моппера повествуют о событиях странных и даже фантастических. К сожалению, решить этот вопрос довольно затруднительно. Вырезки из газет и журналов мне удалось проверить по электронным архивам, за исключением очерка Джонатана Степлса «В обители ужаса» из Present&Modern Life, который не нашёлся в Интернете, вероятно, потому, что журнал Present&Modern Life издавался всего восемь месяцев (с марта по октябрь 1913 г.) и был быстро забыт. Поскольку это единственная *печатная* статья, где упоминаются чудесные свойства Мирослава, вопрос о её подлинности важен вдвойне; хотя Рудольф Дмитриевич уверял меня, что видел номер журнала с этой статьёй в библиотеке Конгресса США, это не мешает ей быть простой журналистской уткой – Дж. Степлс известен как автор совершенно завиральных репортажей.

Что касается остальных документов, то, по словам Рудольфа Дмитриевича, подлинность достоверно можно установить только для записей самого

Моппера. Специалисты, которым он отдавал документы на экспертизу, признали почерк подлинным. Однако подлинность почерка никак не доказывает отсутствия мистификации.

Аутентичность прочих документов вызывает большие сомнения, поскольку практически не поддаётся проверке. Перечислю здесь всё, что мне удалось разыскать относительно лиц, фигурирующих в них.

Дороти Уэст действительно была художественным критиком, писала статьи для The Egoist, Artistic Review и New Art Magazine и умерла в 1952 г. в психиатрической клинике. Образцов её почерка не сохранилось. Время, когда она потеряла рассудок, датируют 1913 г.

Всё, что сообщается в архиве о знаменитом киноактёре Имре Микеше (1881–1939), в основном не выходит за рамки хрестоматийных анекдотов. По мере того как крепла его слава в качестве мопперовского героя, Микеш всё больше спивался и позировал на публику; умер он от инфаркта за два дня до Второй мировой войны, лёжа в обтянутом чёрным бархатом гробу, который снимали в фильме и который он после съёмок использовал для спанья. Лилиана Грей (1892–1981) и Вера Кордофф (1890–1963) – реально существовавшие актрисы; их письма, по-видимому, подлинные, но они не добавляют ничего существенного к газетным вырезкам. Дневник Лилианы Грей присутствовал в бумагах в виде машинописной копии; местонахождение оригинала, если таковой имеется, неизвестно.

Об Ингрид Штайн, погибшей осенью 1913 г., а также о католическом священнике о. Патрике Келли, нет никаких данных. Церковь Св. Женевьевы, в которой он якобы служил, была разрушена при бомбардировке Лондона в 1944 г. и не восстанавливалась.

Нам не удалось обнаружить сколько-нибудь весомых доказательств идентичности Мирослава Эминовича – друга Алистера Моппера – Мирославу Эминовичу, жившему в XVI веке под прозвищем Цветочный Воевода и обезглавленному турками в 1576 г. Многочисленные портреты даже каждого из них в отдельности не похожи друг на друга, хотя тип лица примерно один и тот же. Надо заметить, что для европейца все жители другой страны кажутся на одно лицо, и если Эминович носил такие же усы и кудри, то ему нетрудно было убедить англичан в своём сходстве с Цветочным Воеводой. Рисунков Эминовича, упомянутых Моппером, в архиве не обнаружилось. Возможно, они никогда и не существовали. Доказательств его причастности к смерти Айзека Райхмана и Ингрид Штайн вне записей Моппера нет.

Мы с Рудольфом Дмитриевичем направили в Слатину запрос с целью выяснить, жил ли там между 1856 и 1913 гг. человек по имени Мирослав Эминович. Хотя большая часть местных архивов погибла во время войны и при коммунистическом режиме, в остальных человек с такой фамилией не фигурирует. Мы обнаружили упоминания о двух Эминовичах мужского пола, но никто из них не был ни Мирославом, ни портным, к тому же один из них умер в возрасте пяти лет. О «Кристине Эминович» нам по-прежнему известно лишь со слов Мирчи Элиаде, который знал о ней со слов полубезумного на тот момент Егора Пашкевича (судьба Пашкевича после 1946 г. неизвестна). Возможно даже, что речь шла не о той Слатине, в которой правил Цветочный Воевода и которая первой пришла на ум не только журналистке Эльзе Моррис, но и всем остальным, — не о крупном городе в Румынии возле сербской границы. Только в одной Румынии несколько городов и посёлков с таким названием, всего же в Восточной Европе около сотни населённых пунктов под названием Слатина в шести странах, включая Грецию и Украину. Даже если Эминович говорил правду, искать его во всех многочисленных Слатинах — задача заведомо невыполнимая.

Происходило ли хоть что-нибудь из того, что так потрясает нас в этой истории, в действительности? Или же события того лондонского года сводятся к тому, что Моппер представил публике некоего Мирослава Эминовича, который, позируя в угоду читателям, совершил несколько экстравагантных поступков, в том числе зарубил двух щенков антикварным тесаком? И всё остальное придумано Моппером и его безвестными соавторами, писавшими от имени Дороти Уэст и Ингрид Штайн?

В самом деле, всего четыре источника из всего собрания уверенно говорят о Мирославе как о существе сверхъестественном: статья Степлса и записки трёх человек — мисс Уэст, фройлейн Штайн и самого Моппера. Все остальные не содержат ничего необыкновенного, ибо для того, чтобы напугать своим смехом актёра на съёмках или отрубить голову щенку, не нужно никаких таинственных свойств. О степени надёжности Степлса пусть судит читатель: даже та знаменитая история с чернильницей Стриндберга, которой неоднократно козыряла пресса, не имеет ничего общего с действительностью. Степлс не проникал в кабинет Стриндберга с фотокамерой, а попросту выкрал снимок у одного из друзей писателя, чернильницей же — его собственной — в него кинула бывшая у него проститутка, и вся история сочинена Степлсом для того, чтобы объясниться перед редактором за рассечённую бровь.

Даже если дневники обеих девушек подлинны, это не доказывает ничего. Это доказывает только то, что инспектор Митфорд ошибался и что темноволосый незнакомец, с которым встречалась Дороти Уэст, был всё же Эминовичем. Письма Эминовича к мисс Уэст, вероятно, не попали в руки инспектору, но содержание их самое банальное. Девушка, видимо, несколько раз встречалась с Эминовичем и бывала у него дома (если дневники подлинны, то она не могла независимо от Ингрид Штайн придумать фотографию казнённого партизана, которую не упоминает Степлс). Вероятно, Эминович рассказывал ей какие-то народные предания и упражнял на ней свои гипнотические способности, но, поняв, что девушка страдает психическим расстройством, поспешил порвать с ней. Только так можно понять слова из его последнего письма: «Я предприму последнюю попытку объясниться с вами; если и она потерпит провал, вина будет не моя, а ваша – не пеняйте на меня». Мисс Уэст причудливо перемешала в своих записках реальность с плодами своего прогрессировавшего помешательства. Что касается фройлейн Штайн, то её дневник никак нельзя назвать безумным – но и ничего таинственного он тоже не содержит. Автора дневника можно упрекнуть лишь в чрезмерном легковерии: она упорно видит лишь то, что ей хочется видеть, и, вбив себе в голову, что Мирослав Эминович – вампир, родившийся три с половиной века назад, толкует всё увиденное ею в эту сторону. В конце концов она дошла до того, что стала гоняться за ним с серебряными пулями и в попытке выследить его свалилась с моста на арматуру. Вот и всё. Ну, а записки Моппера – ведь они всё-таки мистификация?

Даже если так – а я склоняюсь к этой версии, – нельзя не подивиться образу, который сотворила мрачная фантазия Моппера. Герой, который приходит пить кровь своего создателя, являясь незваным, заставляя трепетать в ожидании своего прихода, – подходящая метафора творчества писателя новейшего времени. Музы умерли; остались лишь автор и герой – беспощадный, высасывающий жизненные силы, друг-убийца...

Но что если эти тексты – не мистификация? Что если Мирослав существует?

В одном смысле он, безусловно, существует: в той мере, в какой каждый из нас – Мирослав. Нет, я не хочу сказать очередной трюизм на тему Джекила и Хайда; меня вовсе не интересует, добр или зол человек по своей природе, под которой он сам не знает, что понимать. Фигура Мирослава – едва ли не самое впечатляющее в мировой литературе напоминание о том, что мы – тайна. Каждый из нас – Мирослав, ровно настолько, насколько каждый из нас – тайна; убивая Мирослава-боярина в романе, герои на самом деле расправляются с собственной тайной, ибо викторианское сознание тайны не терпело, считая её чем-то тёмным и постыдным. Мы только думаем, что родились в тысяча девятьсот каком-то году и умрём лет через сорок (десять, пятьдесят – нужное подчеркнуть). На самом деле мы несём в себе весь безумный, чудовищный опыт прошедших веков, сконцентрированный в нашей крови, как едкая кислота. Мы не знаем даже всех своих предков: у каждого человека восемь прабабок и прадедов, а если проследить родословную на тысячу лет назад, то в предках каждого из нас будут тысячи людей – крестьян, воинов, князей, конокрадов, убийц, святых, художников, мореплавателей, припадочных, – и вся эта гремучая смесь циркулирует в наших жилах, предоставленная воле случая и законам Менделя, но более всего неподвластной никому силе тайны.

Да, тайна, бессмысленная и беспощадная тайна, которая, быть может, скрыта от нас ради нашего же блага, ибо что бы мы стали делать без тайны? В этом и состоит секрет художественного произведения – напоминать нам о тайне; в этом кроется невероятный успех романа Моппера (плохого, нескладно написанного романа, если уж об этом говорить). Потому что истинная тайна – не в произведении и не в герое, она в нас самих; а произведение – это всего лишь белые листы с буквами.

И всё-таки... Что если Мирослав – среди нас?

Елифёрова М.В.
Ноябрь 2005

ИЗ ЦИКЛА

Рассказы Гриши Спальникова

Всякое сходство описываемых лиц
и событий с реальными заведомо
не является случайным

В ПОИСКАХ БОБРА

> Сооружения бобра носят характер не только высокого развития инстинкта, но и следы несомненного, сознательно действующего ума.
>
> *А.Э.Брэм*

Я потёр висок, разгоняя пламенеющие зелёные круги перед глазами. Гнутые стулья в стиле хай-тек из шестого сна Веры Павловны, чёрные скатерти и никелированные судки для приправ выглядели совсем как в Москве; но скверный майонез в салате и скверная колбаса на пицце развеивали наваждение. Нет, я не в Москве, а всего-навсего в Качуре, куда я приехал на конференцию по проблемам медиевистики и скандинавистики. И сейчас я сижу в пиццерии, куда зашёл, не снимая тёмных очков – из-за начавшегося приступа светобоязни, – по каковой причине официантка обращается ко мне с примесью настороженной почтительности. В Качуре по старинке всё ещё побаиваются хамить молодым людям в зеркальных тёмных очках от поддельного Версаче. Хотя, если бы я снял очки, она бы увидела близорукие невыспавшиеся глаза аспиранта гуманитарного вуза – то есть меня.

Нет, я ничего не имею против Качуры. Приютившаяся где-то в двухстах километрах к северу от Москвы, Качура – город почтенный, древностью своей уходящий в глубину веков. Основание её приписывают непосредственно Трувору, брату Рюрика; впрочем, злые языки говорят, что Трувор здесь точно был, да только сразу и *окочурился*... Во всяком случае, от местных жителей можно услышать легенду о том, что ещё недавно в городском краеведческом музее хранился шлем Трувора – но в перестроечные годы какая-то въедливая персона разглядела на нём надпись: «1943», – и, чтобы не поднимать скандала, шлем тихонько сослали в запасник. Так или иначе, в настоящее время основную экспозицию музея составляют розовые шиферные пряслица*.

А ещё в Качуре замечательный педагогический институт, многих сотрудников которого я хорошо знаю. Они отличные ребята, мы с ними просто обожаем друг друга, хотя самый молодой из них вдвое старше меня. Я уже четвёртый раз приезжаю на конференцию в Качуру – со студенческих лет. В прошлом году не ездил, пропустил из-за воспаления уха, которое неизвестно как ухитрился схватить летом, – и вот теперь я снова в Качуре, после двухлетнего перерыва, пью растворимый кофе и с ужасом думаю о предстоящем докладе.

Голова у меня разболелась ночью, и после шести утра я уже не уснул. Несмотря на отвратительное самочувствие, желудок настойчиво требовал своего; после того как запас печенья и чипсов был исчерпан, мне оставалось только хмуро дожидаться, когда откроется буфет в общежитии, где меня поселили. Буфет открылся в девять, как было обещано надписью на двери; но еды в нём не оказалось. Были абсолютно несъедобные жевательные конфеты и обжигающий кофе цвета помоев. Я плюнул и вышел вон. Через полтора квартала нашлась пиццерия, но она открывалась в десять. Зевая от голода и мигрени, я проторчал у дверей не знаю сколько времени, пока двери наконец не открылись. Внутрь я не вошел, а просто упал.

И вот сейчас я доедал отвратительную пиццу в пустом зале, и времени до конференции была ещё уйма – заседание начиналось в час дня. Я чувство-

* Пряслица – грузила для веретена. *(Прим. Г.Спальникова.)*

вал себя безнадёжно покинутым, застрявшим где-то между Москвою и Питером, в краю, где по какому-то лингвистическому недоразумению баланду из цикория называют кофе, а жирных хихикающих нерях со слоем гуталина на ресницах — девушками. В полуподвальном помещении пиццерии не было ни единого окна, и к моменту, когда был допит последний глоток сока, я ощутил ненадёжность положения пищи в желудке. Мне срочно требовалось выйти и прогуляться.

Почти не сознавая, что делаю, я положил в пустую пепельницу сотенную купюру, поднялся, с грохотом опрокинув стул, и вцепился в ручку двери. Дверь не поддавалась.

— От себя, — подсказала сзади официантка.

Я успел смутно подивиться — вроде бы, когда я входил, она открывалась на себя; впрочем, этот вопрос перестал занимать меня, когда я очутился на воздухе. Через минуту я уже шёл вниз по горбатой улице в сторону парка.

Парк в Качуре располагается на северной окраине города, круто спускаясь к безымянной речушке, петляющей в ложбине. По ту сторону речушки торчат редкие деревья и один гипсовый вождь пролетариата, и в целом та сторона считается заброшенной. Эта сторона куда более благоустроена, здесь есть скамейки и регулярно убирается мусор, вернее, раз в год по весне. Вроде бы парк раньше числился каким-то заповедником, но ради чего был назначен таковым — никто не помнит.

Зелень деревьев приятно укрывала меня от ярких солнечных лучей, и я повернул бейсболку козырьком назад, чтобы не ограничивать поле зрения. В парке в этот час тоже не было почти никого — компания детей с большой лохматой собакой не в счёт. Я дошёл до края оврага, осенённого дряхлеющими серебристыми ивами, и по травянистому склону стал спускаться к воде.

Под ногами мне то и дело попадались обломанные ивовые ветки – «что за вандалы, все деревья оборвали», – брюзгливо подумал я. Напротив гипсового Ленина речушка образует симпатичную заводь, над которой можно прилечь на траву и наблюдать за бегущей рябью, пока...

– Блин! – вырвалось у меня. В ботинках хлюпало что-то холодное и противное. Я отпрыгнул и лишь потом посмотрел под ноги. Без сомнения, там была вода.

Вот те на, а я-то был уверен, что речка гораздо ниже. Похоже, из-за мигрени я основательно забылся; опасная штука – ходить на автопилоте. Ничего не поделаешь, придётся здесь же и бросить якорь – надеюсь, ботинки успеют просохнуть до конференции.

Вернувшись на метр вверх по склону, я снял с плеча сумку и бросил её на траву. Потом разулся, повесил носки на ивовый сук и лёг – так, чтобы видеть речку.

– Вот так раз, – прошептал я.

Моя болезнь была ни при чём – заводь действительно была много выше, чем в предыдущие годы. И причина этому просматривалась вполне отчётливо – речку перегораживала капитальная запруда из веток, стволов и глины. Тут я заметил, что со многих деревьев вокруг содрана кора. Я протёр глаза, моргая. Неужто бобры? Откуда взялось редкое животное в запущенном качурском парке?

Похоже, и впрямь бобры, вон над водой видна крыша хатки. Надо же, не знал, что у бобров такие монументальные дома. Что-то было во всём этом неописуемо странное, и я бы разобрался, что, если бы не головная боль и не предстоящая конференция. Откуда здесь, чёрт их дери, бобры? Кто запустил?

Я перевёл взгляд на противоположный берег речушки, и меня прошиб холодный пот.

А теперь, дорогие читатели, рассудите логически, может ли быть что-либо неестественное в том, что в середине июня на берегу водоёма оказался человек в плавках?

И однако же, было отчего испытать потрясение. Ручаюсь, головная боль у меня прошла именно при виде человека, сидевшего на корточках непосредственно под гипсовым Лениным.

От узников концлагеря он отличался только тем, что явно не помнил дорогу к парикмахеру. Когда он в последний раз брился, сказать было затруднительно. Вода капала на траву с линялых трусов, обвисших на тощих бёдрах. В довершение всего прочего, сидел он согнувшись и держал обеими руками перед собой свежую ивовую ветку, которую самым деловитым образом грыз.

– Мама! – прохрипел я.

Незнакомец испуганно вскинул голову. На мгновение его взгляд встретился с моим. В тот же миг он отшвырнул ветку и сиганул в воду, подняв тучи брызг.

Я непроизвольно зажмурился. Потом открыл глаза. На берегу никого не было, равно как и в воде. Я по-прежнему был один.

«Боже, – подумал я, – какой позор – лишиться рассудка за год до защиты диссертации. Шеф мне этого никогда не простит». Однако голова, как ни странно, больше не болела. Интересно, может ли это быть признаком того, что болеть уже нечему?

Несколько запутавшись в мыслях, я опустил голову на руки и провалился в тёмную дремоту.

Проснулся я, как выяснилось позже, через полчаса, хотя мне показалось, что времени прошло гораздо больше. Разбудил меня пронзительный голос, тараторивший во всю глотку:

– Тима-тима-тима-тима!

Подскочив спросонья, я сел на траве. Передо мною в десятке шагов вниз по склону маячил широкий зад бабы в синем джинсовом сарафане. С отставленной руки свисал прозрачный пакетик, набитый морковью и яблоками. Свободной рукой она мерно прищёлкивала пальцами и повторяла:

– Тима-тима-тима-тима!

Не успел я задаться вопросом, к чему, собственно говоря, всё это, как из воды неподалёку от бобровой хатки показалась мокрая голова. К моему ужасу, это был не бобёр. Вы уже догадались, что я узнал таинственного незнакомца, виденного мною ранее.

Женщина, стоявшая на берегу, словно и не удивилась его появлению. Подождав, пока он выберется и сядет на корточки у кромки воды, она принялась бросать ему морковь и яблоки. Во второй раз за полчаса я почувствовал, что схожу с ума. Неизвестный ловил яблоко или морковку двумя руками и, сгорбившись, быстро-быстро сгрызал. Пакет легчал на глазах. Помаявшись, я наконец решился заговорить с благотворительницей. Проблема была в её возрасте – как к ней обратиться? «Девушка» – ещё сочтёт, что издеваюсь, на «бабушку» стопроцентно обидится...

– Простите... кхм, – неловко начал я. Тётка обернулась. – Вы что, тоже его видите?

Моя адресатка мгновенно смекнула, в чём дело.

– Не боись, – хихикнула она, – не белая горячка. Ты не местный, что ли? Тимка это, он бобер.

Я во все глаза уставился на того, кого звали Тимкой. Теперь я разглядел, что, несмотря на бороду и измождённый вид, он моложе меня как минимум на три-четыре года, а то и на все пять. На меня он не смотрел, с хрустом сокрушая зубами морковь.

– Вообще-то, – осторожно заметил я, – насколько я вижу, это человек...

– Был человеком, это точно, – охотно пояснила тётка, – как сессию завалил, стал бобром.

Против этого у меня не нашлось доводов – я даже не знал, где их искать. Отчаянно пытаясь привести свои мозги в порядок, я поинтересовался:

– Давно?

– С год, – спокойно отозвалась моя собеседница. – Его тут многие кормят. На одних ивовых ветках туго всё-таки, жалко ведь. Только он всё равно ничего, кроме сырой морковки, не ест. Даже хлеб не берёт.

– Как же он перезимовал?

– А кто его знает, – пожала плечами тётка. – Вон, хату себе построил, запрудил. Зубами-то он всё равно деревья валить не может, выбирает какие потоньше, кору вокруг сгрызёт, а как засохнет, руками сваливает. Вначале-то у него сил больше было, когда строил. Сейчас отощал по весне.

– Да уж, – сказал я, бегло окинув взглядом Тимку.

Тот доедал последнее яблоко. Тётка почесала его за ухом, он коротко взвизгнул и нырнул в воду.

По воде разбегались круги. Я заторможенно глянул на них, потом стал натягивать просохшие носки.

– Н-да... Пожалуй, я пойду – мне пора на конференцию.

– Ну, бывай, – откликнулась тётка.

Я подобрал сумку и двинулся по берегу вверх, усиленно стараясь не думать о бобрах.

На заседание я прибыл как раз вовремя. Два доклада было интересных, один прескверный. Я спокойно дожидался своей очереди в конце, ведь моя фамилия на «С», но порядок неожиданно поменялся, и меня поставили четвёртым номером.

К счастью, к тому моменту, когда я поднимался на кафедру, я уже оправился настолько, что сумел снять чёрные очки и заговорить довольно гладко. Первые десять минут доклада протекли без сучка без задоринки; слушали меня очень внимательно – мой доклад был единственным по обобщающей тематике, и его заранее разрекламировал Михаил Петрович Мейер, организатор конференции и мой давний друг. Видя такую поддержку, я бодро перешёл к выводам о положении дел в отечественной скандинавистике.

– Насколько я могу судить, – я отхлебнул глоток минеральной воды, поданной мне страшненькой студенткой с кольцом в носу, – в российском кругу А.Я.Гуревич самый бобросовестный исследователь...

Минералка застряла у меня в горле. Я пытался уверить себя, что сказал всё правильно, но реальность была более жестокой.

– Че-го? – пискнула не выдержавшая студентка на «камчатке».

Кто-то прыснул. Кто-то заржал в голос. Преподавательский состав с усмешкой переглядывался.

– Ничего особенного, – произнёс Мейер, обернувшись к приезжим участникам, – это он Тимку встретил. Всё в порядке, Гриша, продолжайте.

Как я закончил доклад, я не помнил. В перерыве, когда мы с Мейером пили чай в буфете, я, для проформы помявшись, спросил:

– Михаил Петрович, так всё-таки – что это за бобёр? В чём фишка?

Выражение лица Мейера сделалось странным. Как бы это сказать – он походил на человека, приглашённого на похороны, который посреди панихиды вдруг вспоминает, как с покойного позапрошлым летом на пляже свалились трусы. Сквозь мрачность на смуглом лице профессора пробивалась какая-то конфузная ухмылка, которую он изо всех сил прятал.

– Ну, – шумно выдохнув, проговорил он, – студент это наш. Он зачёт по философии завалил.

Сходив за дополнительной чашкой чая, Михаил Петрович поведал мне душераздирающую историю.

Студент Качурского педагогического института Тима Ахеронов никогда не отличался блестящими способностями. Впрочем, прилежанием тоже. Он был из тех, кого отчаявшиеся родители запихивают в педвуз, чтобы хоть как-то оттянуть приход повестки из военкомата. Первый курс, однако, Ахеронов сумел сдать. Частично списыванием, частично жалобным – а-ля спаниель – заглядыванием в глаза преподавателям, он добился заполнения своей зачётки. Проблемы начались на втором курсе.

Виновата была философия. На втором курсе к ним явился изверг с козлиной бородкой, который требовал, чтобы студенты посещали все лекции. Тима, естественно, не желая лишний раз видеть его рожу, не посещал. И, как оказалось, зря, потому что ходившие на лекции и предъявлявшие конспекты имели шанс получить зачёт автоматом. Хотя в конспектах Ахеронова едва ли разобрался бы даже Шампольон.

Непривилегированным особам назначалась экзаменация по билетам, и Тиме волей-неволей пришлось прийти. Аудитория оказалась забита народом – как выяснилось, не один Тима не любил посещать лекции доцента Дерябы. Накануне вечером Тима приобрёл «Философский словарь» и читал его до четырёх утра. В результате, подходя к аудитории, он чуть было не вошёл вместо двери в стенд «Осторожно, наркотики!». Когда же он всё-таки попал по назначению и подошёл к столу за билетами, обнаружилось, что он совершенно ничего не помнит.

«Только бы повезло, – с дрожью думал Ахеронов, протягивая руку. – Хоть бы что-то, что можно вспомнить!»

Он открыл глаза. В билете значился Жан-Жак Руссо. Ахеронов застонал.

– Леонид Иванович! – взмолился он. – Можно, я перетяну?

Доценту в этот момент не хватало только чёрных ботфорт до бедра и плётки.

– Нет уж, – сладко улыбаясь, протянул он, – раз вам попался этот вопрос, готовьтесь отвечать. А шпаргалки лучше оставить здесь.

Деряба показал на стол.

– У меня... н-нет шпаргалок, – пробормотал бледный Ахеронов.

И это была правда – он забыл их в туалете на четвёртом этаже.

– Как знаете, – промурлыкал доцент.

Тима побрёл по ступеням амфитеатра, как недобитый гладиатор. Найдя наконец свободное место, он сел и принялся вытягивать шею – нет ли у кого из соседей его билета.

Справа оказался Иммануил Кант. Слева – Фома Аквинский. У болтавших девиц позади нашлись

Монтескье и Локк, но Руссо не было ни у кого. Тима потихоньку начал приходить в отчаяние. Списывать было не у кого.

Привстав на скамье, Тима вытянулся гусём и тут внизу, через один ряд, разглядел заветный билет. Он лежал под локтем у отличника Гоги Ломадзе, профилонившего половину лекций и теперь сдававшего зачёт вместе с двоечниками. Если поднапрячься, можно было разглядеть и ответ. Ломадзе уже исписал своим размашистым почерком целый лист, отодвинул его и взялся за новый.

Перегибаясь через головы сидящих между ним и Ломадзе, Ахеронов принялся писать.

Это оказалось не так просто, как он думал, – почерк у Гоги был такой, что разобрать (да ещё издали) можно было в лучшем случае обрывки фраз. Тима искренне надеялся, что для получения зачёта этого хватит.

– Ахеронов, пожалуйста, – раздалось из-за преподавательского стола.

Мерзавец Деряба засекал время на часах и вызывал по списку.

Единственное, чего сейчас желал Тима, это поскорее отделаться от всей этой бодяги. С исчерканным листком в руке он уселся на стул перед экзаменатором. На беду, от недосыпа даже те сведения, которые он почерпнул из рукописи Гоги, принимали в его голове какой-то туманный вид. Ему пришлось поднапрячься, чтобы сосредоточиться.

– Итак, господин Ахеронов, – с отвратительной улыбкой обратился к нему Деряба, – ваш вопрос?

– Руссо, – с трудом выдавил Тима.

– Отлично, – зевнул Деряба. – Вот и отвечайте.

Тима глубоко вздохнул, провентилировал лёгкие и начал:

– Руссо, Жан-Жак. Жан-Жак Руссо, великий французский просветитель...

– Знаете, – кисло заметил Леонид Иванович, – мне и без вас известно, кто такой Руссо. Ближе к делу, пожалуйста.

– Ну да. Ближе к делу, – заторопился Ахеронов. – Жан-Жак Руссо, великий французский просветитель. Создал новую теорию воспитания. По его мнению, цивилизация – зло, потому что человек по своей природе бобр.

– ???

Первый раз за весь семестр у доцента Дерябы сделалось такое, прямо скажем, атипичное выражение лица. Он даже – Ганна Косаренко слышала это своими ушами, сидя в первом ряду, а Ганна ещё никогда никому не врала, – он даже, как это ни ужасно, хрюкнул.

– Значит, бобр, – овладев собой, проговорил доцент. – И как вы это себе представляете?

Утратив последние остатки соображения, Тима атаковал свою память. С перепугу оттуда выплыло что-то из «Мифов народов мира».

– Я так полагаю, – пробормотал он, – тотемизм. Вроде как у ирокезов. Они верили, что человек произошёл от бобра...

– Не темните, юноша, – устало нахмурился Деряба. – Лучше сразу признайтесь, у кого списывали.

– А... мгэ, – проблеял Тима, увидев, как рука доцента выводит в ведомости «незачёт». – В чём дело?

– Дело в том, – в голосе Дерябы прорезались металлические нотки, – что кто-то из ваших друзей пишет «д» с палочкой наверху. Ступайте! Пересдача через неделю.

Как во сне, Тима спустился вниз в столовую. Сжимая кулаки, он шептал:

– Человек по природе – бобр! Это ж надо так лохануться!

Сокурсников он избегал. Ему казалось, что сочувствовать такому нелепому несчастью нельзя, разве что из дурного юмора. Когда он залпом выпил подряд три чашки чёрного кофе, он впал в непонятное состояние обострённой восприимчивости. Голова прояснилась, мысли были отчётливы и омерзительны.

– Завалил, – вслух сказал Тима, с хрустом сминая пластиковую чашку. – Из-за какого-то идиотского бобра... Чего стоило Гоги сесть поближе!

Он боялся бы показываться на глаза родителям, если бы родители не жили в посёлке в двадцати километрах от Качуры. Старуха же, у которой он снимал комнату, по счастью, не интересовалась его академическими успехами.

Ночью Тиме приснился Жан-Жан Руссо. Раскачиваясь в гамаке, он говорил:

– Просто тебе не повезло, Тимоша, твой преподаватель по своей природе не бобр...

Тима проснулся поутру с твёрдым намерением выучить философию. На кухню он пришлёпал с «Философским словарём» под мышкой. Раскрыв словарь и держа его одной рукой на весу, он принялся доставать из облупившегося холодильника продукты. Когда он извлёк начатый пакет апельсинового сока, в глаза ему бросилась надпись:

«БОБРЫ».

– Тьфу, – Ахеронов помотал головой. Конечно, на пакете было написано «Добрый». Тима решил, что философию лучше учить в институтской библиотеке.

С трудом пропихнув в себя завтрак, он выбрался на улицу. До института в хорошую погоду было минут двадцать пешком, и Тима надеялся, что за это время его голова придёт в рабочее состояние. Однако едва он вырулил из переулка, как на глаза ему попался выцветший плакат на воротах школы:

«Главное – учиться бобру!»

Тима замер перед плакатом. Через мгновение до него дошёл правильный смысл надписи, но настроение было уже непоправимо испорчено. Не думать про бобров он был уже не в силах.

Подходя к институту, Тима изо всех сил старался не глядеть на рекламные щиты, чтобы они не напомнили ему о злополучной теме. Однако в мозгах у него всё-таки отпечаталась вывеска с крупными голубыми буквами:

«IKEA. Мир бобра и уюта».

Ахеронов выматерился и вошёл в здание института.

Стараясь, чтобы его никто не увидел, он прошмыгнул в библиотеку. Нагрузившись книгами с полки «Философия», Тима забился в угол и раскрыл «Французских просветителей» – на главе «Ж.-Ж.Руссо». Но сосредоточиться не получалось.

– «Новая Элоиза», – бормотал он про себя, – теория естественного человека... А почему не бобр? Чем весь этот бред лучше бобра?

Слева от себя Тима увидел стеллаж с запылёнными вишнёвыми томами Большой советской энциклопедии. Руки сами собой потянулись к тому на «Бо-». Тима положил том на стол перед собой.

– Бобр, – прочитал он. – Гм... Млекопитающее из отряда гры... грызунов. Подумаешь! Человек тоже млекопитающее.

Статья оказалась неожиданно увлекательной, гораздо интереснее, чем какой-то там Руссо. Тима погрузился в неё с головой. Особенно его потрясло описание строительных инстинктов у бобров.

– Ну как у нас, – буркнул он, – всё рвутся чего-то строить, вон стадион пятнадцать лет достроить не могут. А эти... Днепрогэсы всякие? Только бобру могло такое в голову прийти.

С трудом заставив себя вернуть энциклопедию на полку, Тима снова взялся за Руссо. Голова решительно отказывалась соображать. Конспектировать он так и не начал. Из-за жары и духоты в читальном зале находиться там было совершенно невмоготу. Мужественно проборовшись с Руссо ещё полчаса, Тима в конце концов не выдержал. Сдав книги, он выбрался из читального зала и пошёл на пруд купаться.

Окунувшись по шею, Тима почувствовал приятное облегчение. Плескаясь в прохладной воде, он всерьёз задался вопросом, откуда он знает, что он по своей природе не бобр.

Что было дальше, вы догадываетесь. На пересдачу философии Тима Ахеронов не явился. Лишь на второй пересдаче сокурсники сообщили доценту Дерябе, что видели Ахеронова в парке на пруду.

– И чем же он занимается? – поинтересовался доцент.

Ганна Косаренко залилась краской.

– Гм... Да говорите, не стесняйтесь. Судя по вашей реакции, загорает без плавок?

– Да нет, он в плавках, – заикаясь, пролепетала Ганна и окончательно смутилась.

Позади неё Олег Лабазников захихикал по-жеребячьи.

– Хуже, – пояснил Олег, – он плавает в пруду и ветки грызёт.

– Какие ещё ветки?!

– Ивовые, тополёвые... – буркнула Ганна и отвернулась.

Комиссия недоумённо переглядывалась. Набравшись духу, Олег выпалил:

– Кажется, он думает, что он бобёр.

Комиссия прыснула. Такого хитроумного способа продления сессии ещё не придумывал никто. Однако доцент Деряба сохранял мрачную серьёзность.

– Пусть себе думает, – сказал он. – У бобров я зачёты не принимаю.

Читатель вправе поинтересоваться, какое отношение ко всему этому имею я, Григорий Спальников. А никакого. Я вообще забрёл сюда из совершенно другого рассказа. Ведь кто-то же должен был рассказать вам всю это историю. И поэтому у меня должна была разболеться голова перед конференцией, и я должен был пойти в парк и там, на пруду, в солнечном сиянии, встретить Тимку Ахеронова, грызущего ветки под гипсовой статуей Ленина. Честное слово, я не знаю, кто человек по своей природе – бобр или не бобр. Во всяком случае, я не встречал философского определения природы человека, которое было бы менее идиотским. Чем Руссо или Ницше были разумнее Тимки, решительно не могу понять. Верх наивности полагать, будто они в самом деле знали что-то о природе человека.

И АРФА ЗАМОЛКЛА НАВСЕГДА

Он взял две пряди золотых,
Биннори, о Биннори,
И две струны плетет из них,
У славных мельниц Биннори.

К ее отцу идет певец,
Биннори, о Биннори,
Он входит с арфой во дворец,
У славных мельниц Биннори.

*Из английской баллады**

Ручаюсь, что вы никогда не слышали про Авеля Крыжанского.

Я и сам ничего не знал о нём до мая 2002 года, когда меня послали на практику в журнальный зал Исторической библиотеки. Пролистывая подшивку самых первых выпусков «Нового мира», я обратил внимание на разгромную статью о вредных тенденциях молодых писателей в № 4 за 1938 г. Некоторые имена мне были знакомы, некоторые нет, но особенно запомнилось мне высказывание в адрес какого-то Авеля Крыжанского. Я не поленился выписать его. Оно звучало так:

«Что же касается рассказов Авеля Крыжанского, пользующихся столь нездоровой популярностью у деклассированной интеллигентщины, о них невозможно даже говорить в советском литературном журнале. До сих пор непонятно, как наша печать пропустила такую мерзость. Мы не пересказываем содержание этих аморальных и антихудожественных опусов, чтобы не оскорбить чувства культурного читателя».

Тогда я интересовался всяким писателем, которого ругала партийная критика. Заметка об Авеле

* Перевод с английского С.Маршака.

Крыжанском меня заинтриговала. Мне захотелось узнать, кто этот Авель Крыжанский, о котором я никогда не слышал, и что в его рассказах так взбесило Лавровича. (Потому что именно его подпись, а не кого-нибудь, стояла под статьёй.) Я немедленно пошел в общий зал и попросил новейшее издание «Словаря русских писателей». Крыжанского там не оказалось. Не было его ни в «Словаре псевдонимов», ни в «Словаре русской литературной эмиграции», ни в «Словаре репрессированных и реабилитированных писателей». «Указатель запрещённых книг» Блюма тоже не принес никаких результатов.

Логично было бы предположить, что Авель Крыжанский – выдумка, фикция, вставленная в статью с пропагандистскими целями. Я мог так и остаться при этом убеждении, ведь, честно говоря, оно весьма удобно. Нас часто более устраивает удобство, чем истина; и, что еще печальнее, приходится признать, что нередко такая позиция жизненно необходима.

Я уже было забыл о писателе-невидимке, когда через пару недель у меня дома зазвонил телефон. Звонил Артур, мой сокурсник.

– Гриша, привет, – сказал он каким-то сбивающимся голосом. – Ты случайно не знаешь, кто такой Авель Крыжанский?

– А с чего ты решил, что я это должен знать? – изумился я.

– Ну мало ли...

– Послушай, – разозлился я, – я скандинавист. Откуда мне знать, кто такой Авель Крыжанский? Спроси у своего научного руководителя.

– Он уехал. Я просто подумал, раз ты на практике по русской истории...

– Ну и что?

— Но ведь у тебя советский период? Не может же быть, чтобы тебе ни разу не попадалось имя Авеля Крыжанского?

— Мне оно попадалось ровно там же, где и тебе, — потеряв терпение, ответил я, — в четвёртом номере «Нового мира» за 1938 год.

— Что???

На том конце трубки аж поперхнулись. Артур замолчал, видимо, переваривая полученную информацию. Я тем временем стал остывать и почувствовал, что Артур не заслуживал такого обращения. Хуже того, моя неадекватность в разговоре с ним имела очень простое объяснение. Я был смертельно раздосадован на то, что не знаю, кто такой этот самый Авель Крыжанский.

— Гриша, — взволнованно сказал Артур, — я прочёл про него не в «Новом мире». Это было в дневниках Корнея Чуковского.

Изумление окончательно вернуло мне вежливость.

— Артур, а ты ничего не путаешь? — спросил я. — Я не помню, чтобы у Чуковского в каком-либо издании упоминался Авель Крыжанский.

— В изданиях его и нет, — вздохнул Артур. — Это упоминание существует в единственной машинописной копии уничтоженного фрагмента дневника.

История, рассказанная Артуром, оказалась столь же банальной, сколь и невероятной — невероятной в том смысле, что вряд ли она покажется убедительной читателю. Обычно неизвестные тексты принято находить замурованными в стене дома, построенного при Нарышкиных; или же в сундуке последней представительницы старинного дворянского рода, родившейся на лесоповале и потому не научившейся читать; или же они обнаруживаются на свалке после закрытия разорившегося краеведческого музея города Удрюпинска. Так вот, ничего этого не было, и если вы думаете, что Артур предложил мне какую-то таинственную историю, вы глубоко заблуждаетесь.

Для курсовой работы Артуру понадобились дневники Чуковского. Сами понимаете, никто не требует от студентов, чтобы они работали с рукописями; но, на беду, в двух изданиях обнаружились разночтения. Артур как честный студент пришёл к своему научному руководителю, чтобы посоветоваться.

Профессор русской истории славился своей строгостью к студентам. Он заявил, что единственный выход – это сверить текст по рукописи. Оформив в деканате просьбу о допуске, Артур направился в архив.

К печали его, ему грубо отказали, популярно объяснив, что правила для всех едины и что к рукописям такого значения студентов не допускают. В конце концов, ему разрешили воспользоваться неряшливой машинописной копией. Артур рад был и этому. Он прокорпел над сличением мелких разночтений четыре часа и уже было собрался уходить, как вдруг его внимание привлекло незнакомое имя в одной из записей за 1939 год. Артур мог поручиться, что имени «Авель Крыжанский» он не встречал ни в одном из печатных изданий дневников.

Артур прочёл запись. Она была невелика и помещалась в середине страницы, между уже известными ему сведениями.

«Видел Авеля Крыжанского – во 2-й раз, но он с тех пор сдал. Талант большой, но мерзавец. Не уверен, что писанное про него всеми проч. – неправда. Сейчас он живёт с какой-то Ликой М., поэтессой, т.е. не живёт, а непонятно что делает».

Сердце Артура отчаянно заколотилось. Он обнаружил новые, никому не известные сведения! Большую часть дневниковых записей за 1937–1939 годы писатель уничтожил, опасаясь ареста. По-видимому, перед Артуром была частица утраченного текста, случайно сохранившаяся в машинописной копии.

Приученный к дисциплинированности Артур не спешил вопить на всю ивановскую о новом открытии. Вначале он потрудился собрать все возможные сведения о машинописных копиях дневника Чуковского. Наведение справок отняло у него две недели. Ни в одном экземпляре, включая рукопись, не было упоминаний Крыжанского. Причина, по которой новый отрывок текста не стал чьим-то открытием, была вульгарна, как мир. Его попросту никто не заметил.

Однако, когда Артур понёсся со своей находкой к знакомым филологам – поскольку мой приятель имеет несчастье обладать научным бескорыстием, а главное, верить, будто его бескорыстие кому-то нужно, – его сообщение не вызвало энтузиазма. Из семи преподавателей двое не поверили ему и даже оскорбились («Если это правда, то почему этот текст не был известен раньше?»). Четверо испытали невыносимое раздражение и заявили Артуру, что текст не мог быть неизвестен ведущим специалистам, и раз они не включили его в печатные издания, то, скорее всего, он давно уже признан фальшивкой, и вообще, многие в студенческие годы умничают и ломятся в открытую дверь с «открытиями», а вот составить толковый комментарий к «Цементу» Гладкова – это для них, видите ли, ниже их достоинства. Артур, сдерживая обиду, объяснил, что он историк, а не филолог, и касательно «Цемента» – это не по адресу.

– Тем более! Вот и занимайтесь своим делом – историей!

И лишь один человек, Борис Львович Гольдберг, посвятивший всю жизнь изучению литературного процесса 1920–1930-х годов (за что ему в 1973 году не дали защитить докторскую, и он до старости остался кандидатом наук), в ответ на назойливость Артура не обиделся и сказал:

– Был, по-моему, такой – Авель Крыжанский... Не уверен, что Авель, но видел в двух-трёх журналах – А.Крыжанский... А зачем вам это надо?

– То есть как – зачем? – изумился Артур. – Хочу узнать, что это за писатель, которого нет ни в одном справочнике.

– Не думаю, что это имеет какой-то смысл, – возразил Борис Львович. – Сведений настолько мало, что вряд ли вы что-то выудите. Крыжанский, скорее всего, был третьеразрядным порнографом, а вовсе не тем, что вы думаете. Не всё, что запрещалось тогда, – шедевры социальной сатиры.

– А откуда вы сделали такой вывод? – спросил Артур и тут же понял, насколько он зациклен на поисках загадочного Крыжанского.

– Потому что его имя упоминалось в ряду «безнравственных» писателей. Конечно, само по себе это ни о чём не говорит, Ахматову тоже причислили к этому разряду. Но что-то я не слышал, чтобы в списках литературы, конфискованной у диссидентов, упоминался Крыжанский. Можете мне довериться – я изучал «подпольный» круг чтения советских граждан и держал в руках описи изъятого.

Разочарованный Артур пошёл домой и выпил по пути четыре банки пива, что вообще-то было для него нетипично. А потом, сам не зная почему, нетвёрдой рукой набрал мой номер и брякнул:

– Ты случайно не знаешь, кто такой Авель Крыжанский?

И я почувствовал, насколько мне самому хочется это узнать.

Я заверил Артура, что помогу ему, насколько могу. Теперь в моих руках было уже два источника, и именно это вселяло в меня надежду на успех. До сих пор не понимаю, что заинтересовало меня в записи, обнаруженной Артуром, что – тогда – убедило меня продолжать поиски. Отсутствие сведений об Авеле Крыжанском могло означать лишь одно из двух: либо он и впрямь столь незначительная фигура, что никому не запомнился, либо же... Либо он отличился чем-то настолько ужасным, что современники приложили все усилия к тому, чтобы скрыть, с кем им пришлось жить в одну эпоху.

Выписка из дневника Чуковского наводила именно на эти подозрения. Этот текст должен был быть уничтожен, но случайно уцелел. «Мерзавец»; «не уверен, что писанное про него – неправда»... Конечно, это была обычная манера Чуковского – раздача оплеух в дневниках. Весьма многие попались ему на перо, в том числе те, кого он очно хвалил. Ну кто ещё мог написать, что детские стихи Маяковского сработаны левой ногой? В целом высказывание хотя и резковатое, но вполне типичное... Однако с какой стати ему понадобилось ругать в дневнике писателя, которого официально ругали цепные критики, а затем уничтожать текст? Не из-за слова же «талант», оно на фоне всего остального далеко не выглядит комплиментом. Кстати, именно то, что Чуковский оценил Крыжанского как большой талант, заставляет усомниться в незначительности этого автора.

Я и сейчас не могу разрешить для себя вопрос – есть ли темы, которыми учёному не следует заниматься? Нет, я не про избитые жёлтой прессой темы ядерного оружия и генной инженерии. Я имею в виду нашего брата гуманитария. Ведь человек – не менее сложная и опасная материя, чем обогащённый уран или мутантная овца. В конце концов, ведь это он сотворил и то, и другое. Теперь, когда я знаю об Авеле Крыжанском достаточно, чтобы потерять душевное равновесие, я всё же знаю о нём слишком мало, чтобы действительно о нём что-то знать. Я обречён оставаться в незнании, и ни я, ни кто-либо другой не могут сказать мне, лучше или хуже было бы для меня знать больше. У нашего знания о других и о самих себе есть объективные пределы, которые заставляют нас остановиться в растерянности и страхе, и эти пределы гораздо весомее, чем пределы знания естественных наук о мире, которыми богословы постоянно тычут в нос физикам. Мы прекрасно обходимся без знания о том, что происходит на Альфе Центавра или из чего состоит электрон, но мы не можем обойтись без ответа на вопрос, почему нас ненавидит сосед, почему мы глупо влюбляемся или почему сын внимательных и нежных родителей начал нюхать клей. Ох, понесло меня чёрт знает куда, словно я Лавкрафт (терпеть его не могу).

В любом случае, начинать надо было с книг Крыжанского. Что-нибудь да сохранилось, не могли же его полностью изъять. Я составил себе маршрут по всем крупным библиотекам Москвы, а в библиотеки других городов разослал электронные запросы. Надо напомнить читателю, что в 2002 году в России было очень мало библиотек с толковыми интернет-каталогами – их я прошерстил в первый же день, но успеха мне это не принесло. Я даже прибегал к помощи Googl'a и Yandex'a, которые выкинули мне три ссылки на Авеля Крыжанского – дизайнера мебели в стиле киберпанк. В тождестве двух Крыжанских я не без оснований засомневался.

Всего два дня ушло у меня на то, чтобы обойти каталоги библиотек Москвы и убедиться, что Крыжанский нигде не значится. Вернее, Крыжанские были, но не Авели, и ни один из них не подходил по датам жизни под искомое лицо. Поначалу я впал в отчаяние, но потому сообразил, что методы поиска ещё не исчерпаны.

Точкой опоры была Лика М. Не без надежды я обратился к словарям, где меня снова нагнало отставшее было разочарование. На этот раз не от недостатка данных, а от избытка. Если учесть, что в 1930-е годы с их дурацкими сокращениями – Кока, Буба, Ика – Ликой могли называть не только Анжелику, но, возможно, Лидию или Лилию, то поэтесс, подходивших под незамысловатое «Лика М.», было целых четыре. Не зная места проживания Крыжанского, я не мог исключать их из списка даже по географическому признаку.

И всё же моменты удачи случаются хотя бы потому, что, по теории вероятности, они должны случаться, по каковой причине мы обожаем убеждать себя в том, что произошедшее с нами – удача. На эти мысли меня навело блуждание по новейшему «Словарю репрессированных и реабилитированных писателей» 2001 года выпуска, во втором томе которого я набрёл на статью «Лика Масленникова». Именно так, Лика, а не Анжелика или Лилия. Сведения, к сожалению, были скудны.

«**Лика Масленникова** (псевдоним, наст. имя неизвестно; 1909(?)–1983) – поэтесса модернистского направления. В литературные группировки, по-видимому, никогда не входила. Арестована во время массовых репрессий, в декабре 1939 г. Реабилитирована в 1954 г., но, несмотря на это, до конца жизни не печаталась, так как перестала писать. Начатые ею мемуары о писателях были ею же уничтожены незадолго до смерти. В настоящее время её публикации составляют библиографическую редкость».

Если бы я только мог быть уверен, что эта Лика Масленникова – та самая Лика М.! Библиография в конце могла предложить лишь два пункта: сборник стихов «Lupus est» 1930 года издания и публикацию под невнятным заголовком «Стихотворения» в журнале «Родник пролетариата» пятью годами позднее. Но это всё же было кое-что. Я помчался к каталожному ящику на букву «М».

«Lupus est» обнаружился в отделе редких книг, тонюсенькая измятая брошюрка в обложке из линяло-синеватой бумаги, украшенной довольно неуклюжей гравюрой с силуэтом волка. Я пролистал её, трепеща от ожидания. Увы, в стихотворениях не было ничего, что могло бы навести меня на след Авеля Крыжанского – если только Масленникова была Ликой М. Передо мной были типичные стихи философствующей поэтессы, родившейся слишком поздно, чтобы стать кокаиновой русалкой Серебряного века, но слишком изысканного интеллекта, чтобы нацепить красную косынку и, распевая агитки, рвануть за комсомолом. Она была умна, начитана в Розанове и Фейербахе и совершенно неинтересна. Кого может вдохновить, например, такое:

От слова, брошенного случайно,
В тебе оживёт ископаемый зверь.
Тебе открылась последняя тайна –
То, что ты тайна.
Верь.

Я честно одолел все тридцать две страницы этих сочинений в поисках ключа к интересующему меня вопросу. В конце концов, напялив железную узду добросовестности, я принялся осматривать обложку и титульный лист.

Возможно, мне показалось, но на внутренней стороне обложки были следы от ластика и сероватая грязь. Очевидно, раньше там была надпись. Я включил лампу и поднёс книжку к самому колпаку, поворачивая её на свету.

Определённо, там сохранились следы надписи — царапины, продавленные карандашным грифелем. Неизвестный конспиратор изрядно потрудился, удаляя её, но всё же я смог разобрать обрывки слов:

...елю
...инств... юб...
Лика...

После имени «Лика» шла неразборчивая дата. Более или менее отчётливо читался только год — не то 1933-й, не то 1935-й. Я положил книжку на стол.

Разумеется, «елю» ни о чём само по себе не говорило. Могло быть и «учителю», и «спасителю», и кому только не... Но тщательность стирания убеждала, что в надписи было названо некое имя. Запретное имя. Я намеренно перебрал все возможные варианты. «Христу-спасителю»? «Льву Давыдовичу, нашему учителю»? Всё это явно было слишком длинно для стёртой надписи, границы которой легко определялись.

Разве только «Бабелю»... Ну нет, так книги не надписывают – по одной фамилии. Я был убеждён, что у меня достаточно оснований полагать: в надписи стояло именно «Авелю». Передо мной был автограф Лики Масленниковой. «Инств... юб» скорее всего означало «таинственную любовь» или «единственную любовь» (не «юбилей» же и не «юбка», учитывая предыдущее слово!). Пожалуй, всё-таки «Авелю».

Наученный горьким опытом Артура, я не побежал к дежурному библиографу рассказывать о своём открытии. Тем более что у меня пока ещё было слишком мало доказательств. Да и вообще, не затем я вёл расследование об Авеле Крыжанском, чтобы создавать вокруг себя ажиотаж. В лучшем случае я напишу о нём коротенькую статью для многотомного словаря русских писателей... или нет, пусть Артур пишет, это его работа, я же скандинавист.

Отсутствие в стихах какого-либо намёка на Крыжанского, следовательно, не говорило «против». Просто в 1930 году Лика ещё не была с ним знакома. Позднее она поднесла ему в дар этот сборник. Я даже вспотел при мысли, что передо мной может быть книга из библиотеки Крыжанского. Книга, которую держал в руках злополучный писатель-призрак...

В зале периодики меня ожидал сюрприз. «Родник пролетариата» нашёлся, было и имя Лики Масленниковой в содержании, но в том месте, где предположительно следовало быть её стихам, страницы оказались вырваны. Другого экземпляра не было.

Я уныло сдал журнал назад и побрёл к выходу через общий зал. На всякий случай я решил ещё раз взглянуть на словарную статью о Масленниковой. Ведь словарь современный, значит, автор статьи жив и с ним можно связаться...

Через мгновение я шипел вполголоса, сжав кулаки:

– Лопух! Магл! Слепая тетеря! Как ты раньше этого не заметил?!

Потому что под словарной статьёй стояла подпись: «Б.Л.Гольдберг».

Доцента Б.Л.Гольдберга я отыскал через Артура, сообщив тому о своих находках. Он принял меня во время пустой пары на кафедре. Я удивился тому, каким старым он выглядит, принимая во внимание, что он был на шесть лет моложе синей брошюрки Лики Масленниковой.

Начал я, конечно, не с Авеля Крыжанского. Начал я с того, что спросил его о статье в словаре – какими источниками он пользовался, когда писал её.

Борис Львович слегка прищурился на меня.

– А вы интересуетесь творчеством Масленниковой?

И тут я, признаюсь, соврал. Хотя что в таких случаях считать правдой, а что враньём? Я и сам не до конца отдавал себе отчёт в том, почему мне это понадобилось.

– Я был на практике в библиотеке. А в «Роднике» вырваны страницы, как раз со стихами Лики Масленниковой. Ну, я и захотел узнать, кто это – Лика Масленникова, почему её запретили. Полез в словарь, нашёл вашу статью. Может быть, вы мне подскажете ещё что-нибудь? Поподробнее?

По лицу Бориса Львовича проскользнула тень каких-то не слишком приятных мыслей.

– Других источников нет, – довольно сухо сказал он. – Я первым написал о Масленниковой.

– Но откуда же тогда вы взяли сведения?

– Сведения берутся не только из мемуаров, молодой человек. Я встречался с Масленниковой в 1981 году.

Меня удивила эта поджатость и неприветливость в обращении со мной. Обычно старые филологи охотно делятся со всеми желающими – а особенно с нежелающими – рассказами о своих встречах с писателями «тех» времён. Более того, чаще всего их совершенно невозможно заткнуть, если им во что бы то ни стало нужно сообщить вам, как они покупали сигареты для Ахматовой. То ли Борис Львович был безнадёжной патологией в их рядах, то ли Масленникова по какой-то причине взяла с него слово не рассказывать об их встречах. Впрочем, честность в таких случаях – тоже патология, хотя и похвальная.

– Встречались? И так мало написали о ней – писала стихи, сидела в лагере, реабилитирована? Неужели редакторы так ограничивали вас в объёме?

– И это тоже, конечно, но... – Гольдберг помолчал немного. – Главная причина та, что она сама не хотела о себе рассказывать. Она так и не раскрыла мне своего настоящего имени – по документам она уже с 1938 года числилась Ликой Масленниковой, тогда ведь, сами знаете, модно было оформлять паспорта на псевдонимы. Всё, что я знал о ней тогда – что она сидела в лагере, – я знал не от неё, а от её соседей. Единственное, что мне удалось добавить к этому, – пара её публикаций, ну, ещё даты ареста и реабилитации. О своей жизни до 1954 года она категорически отказывалась говорить.

Я тогда по наивности вообразил, будто проявляю чуткость и понимание. Я сказал ей:

«Да, конечно, лагерный опыт оказался тяжёлым для вас...»

Она перебила:

«Оставьте ваши пошлости. Лагерь тут ни при чём. Всё самое худшее, что могло случиться со мной, случилось до лагеря».

«Самое худшее – смерть, но ведь вы выжили», – возразил я.

«Есть вещи, которые хуже смерти, и их не делают достоянием праздных умов и болтливых языков».

Отдышавшись, она принялась извиняться передо мною за резкость. Она сказала, что какие-то моменты её прошлой жизни будут описаны в мемуарах, но они ещё не готовы и она пока не хочет их показывать. Через год я отважился позвонить ей. Она меня не сразу вспомнила. Когда я спросил её о мемуарах, она бесцветным голосом сообщила, что сожгла их. Это была правда, потому что после её смерти в квартире ничего не нашли.

– Совсем ничего? – переспросил я. Борис Львович кивнул.

– Ничего написанного её рукой, кроме автографов нескольких старых стихотворений – видимо, она записала их по памяти уже после лагеря. Она, по-видимому, очень боялась КГБ. Вот так появилась эта заметка в словаре.

– И вы больше ничего не пытались узнать?

– Зачем? – Гольдберг снял очки и внимательно поглядел мне в лицо. – Не могу понять, почему студентов так интересует всё тёмное и запретное. Впрочем, сам таким когда-то был, ужасно хотел узнать, спал ли Распутин с Александрой Фёдоровной. Возрастное это, что ли? Как вы не понимаете: Масленникова не хотела, чтобы о ней что-либо узнали. А у меня не было причин идти поперёк её желания.

Я вышел от него с явственным пониманием того, что он не одобряет мои разыскания. Но, как бы то ни было, я не собирался торговать частной жизнью Масленниковой. Моей целью было всего лишь установить, кем был Авель Крыжанский. Из беседы с Гольдбергом я почерпнул кое-что существенное для моего поиска. До ареста с Масленниковой произошло нечто настолько кошмарное, что лагерь не стал для неё серьёзным потрясением. Нечто до такой степени ужасающее, что она упорно отказывалась об этом говорить. Даже мемуары, начатые ею, в конце концов сожгла. Конечно, многие люди тогда испытывали маниакальный страх перед КГБ, но тут явно скрывалось что-то большее, чем паранойя бывшей заключённой.

Я поделился своими соображениями с Артуром. Тем временем нам стали приходить ответы из библиотек, не отличавшиеся разнообразием. Книг Авеля Крыжанского у них не было. Мы возлагали немалые надежды на Публичную библиотеку в Санкт-Петербурге, но она была закрыта до конца октября.

– Знаешь, – сказал Артур, – я почти уверен, что её довёл этот Авель Крыжанский. Ты только представь, сколько в те времена было психов. Одни Мережковские чего стоят!

Сдаваться просто так мы не собирались. В конце концов, мы почти на полвека моложе Гольдберга, и для нас не секрет могущество Интернета. Мы поместили в сети объявление, в котором просили откликнуться всех, кто знал Авеля Крыжанского или Лику Масленникову, писателей. Мы встречались вдвоём каждый вечер, выпивая весь чайник и обсуждая дальнейшую стратегию.

– Мы неправильно искали, – заявил Артур, – почему нас так заклинило на отдельных изданиях?

Их, скорее всего, изъяли подчистую. Нужно заняться сборниками и альманахами – там могло что-то уцелеть.

– Но ведь сборников вагон и маленькая тележка! Как тут вообще искать!

– Не ной, – сказал Артур, и глаза его заблестели, как всегда, когда у него на подходе было решение интересующей его проблемы. – Во-первых, нужны даты между концом двадцатых и первой половиной тридцатых – как наиболее вероятные. Во-вторых, издательство. Ежу понятно, «Правда» или «Худлит» не могли его издавать. Нужно искать мелкие издательства, прежде всего частные и полуподпольные, специализирующиеся на всякой скандальной литературе.

– Артур, ты гений! – воскликнул я и налил ему ещё чаю.

– Я не гений, просто я писал курсовую по культуре этого периода.

И мы приступили. Сказать ли вам, сколько всякого бреда и гнусной фигни нам довелось начитаться? Мне пришлось тайком от родителей покупать транквилизаторы, чтобы не съехать с катушек. Автор одного текста увлечённо доказывал, что Иван Грозный и Пётр Первый – одно и то же лицо; автор другого пространно рассуждал о вреде и безнравственности сна, утверждая, что здоровое общество будущего должно победить эту ошибку природы; в третьем на четырёх страницах описывалось изнасилование жареного поросёнка, очевидного символа буржуазного быта. После таких сеансов у меня шумело в ушах и во рту стоял свинцовый привкус типографской краски – мне было не до запрета слюнить пальцы. Мы старались по возможности не читать сами сочинения, просматривая лишь фамилии авторов, но информация сама собой поневоле проскакивала в мозг.

Первым – после недели этого безумия – повезло Артуру. В рекламном приложении в конце одной из брошюрок он обнаружил анонс выпущенных издательством книг. В списке, помимо всех прочих, числился А.Крыжанский, «Золотое небо».

– Итак, – удовлетворённо заметил Артур, – у нас уже есть название. «Золотое небо».

Я вздохнул, дивясь его собранности и целеустремлённости. Артур отличался куда большей академической дисциплинированностью, чем я; я на его фоне чувствовал себя разболтанным. Он был учёным до кончиков своих обкусанных ногтей, хотя едва закончил третий курс, как и я. Его гораздо меньше интриговала вся эта история; вернее, она интриговала его совершенно в другом смысле – он мечтал пробудить в ком-то интерес к творчеству забытых писателей. Мне же всё больше и больше хотелось доискаться до причин, по которым их забыли.

Случай отыграться мне представился скоро. В одном сборнике 1932 года издания обнаружился рассказ «Конфета», подписанный полным именем – Авель Крыжанский. Я немедленно приступил к чтению. Рассказ был немудрящий; сюжет, возможно, шокировал бы шестидесятников, но ни в начале тридцатых, ни в наше время он не представлял собой ничего из ряда вон выходящего. Привокзальный мальчик, приехавший из голодной провинции в Москву, был вынужден за еду продавать себя гомосексуалистам. Некий юноша в кожаной куртке искушал его шоколадной конфетой. Далее описывались колебания мальчика: конфета – это слишком мало, наесться ею нельзя, но он никогда не пробовал шоколадных конфет. В конце концов мальчик соглашается, и персонаж в кожаной куртке (по фамилии Ларцев) ведёт его в номер.

Разумеется, это была не порнуха, а Крыжанский не третьесортный автор. В языке чувствовались отточенность и блеск, соединявшиеся между тем с некоторой нарочитостью – как будто Крыжанский насмехался над читателем и совершенно не скрывал этого. Современным постмодернистам далеко до Крыжанского: их ирония не толще столба, обтёсанного топором, и столбы эти торчат из текста на каждом километре, чтобы поняли даже особо тупые. Крыжанский явно презирал читателей среднего уровня и ниже.

Я дочитал сцену, где мальчик раздевается, а Ларцев язвительно комментирует этот процесс, и перевернул страницу.

– Значит, ты, – всё ещё одетый, проговорил Ларцев и привстал в кресле, – значит, ты вообразил, будто я такой же испорченный, как все эти декадентствующие нэпманы, которые покупали тебя за бутерброд с колбасой? Ты, который, вместо того чтобы честно сдохнуть под забором – как тебе и полагается, плесень, – продолжаешь распространять историческую гниль?

Ларцев протянул руку и, прежде чем мальчишка успел опомниться, глубоко впихнул конфету в его синюшный от разврата зад.

Я захлопнул книгу. Меня мутило. Я ожидал чего угодно – в том числе того, что Ларцев сдаст мальчика чекистам (это хоть было бы понятно, исходя из эпохи), – чего угодно, но только не этого. Передо мною было чистокровное, породистое, ленивое зло, бессмысленное уже своей простотой и бесцельностью.

Да, Лаврович, раздававший направо и налево ярлыки «безнравственности», на сей раз имел серьёзные основания для этого. Рассказ «Конфета» *был* безнравственным, безнравственным в самом прямом и первозданном смысле этого слова. Кем же был этот Авель Крыжанский, способный сочинить такое?

Я отцепил от пояса телефон и, невзирая на библиотечный запрет, набрал номер Артура.

– Приезжай, – сказал я. – Я в Народной. Нашёл рассказ Крыжанского.

– Н-да, – протянул Артур, когда прочитал рассказ. – Похоже на какое-то доморощенное ницшеанство с лефовским уклоном.

– Какая разница, что это! – возмутился я. – Перед нами явно что-то автобиографическое! Он и есть Ларцев, иначе бы он не мог так это описать! Он сам проделал это с мальчиком... или с Ликой!

– Гриша, ты только не обижайся на меня, но твоя наивность меня удивляет. Тебе что, за три курса мало объясняли, что художественное произведение – не исторический документ, а герой – не автор? Ты не умнее Лавровича.

– Охотно принимаю комплимент, – сказал я. – Считай меня кем хочешь, хоть шизофреником, но я уверен, что Крыжанский прекрасно знал, о чём пишет.

Теперь, когда мне приоткрылась дверца во внутренний мир загадочного Крыжанского, я сомневался, стоит ли продолжать поиски. Артур настаивал и в итоге довольно легко склонил меня к продолжению. Не желая признавать, что нами движет свинское любопытство, я убеждал себя, что наши разыскания имеют вполне здравую цель: убедиться, заслуживал ли Авель Крыжанский того забвения, на которое его обрекли.

На наше объявление в Интернете пришло четыре ответа. Двое писали, что их родители встречали Крыжанского в 1960-е годы, но не знают, где он теперь. Это, по крайней мере, показывало, что Крыжанский пережил войну. Одна женщина написала, что её дед близко знал Масленникову, но дед, к сожалению, умер лет десять назад. Четвёртое письмо было самым заманчивым.

Возможно, вам будет интересно узнать, – писал некий Алексей К., – *что Лика Масленникова проживала в Дырищах, в доме моей матери, с 1956 по 1960 год. Сейчас мамы уже нет в живых, но я помню её рассказы. По маминым словам, поэтесса страшно боялась возвращаться в Москву. Она боялась встретить там какого-то «ужасного человека» – вероятно, того, по чьему доносу она очутилась в лагере. В конце концов друзья из Москвы убедили её вернуться, объяснив, что её ждёт там квартира. Перед отъездом она сунула в руки маме какие-то листки и сказала что-то вроде: «Сожгите, у меня самой не хватит духу». Мама, как она потом рассказывала, не рискнула читать чужие записки, но и сжечь их тоже не решилась. Записки, несомненно, рассказывали о жизни поэтессы в лагере; хранить их было опасно, уничтожать – непростительно. Мама тогда запихнула их в жестянку из-под краски и закопала под яблоней в огороде.*

Я сейчас как раз собрался продавать дом и совсем было забыл об этой истории. Приезжайте. Документы ещё могли сохраниться.

Не стану описывать свой путь в посёлок Дырищи на окраине Московской области. Нам с Алексеем едва удалось убедить покупателя дома и всех соседей вокруг, что мы ищем не клад. Все торчали по периметру, вытягивая шеи, пока мы рыли землю под корнями, и разошлись только тогда, когда увидели своими глазами, что в ржавой жестянке, извлечённой из ямы, в самом деле нет ничего, кроме комка слипшихся полусгнивших бумаг.

Я не сомневался, что нашёл именно то, что искал. Едва глянув на листки, я разобрал остаток фамилии: «...ыжанский». Лика писала красным карандашом, и я надеялся на то, что сохранилась хотя бы часть связного текста. Конечно – я был уверен – сочинение её повествовало вовсе не о лагерях.

Я не стал пока отчитываться перед Артуром о своей находке. Когда я ехал в электричке, он сам позвонил мне и спросил, как результат. Я уклончиво ответил, что рукопись требует реставрации и расшифровки и что пусть он приедет ко мне в воскресенье, когда бумага как следует просохнет и я разберу листы.

Этой ложью я дал себе отсрочку на три дня. Вы видите, сколько неправды я выдал за это время – вранья, в котором как будто не было особой необходимости. Проклятый Авель Крыжанский вынуждал меня лгать. К счастью, ничего хуже вранья я не совершил. (Или всё-таки совершил три дня спустя?)

Конечно, рукопись просохла много быстрее, когда я осторожно разъединил слипшиеся листы. Закрывшись у себя в комнате вместе с термосом горячего чая, я приступил к своей омерзительной работе.

Рукопись была свёрнута в трубку, поэтому лучше всего сохранилось начало. Оно мне и было нужно. Это была история того, как Масленникова познакомилась с Крыжанским.

Я был прав – тайные записки Масленниковой целиком повествовали о нём. «Ужасным человеком», с которым она боялась встретиться в Москве, был Авель Крыжанский. Её эпитет был мягким; когда я дошёл до середины текста, у меня разыгрался жестокий приступ мигрени. Проглотив коктейль из анальгетиков, я лёг на кровать и поставил диск с «Чужим-2», чтобы успокоить свои нервы после прочитанного.

Милое, домашнее чудовище, так похожее на мою настольную лампу в стиле хай-тек, на время отодвинуло в моём мозгу прочитанную рукопись, всеми силами стремясь убедить меня в том, что страшное бывает только в сказках. «Ну зачем люди так любят выдумывать чудовищ, – в отчаянии подумал я. – Неужели для того, чтобы скрыть от себя самих свою собственную чудовищность?»

Более половины текста сохранилось хорошо, но у меня нет никакого желания приводить его здесь – по сравнению с тем, что мне довелось прочесть, «Конфета» выглядела рассказом для детского чтения. Я переписал в свою тетрадь лишь два сравнительно невинных отрывка, из которых один описывал самое начало их отношений.

Я не верю в бога. И после лагеря не поверила, как это бывало у многих. Для меня это не модный паллиатив, а перец на открытую рану. Если бог есть и он допускает существование таких людей, как Авель Крыжанский, то он изверг и садист. Я только надеюсь, что никто больше не попадёт в ловушку, в которую угодила я. Надо же – я ведь любила этого человека?

Что за гипноз привязал меня к нему? Впервые мы встретились в кафе на Тверской, где тогда собирались многие писатели. Почти все столики были заняты, свободные места оставались лишь за двумя. За одним сидел какой-то «классово сознательный», в стельку пьяный. Я не рискнула подойти к нему и села за другой столик, хотя человек, сидевший там, был довольно неприятен.

Худой, жёлтый, со шрамом на лбу, неумело скрытым под завитком волос. Потом я узнала, что он на два года моложе меня. Это было в 1934 году – следовательно, ему было тогда двадцать три.

Он не откликнулся на мой вопрос, свободен ли стул. Однако, когда я села и начала пить чай с пирожками, он вдруг ни с того ни с сего заговорил со мной о литературе. Речь его была быстрой и живой, а высказанные суждения отдавали парадоксальностью. Теперь я понимаю, что поддалась на провокацию и слишком много о себе рассказала.

Допивая свой боржом, он сказал:

– Мой адрес – Моховая, двенадцать, квартира три.

Я опешила. Слишком неожиданный поворот приняла беседа об Ибсене. Авель Крыжанский (теперь я уже знала, как его зовут) встал, отпихнув ногой стул. Глядя на меня сверху вниз, он проговорил:

– А вы знаете, мадемуазель, что вы дерьмо собачье?

Сказать, что я была в шоке, значит ничего не сказать. Всякий скажет, что я должна была дать ему пощёчину. Но я оцепенела, словно пристыла к полу. А он повернулся и скрылся из виду.

Не скрою, я испытала облегчение, когда он ушёл. Писатели иногда бывают чересчур безумными, сверх всякой меры. Я немного успокоилась, посмеялась над чокнутым и доела пирожки. Прошло довольно много времени, прежде чем я решила покинуть кафе. И тут только увидела на полу под столиком карманные золотые часы.

Часы были очень дорогие, и их следовало вернуть владельцу. Как сейчас помню, на них стояла монограмма «А.К.» Мне очень не хотелось идти к нему домой, но отправлять кого-то другого вместо себя я не решалась тоже. Промучившись целую ночь, я в конце концов решила отнести часы по его адресу. В конце концов, как убеждала я себя, я только занесу часы, ничего больше.

Теперь, через много лет, я понимаю: он подстроил это. Он нарочно оставил в кафе часы, чтобы я к нему пришла. После короткого разговора со мною он понял моё уязвимое место – щепетильность. Он знал, что я во что бы то ни стало верну ему часы, не рискнув доверить их посреднику. Какой невероятный и циничный способ обольщения – если только я могу назвать себя обольщённой.

Мне открыла дверь домработница и пригласила пройти в комнату.

– А, это вы, – безразлично обронил Крыжанский. Он сидел в кресле голый, с лакированными штиблетами на ногах, держа на колене громадную крысу. Я застыла как вкопанная. Его вид не столько смутил меня, – я уже повидала сумасшедших декадентов, вытворявших и не такое, – сколько напугал. В его измождённом и обезображенном теле не было ничего человеческого. Казалось, передо мною был ободранный кролик, которого засолили и высушили.

– Я принесла ваши часы... – начала я.

Крыжанский перебил:

– Хорошо. Положите на комод.

Поскольку я решительно не знала, что делать, я выполнила его указание.

– А теперь повернитесь. Идите к окну. Стоп.

Я вообще ничего не понимала. В особенности я не понимала, почему я выполняю эту чушь.

– К окну... к комоду. К окну – к комоду. Стоп. Повернитесь ко мне лицом. Теперь спиной. Теперь опять лицом.

Я решила, что это всего лишь какое-то эротическое упражнение на расстоянии, и почти было успокоилась – все эти штучки мне были знакомы по моим старшим друзьям из десятых годов. Но, когда я повернулась лицом, я увидела, что Крыжанский не выказывает никаких признаков возбуждения. Даже глаза его оставались тусклыми.

– Сядьте, – вдруг сказал он, указывая на плетёный стул возле себя. – Так что вы думаете о Прусте?

Это было началом нашего романа.

Дальнейшее я просто не в силах цитировать, в том числе по трусливой причине – я боюсь, что, прочти кто-нибудь эту жуть, ему взбредёт в голову повторить прочитанное. Крыжанский не жил с Масленниковой, он вообще не спал ни с женщинами, ни с мужчинами, потому что не мог. Он был слишком искалечен: в шестилетнем возрасте его буквально изжевала деревенская собака. Он не должен был выжить, искусанный от груди до пяток, но всё же выжил. И если, читатель, вы сейчас распустите слюни по поводу тяжёлой травмы, оказавшей необратимое воздействие на личность Крыжанского, – закройте эту повесть и не читайте больше. Она не для вас.

То, что Крыжанский выставил перед ней напоказ своё уродство, Лика приняла за доверие к ней – тогда как на самом деле он находил специфическое удовольствие в том, чтобы демонстрировать себя с худших сторон. Его эксгибиционизм – больше моральный, чем физический – она приняла за чистосердечие. Это часто случается с женщинами; ещё чаще они принимают невоспитанность за мужественность, а самовлюблённое нахальство за силу характера. Возможно, женщины по природе склонны к мазохизму – если не все, то многие. Я никогда в жизни не хамил девушкам, и они систематически обходят меня стороной.

Поймите меня правильно, Крыжанский не истязал её физически. Те несколько тычков и пощёчин, которые фигурируют в рукописи, вряд ли можно счесть серьёзным насилием. Его мучительство было исключительно психологического свойства. Приведу ещё лишь один, относительно мягкий эпизод — об эклерах, чтобы читатель составил себе представление о том, что это были за отношения.

На годовщину нашего знакомства он вошёл улыбаясь (нечасто он улыбался), в белом костюме. В руках у него была коробка, перевязанная лентой.

– Я купил вам эклеры, – проговорил он и протянул мне коробку.

Я поцеловала его и развязала ленту. Внутри в самом деле были шоколадные эклеры – где он их только достал?

– Вы чудо, Авель, – сказала я и вынула одно пирожное.

В тот же момент он ударил меня по лицу и вырвал у меня всю коробку.

– Положите назад, – приказал он.

Негнущимися пальцами я опустила эклер в коробку. Меня трясло от обиды; я поднялась и хотела выбежать из комнаты. Но он остановил меня.

– Назад, – сказал он. – Стойте тут. Лицом ко мне.

И пока я стояла, он сидел передо мною в кресле и ел эклеры, отламывая кусочки и угощая свою крысу. Когда не осталось ни крошки, он разрешил мне выйти.

Все пять лет, что они пробыли вместе, они звали друг друга на «вы».

Я знал, я должен сжечь рукопись. Нельзя делать арфы из волос утопленниц и ходить с ними на пиры — когда арфа запоёт, каково отцу и матери будет узнать, что это их дочь утопила свою сестру у дивных мельниц Биннори? Я не собирался повторять ошибку героя старой баллады. Потому что — от транквилизаторов на меня напала лихорадочная дремота, и всё же я не мог успокоиться, прочитав текст до конца, – потому что я понял, что знаю, кто такой Авель Крыжанский.

Я встречал его раз в месяц или реже, поднимаясь в лифте. Он жил в квартире напротив – неприятный тощий старик с приклеенным ко лбу пегим завитком, плохо скрывающим шрам. Давно зажатый в инвалидном кресле, он редко выходил наружу, а соседи по какой-то причине сторонились его и нечасто помогали. Иногда он выкатывался из квартиры с двумя крысами на коленях, не белыми, а серыми, помойными. Вот, значит, с каких времён длилось его пристрастие.

Взяв мобильник, я набрал номер Артура.

– Приезжай, – выпалил я. – Я расшифровал текст. Я знаю, кто такой Крыжанский.

В ожидании Артура я весь извёлся. У меня не до конца прошла головная боль; сколько времени я слонялся по квартире, не помню. В конце концов мама (не знавшая о причинах моего состояния) посоветовала мне выйти на свежий воздух. Что ж, я вполне мог подождать Артура снаружи. Кое-как зашнуровав кроссовки, я вышел из квартиры.

Мне сразу же бросилась в глаза распахнутая дверь по ту сторону лестничной площадки и что-то белое внутри. Я переступил порог. Из коротенького коридора были видны белый халат врача, скрежетавшего пером по листку бумаги, и белая простыня, прикрывавшая что-то на диване. Потом я заметил стоявшего рядом милиционера.

– Что вам нужно? – подозрительно спросил милиционер, увидевший меня.

– Что случилось? – глупо спросил я, хотя уже знал, что.

– Что-что, – проворчал участковый, – сосед ваш умер.

– Дед с крысами?

– Он, – кивнул милиционер.

Крысы чинно сидели в стеклянном аквариуме.

– Теперь придётся крысомора из СЭС вызывать...

– Надо же, – пробормотал я, удивляясь тому, что всё ещё могу удивляться. – Как его звали?

– Крыжанский, Авель Викторович, – ответил врач, подняв голову от бумаг. – Выйдите, пожалуйста, вы мешаете.

Я не стал просить их приподнять простыню. Я не собирался видеть лицо Авеля Крыжанского, моего соседа по лестничной клетке. Я попятился и вышел.

На цыпочках забежав домой, я сбросил рукопись Масленниковой в унитаз и поджёг. Когда чёрно-серый пепел раскрошился и начал тонуть, я спустился во двор.

Я плюхнулся на скамейку, облокотившись о спинку и подперев голову рукой. Сгустившийся вечерний воздух пронзительно пах цветущей липой. Был июль.

– Гриша?

Артур тронул моё плечо. Должно быть, я выглядел не вполне вменяемым, когда раскрыл глаза и посмотрел на него.

– Ты прочёл рукопись?

– Да, – через силу сказал я. – Гнусь неимоверная...

– Догадываюсь. Что там с Крыжанским?

– Вот он.

Я указал на покрытые белой простынёй носилки, которые санитары вынесли из подъезда.

– Ты уже? – испуганно спросил Артур. – Пора в Кащенко?

– Артур, я в порядке. И не думаю прикалываться. Авель Крыжанский только что умер. Я двенадцать лет прожил с ним на одном этаже. И не знал об этом.

Некоторое время Артур молчал, наблюдая, как носилки заталкивают в машину. Машина взревела и уехала, увозя то, чем закончились наши поиски.

– Ну и ну, – потрясённо произнёс Артур. – И часто ты его видел?

– Не очень. Я даже имени его не знал.

– Надо выпить за упокой, – сказал Артур. Но мы не выпили. Мы не вставали со скамейки. Сумерки сгущались, и, прислонившись к плечу Артура, я думал о том, как сказать ему, что я сжёг рукопись.

ПОХИТИТЕЛЬ КАМНЕЙ

Услышав меня, Артур выронил диадему
и повернулся ко мне, бледный как смерть.
Я схватил сокровище: не хватало
золотого зубца с тремя бериллами.
– Подлец! – закричал я вне себя
от ярости. – Сломать такую вещь!
Ты обесчестил меня, понимаешь?
Куда ты дел камни, которые украл?
– Украл? – попятился он.
– Да, украл! Ты вор! – кричал я,
тряся его за плечи.
– Нет, не может быть, ничего не могло
пропасть! – бормотал он.
– Тут недостает трех камней. Где они?
Ты, оказывается, не только вор,
но и лжец! Я же видел, как ты пытался
отломить еще кусок.

А.Конан Дойль. Берилловая диадема

– ...и вот он, офицер-то, лёг на траву и задремал. А я пошла дальше грибы собирать. Гляжу, лягушка. Я её цоп, подкралася тихонько и на грудь ему бросила. Как он подскочит! Как запрыгает не хуже той лягушки! «Ах ты, Данька, стерва ты эдакая, – кричит, – ты, что ли, знала, что я их БОЮСЬ?»

Я вдумчиво ел ложкой густую, как крем, сметану и кивал, изредка говоря «угу». Дарья Семёновна в девятнадцатый раз рассказывала о своём романе с офицером, который (роман) имел место пятьдесят лет тому назад. Убедившись, что офицер боится лягушек (что было, впрочем, довольно естественно, ибо он был подводник, а на подводных лодках лягушки, как правило, не водятся), Дарья Семёновна окончательно сделала свой выбор в пользу дяди Степана, о чём, тем не менее, вот уже полвека не жалеет.

Дядя Степан, он же Степан Тимофеевич, – на самом деле никакой не дядя, а мой двоюродный дед по отцу, и действие этого рассказа происходит в городке Тугаеве, куда я приехал погостить к родственникам, в полдевятого утра. И для того, чтобы в полной мере оценить происшествие, которым был прерван как завтрак, так и рассказ об офицере, нужно знать, что за город из себя Тугаев.

Городок стоит высоко над рекой, на крутых меловых холмах, и подлинное его имя затерялось где-то в глубине веков, ибо славяне, чьи серебряные зернёные украшения ещё попадаются в здешней земле, натурально, звать его Тугаевым не могли. Теперешнее название он получил в XIV веке, когда в нём была ставка хана Тугая – да так и привилось: Тугаев да Тугаев. Леса вокруг Тугаева хоть и не девственные, но в них ещё на памяти дяди Степана водились волки, а белые грибы с груздями водятся и посейчас. Вид с холма на реку головокружительный; а развалины старинных церквей, торчащие тут и там на зелёных горах, и тучи воронов над ними пленили бы Оссиана, если бы, конечно, Оссиан оставил свою Шотландию и завернул ненадолго в Тугаев.

Как и положено горцам, тугаевцы народ патриархальный, гостеприимный, ленивый, чувствительный и с явственной авантюрной жилкой. Тугаевец ходит в церковь и почтительно относится к духовенству, вместе с тем он верит во все дурные приметы и ни за что не пожмёт вам руку через порог. Руками тугаевец работает много и охотно и способен произвести истинные чудеса ремесла, но на десять начатых дел едва одно доводит до конца, остальные то забрасывает, то переделывает до тех пор, пока его творение не потеряет всякое внятное назначение. Тугаевец почти никогда не украдёт у другого тугаевца, зато воровать у государства почитает мало что не нравственным долгом; власть он ни во что не ставит, но, очутившись у власти, ведёт себя барином. Тугаевец ничего не боится, разве что болезней, – и, стоит ему чихнуть, он готов прибегнуть к сотне шаманских снадобий, половина из которых опаснее, чем сама болезнь. Лечиться тугаевцы любят. Заяви какой-нибудь целитель с телевидения, что мыться мылом вредно или что от астмы нужно пить отвар морковной ботвы, – тугаевец поверит во что угодно, но, сколько ни убеждай его, не перестанет курить и нагружаться жирной пищей. Наивность и легковерие сочетаются в тугаевце с подозрительностью и жаждой не упустить своего. Тугаевец запросто может поехать в деревню на рынок, узнав, что там молоко дешевле на три рубля, и истратить на автобус туда и обратно десять рублей.

Скупость и щедрость у тугаевцев проявляются весьма своеобразно. Тугаевец считает крайне неприличным принимать деньги от друзей и родственников, зато охотно выклянчит подарок, даже и дорогой. Сам он тоже не прочь одарить кого-нибудь, причём неизменно ухитряется выбрать наиболее ненужный вам предмет. Если у вас есть родственники-тугаевцы, я готов держать пари, что они ноют и жалуются на дороговизну лекарств, а когда вы, разжалобившись, чуть не насильно всовываете им в карман деньги, они с сияющим видом преподносят вам огромный фарфоровый грибок для штопки или килограммовую коробку абсолютно несъедобных конфет местного производства.

Чтобы дать полное и окончательное представление о тугаевцах, замечу, что самое оскорбительное слово в их лексиконе – «скрытный». Если кто-то удостоился этого эпитета, значит, к нему испытывают как минимум не самые тёплые чувства. Желание уберечь свою частную жизнь от посторонних любопытных носов, законное и естественное для москвича или там, скажем, лондонца, в глазах тугаевца едва ли не преступно – оно свидетельствует по меньшей мере о недобропорядочности, ибо тугаевец убеждён, что хорошему человеку скрывать нечего. Сами же тугаевцы словоохотливы до чрезмерности и всегда готовы вывалить на вас самосвал подробностей (не обязательно подлинных) из личной жизни себя и всех своих родственников до седьмого колена, искренне удивляясь, почему вам не доставляет удовольствия всё это выслушивать. Сплетня – такая же неотъемлемая часть быта тугаевцев, как мусор в колоссальном овраге у реки, высящийся многолетними горами под сенью бузины, лопухов и гигантских, жирных розовых бальзаминов, не иначе как занесённых каким-то ветром с Дальнего Востока – может быть, на сапогах авантюристов-бамовцев, которые давно уже бросили свой авантюризм, растят тихо-мирно внуков, а их приключения давно уже перешли в золотой фонд классики тугаевских баек. Запас сплетен и свалка под бальзаминами пополняются с завидной регулярностью, с той лишь разницей, что накопившийся в овраге хлам никак не используется.

Однако не ждите от меня тугаевских баек; я из принципа не рассказываю то, чему не был свидетелем сам и достоверность чего не могу проверить. Вернёмся поэтому к утреннему чаепитию, которое послужило фоном для последующих событий.

– Что-то ты, Гриша, плохо кушаешь, – озабоченно произнесла Дарья Семёновна, – худой совсем, беда одна.

– Угм, – промычал я, облизывая ложку. – Что я вам, тётя Даша, слон?

– Вот идол-то, – пробурчала Дарья Семёновна, но не обиделась. И она, и я привыкли к этой дружеской пикировке, которая случается всякий раз, когда я заезжаю в Тугаев. Отсутствием аппетита я, конечно, на самом деле не страдаю (я не из тех, кто перебивается пакетиком синтетического супа в день). Но есть в таких масштабах, в каких едят – и угощают – тугаевцы, я просто физически не в состоянии. Кроме того, мне нравится быть худым.

– ...и вот, значит, я и думаю: на кой он мне сдался, раз он лягушек боится? А тут Стёпка стучится: «Пошли, Даньк, в кино...»

– ЧТОБ ТЕБЯ ЧЕРТИ ВЗЯЛИ! СОВСЕМ ПОСЛЕДНИЙ УМ ПРОПИЛ, ИДОЛ, ДЬЯВОЛ, ЖОХРИК, ЧТОБ ТЕБЯ ПЕРЕВЕРНУЛО ДА ШЛЁПНУЛО!

Визг доносился с улицы. Дарья Семёновна как стояла со сковородкой в руках, так и поставила её не глядя – в таз со смородиной, приготовленной для варенья. Я замер. Где-то поблизости, несомненно, имела место драматическая ситуация; с кухни мы видеть ничего не могли, поскольку она выходила во двор. Дарья Семёновна отреагировала раньше меня. Пока я выбирался из-за стола, она уже выбежала в горницу и высунулась в окно, откинув кружевные занавески. Я немедленно оккупировал другое окно. Сколько я мог видеть из-за герани, ситуация претерпела кризис и близилась к завершению. Посреди улицы, горбом спускавшейся вниз, стояла ближайшая соседка моих родичей, вдовая тётка Полина, и грозила жёлтыми пластиковыми граблями в адрес вяло удалявшейся от неё затрапезной мужской фигуры. Фигура издавала глухое матерное бормотание, в котором, однако, звучали те извиняющиеся нотки, какие бывают нередко у запойных алкоголиков.

Я повернулся к Дарье Семёновне в поисках ответа на вопрос, что это значит, но то, что мне удалось получить в качестве разъяснения, не удовлетворяло и саму Дарью Семёновну.

– Шут его знает, – озадаченно отозвалась она, – Алик это, пьяница отчаянный. Он вниз по улице через два двора от нас живёт. А чего они не поделили, не поймёшь.

По деревянной лестнице в сенях гулко забухали шаги дяди Степана. Гулкость получалась от резиновых галош, в которых он выходил во двор кормить кроликов. Распахнув дверь, он крикнул с порога:

– Даня! Тут к тебе Полина пришла!

Тётка Полина уже взбиралась по лестнице, пыхтя и отдуваясь. Грабли она, видно, оставила во дворе. Едва оказавшись в кухне, она плюхнулась на табурет и в каком-то паническом состоянии замолола:

– Ой, Дань, не знаю, что и думать. Алик-то, окаянный, совсем с ума сошёл! Чего счас было-то, чего он удумал!

– А чего? – оживилась Дарья Семёновна, поспешно подавая ей чай. – Ты сахар-то, Поля, бери...

Я деликатно выскользнул из кухни. В деревянных домах тугаевцев акустика превосходная; я мог прислушиваться к разговору старух, пристроившись на диване в горнице. Постепенно сбивчивый рассказ Полины начал складываться в нечто связное и именно по причине своей связности – до некоторой степени безумное.

Этим утром вдова, оправившись наконец от болей в пояснице, решила прополоть в очередной раз огород. Лето в этом году было влажное, сорняки так и пёрли. Тётка Полина стояла на коленях спиной к воротам, а потому не сразу поняла, что происходит, когда услышала позади себя какой-то подозрительный шум. Вслед за этим громко и тоскливо заскрипела воротина. В недоумении, кто бы это ломится в ворота, не спросившись, Полина наконец обернулась – да так и охнула от изумления.

Здесь надо напомнить, что улица, на которой происходит действие моего рассказа, спускается по косогору и резко уходит вниз. Там, где стоит дом тётки Полины, уклон особенно крут, и ворота, которые ночью все тугаевцы, конечно, запирают на щеколду, днём, чтобы они не распахивались поперёк всей улицы, старуха подпирает большим булыжником. В данном случае камень из-под ворот исчез. Створка моталась туда-сюда, скрипя петлями, а вниз по улице не слишком стремительно удалялось некое человекоподобное создание, катившее украденный камень по проезжей части. Приглядевшись к созданию, Полина опознала в нём хорошо известного ей забулдыгу Алика, жившего ниже по склону. Опомнившись, она вскочила, схватила подарок внука – жёлтые пластиковые грабли, которыми только что сгребала сорняки – и выбежала на дорогу. Пьяного, как всегда, Алика она догнала в два счёта и крепко приложила ему по спине внучатным подарком. Дальнейшее мы уже слышали из окна горницы.

– Я вот одного не пойму, – страдая от таинственности, протянула тётка Полина, – на кой же ему камень-то понадобился?

– Допился до чёртиков, вот и всё, – убеждённо констатировала Дарья Семёновна, – мужики спьяну и не такое творят. Вот когда я в Тютюнниках работала, там был такой Фимка Жухов, так он, как напьётся, всё по улице голый бегал и кричал: «Я лётчик, я лётчик!» А жена-то у него ничего, хорошая была... Поженились они после войны, она в сельпо работала...

– Не-е, – явно не слушая её, возразила Полина, – Алик, он честный, он сроду просто так чужого не брал, хоть пьяный, хоть трезвый...

Разговор постепенно съезжал от камня в сторону пьяных, трезвых и честных – с примерами из собственной родни вплоть до седьмой воды на киселе. Я зевал. Моя заинтригованность, однако, никуда не исчезла. К чему красть камень, кому он нужен? Я задумался, почему вообще у человека проявляется инстинкт воровства. По данным какого-то социологического опроса, шестьдесят процентов американцев ворует в супермаркетах. Не знаю. В середине восьмидесятых годов, в Медведково, где мы тогда жили, был универсам – меня туда начали посылать, как только у меня стало хватать сил дотащить до дома буханку хлеба и литровый пакет молока. Тогда ещё на выходе стояли толстые тётеньки с видом бульдогов, которые могли залезть руками в сумки выходящих, если те им чем-то не нравились. Я боялся тётенек и видел в этом какую-то изощрённую бесчестность. Мне было стыдно, что меня, советского гражданина, подозревают в том, что я хочу украсть. Однако мне казалось, что те, кто расставил тётенек на выходе, не могут быть неправы (в силу своей несомненной принадлежности к советской власти), а следовательно, я действительно хочу украсть, только они это видят лучше меня самого. Шли годы, советская власть тихо всхлипнула и окочурилась, универсамы переименовали в супермаркеты, тётеньки сменились магнитными кольцами, а желания воровать в магазине по-прежнему не возникало.

Впрочем, я знаю честнейших и безусловно очаровательных людей – из той породы, что зовётся старыми московскими интеллигентами, – которые не возьмут даже копеечную монету, будь она оставлена без присмотра, но которые запросто и со вкусом воруют книги. И даже хвастаются этим в избранных кругах. Для них, будучи в гостях, украсть биографию Федерико Феллини или прижизненное издание Цветаевой – чуть ли не доблесть, и уж во всяком случае это явление принципиально иной природы, чем кража куска торта или десяти рублей (хотя книга может стоить пятьсот). Но здесь всё объясняется банальным желанием – о том, что мы склонны желать того, что есть у ближнего нашего, знал ещё Моисей, а некоторые люди наивно оправдывают нарушение Моисеевой заповеди искренним убеждением, будто одни потребности возвышеннее других. Но вот для чего воровать из-под ворот камень?

Оставив Дарью Семёновну с Полиной, я всунул ноги в кроссовки и спустился во двор. Светило солнце; кролики шебуршали в клетках и скреблись по рабице. Я нарвал для них травы под стеной дома, у колонки с водой – бурьян там поднимался густой. Корм, заданный им дядей Степаном, они уже изничтожили.

Я заворожённо смотрел, как кролик втягивает по кусочкам в рот, постепенно перемалывая, метровый стебель лебеды. Просто удивительно, до каких пределов простирается их способность жевать. В кроликах для меня всегда было что-то жутковатое. Не понимаю тех, кто разводит вокруг них сантименты. Мурашки бегают по спине, когда смотришь, как они жуют, жуют, жуют – и всё время молчат. Они, кажется, и человека способны съесть. Если бы я снимал фильмы ужасов, я бы обязательно снял историю о ритмично двигающих челюстями кроликах, поедающих неосторожных людей. (Однажды я нарисовал это – в виде мстительной аллегории: известного политика, прикованного к дереву за руки, и как его жрут кролики.) В них есть какая-то механичность, что ли. У них в глазах никогда не бывает осмысленного выражения, которым так радуют нас кошки и собаки, тысячи лет живущие общением с людьми. Например, коровы безмозглые, но в них есть чисто животное обаяние, даже красота – красота здоровья и вальяжности. Кролики – не то. Они скорее машины, по какой-то ошибки имеющие вид животных. Это и жутко. Мысль о неодушевлённых предметах, способных самостоятельно прийти в движение, меня всегда пугала.

Впрочем, кролики не воруют. Для этого их природа слишком нечеловеческая. Собаки и кошки воруют, при этом прекрасно понимая, что делают. Маринка с третьего этажа из Медведково неприятно поразила меня тем, что крала игрушки. Только не большие и не дорогие – такие она просто выпрашивала у родителей, пока от её рёва не осыпалась штукатурка у соседей снизу. У неё была своя система. В шесть лет она была достаточно умна, чтобы не брать то, чего сразу хватятся и из-за чего родители подруг могут предъявить претензии. Куклу, например, она бы ни за что не взяла. А вот по одному предмету из наборов кукольной посуды и мебели и тому подобные мелочи (ещё надо доказать, что Женя, Таня и т.д. их не сама потеряла) она тянула с непринуждённостью. Я был в неё влюблён, пока она не показала мне кукольный стульчик и не похвасталась: «А это я у Женьки своровала». После этого я не подходил к ней месяц – было противно. Потом я привык, но влюблённость прошла; я скорее терпел её в качестве соседки по дому, с которой волей-неволей приходилось играть.

Но по каким бы причинам люди ни воровали, обычно они воруют то, что им нужно. Маринка воровала игрушки, потому что ей не хватало именно этих вещей. Мои друзья-интеллигенты крадут книги, потому что данные книги им нравятся. Есть, конечно, случаи клинической клептомании, когда человек тянет всё, что попадётся под руку, просто потому, что не может удержаться. Моя мать рассказывала про студентку, которая крала у соседок по общаге грязное бельё. Но это была действительно больная на голову девица, и такие – редкость. Обычно люди, совершая кражу, всё же ищут какой-то выгоды для себя. Так гласит базовая философия воровства. А какая выгода Алику в совершенно недрагоценном камне?

Теоретически камни нужны для того, чтобы из них что-то строить, размышлял я, просовывая траву в кроличью клетку. Но для таких дел куда сподручнее воровать камни со стройки, чем из-под ворот тётки Полины: что соорудишь из одного кособокого булыжника? Да что далеко ходить, вон перед нашими воротами на траве кучка неплохого тёсаного известняка – Кирилл, племянник дяди Степана и мой чёрт-знает-какой дядя, заканчивает пристройку к дому. И ведь до нас Алику куда ближе, чем до Полины, однако нашими камнями он не воспользовался...

Конечно, бывает и так, что крадут из азарта. Те, кто ворует в супермаркетах, нередко в этом признаются. Мол, адреналина не хватает. Кто с парашютом прыгает, как Джеймс Бонд, а кто бондит пачку презервативов на кассе. Это мне понятно. Но какой, япона мать, азарт в укатывании булыжника, подпирающего ворота болтливой старухи? Разве в том, что Алик получил от неё граблями по заднице?

Я вымыл руки под колонкой и пошёл в огород рвать крыжовник. Крыжовник у Дарьи Семёновны вызревал плохо, был кислый, но я и тому был рад. Вот ещё загадка – почему в Москве стало так трудно достать крыжовник? Жёсткая кожура с треском лопалась на зубах, рот наполнялся слюной. Из флигеля на пригорке вышла Лидия Тимофеевна, мать Кирилла, волоча ноги в валяных ботиках – болели.

– Здравствуй, Гриша, – сказала она. – Никак вчера приехал?

– Здрасьте, тётя Лида, – откликнулся я. – Вчера вечером.

– Что же это ты на солнце без фуражки? Голова не заболит?

– Я привык, мне ничего, – рассмеялся я, выковыривая из зубов твёрдые семечки крыжовника.

– А и верно, ничего, – согласилась Лидия Тимофеевна, – у тебя волос густой.

Очень она мне нравилась – потому, что она была дряхлая и больная, потому, что у неё были грустные голубые глаза, потому, что она говорила медленно и не приставала ко мне с докучными вопросами, не собираюсь ли я жениться. Невестка ела её поедом, и Лидия Тимофеевна платила ей сполна, но о своих домашних сварах не распространялась – всё, что мне было известно, я знал от не в меру словоохотливой Дарьи Семёновны.

– А у тёти Полины сегодня Алик камень из-под ворот утащил, – сказал я. – Видели?

– Не-е, – покачала головой Лидия Тимофеевна, – куда уж мне... Только сейчас вот встала.

– Она его граблями треснула. Он потопал, а камень так и остался посреди улицы. Да вон лежит.

Я показал вниз. С высоты холма, через забор, была видна улица и сиротливо лежащий на асфальте булыжник – ровно посредине. Редким здесь машинам он, видимо, не мешал. Лидия Тимофеевна тихонько засмеялась.

– А ведь сдаётся мне, что-то такое я слышала, – произнесла она. – Точно! Кирюшка мне рассказывал, что будто видели, как Алик мимо почтамта камень на тачке пёр. Только это было с неделю назад... Вот алкаш окаянный, всё бы ему придумки какие-то!

Она улыбнулась мне.

– Дала бы тебе крыжовника, да у нас он тоже нехорош, весь ржавый... Пойду я, Гришенька, – голова что-то кружится...

Старуха скрылась во флигеле. Я присел на нагретую солнцем белокаменную вымостку, разделявшую огороды двух семей. Зубы ломило от кислых ягод. Информация, полученная от Лидии Тимофеевны, меня озадачивала. В безобразиях Алика явно просматривалась какая-то система. Камни были частью некоего продуманного плана, пусть даже и зародившегося в проспиртованном мозгу. Увы, вопросов от этого становилось не меньше, а больше. А я отвратительно себя чувствую, когда я чего-то не понимаю – я в таких случаях не могу успокоиться.

Я спустился вниз по круче, отодвинул щеколду ворот и вышел на улицу. Из-под ног у меня с мявом шарахнулся чужой приблудный кот. Возможно, это был тот самый кот, который вот уже третье лето подряд поедал на грядке у Дарьи Семёновны огурцы. Я запустил в него шишкой репейника и пошёл по улице в сторону Аликова дома.

Дойдя до забора, я приподнялся на цыпочки, но не смог заглянуть во двор. Забор был выше моего отнюдь не лилипутского роста, и обзора не открывалось никакого. Я перешёл на другую сторону улицы, но стало только хуже. Как ни крути, и вдоль и поперёк откос уходил вниз – холм был полукруглый – и уровень моих глаз очутился ещё ниже. Деревьев, на которые можно взобраться, поблизости не было. До меня дошло, что единственный способ заглянуть во двор Алика – это обойти дом сзади, выше по склону. Однако я не знал, как тугаевцы отнесутся к человеку, средь бела дня пробирающемуся задворками, и решил отложить шпионскую деятельность до темноты.

Я вернулся и застал негодующую Дарью Семёновну, которая никак не могла докричаться меня к обеду. Есть мне ещё не хотелось, но из вежливости я похлебал щей и поспешил выскользнуть из-за стола. Внизу под лестницей я прихватил удочку и резиновые сапоги для рыбалки. Сапоги были нужны для того, чтобы пробраться к реке через заваленный мусором овраг – на берегу в летнюю теплынь я немедленно снимаю их и ужу босиком, закатав джинсы. Дарья Семёновна этого не видит, а то бы она непременно закатила истерику по поводу грозящих мне простуд и ревматизмов.

Рыба не клевала, и я простоял у воды, пока не стало смеркаться. Обычно я расстраиваюсь, когда не клюёт, но в этот раз моя голова была занята возникшим в ней планом. Я понимал, что подглядывание во двор Алика может и не решить вопроса, но этим вариантом следовало воспользоваться. Когда поплавок перестал быть виден, я смотал удочку, натянул сапоги и поспешил домой.

Теперь идея проверки завладела мною окончательно и бесповоротно. Не обращая внимания на язвительные тирады Дарьи Семёновны в адрес моих рыбацких способностей, я переобулся в кроссовки и, чтобы не вызывать слишком много вопросов, задержался выпить чаю с пирогом. После этого я со спокойной совестью и самым невинным выражением лица сообщил, что мне жарко и я желаю ещё немного прогуляться перед сном. Дарья Семёновна поворчала немного по поводу того, что я шляюсь в ночи, и страсти благополучно улеглись. Я заверил её, что выхожу ненадолго и намереваюсь скоро вернуться (это была правда). Затаив дыхание, я вышел на залитую лунным светом улицу.

Мне пришлось сделать немалый крюк, чтобы пробраться на зады улицы – спереди заборы смыкались плотно, и Аликов дом было не обойти. Обжигаясь о крапиву и спотыкаясь в кучах слежавшегося мусора, я наконец выбрался на узенькую тропку, зигзагами петлявшую между дворов. Перейдя мостик через ручей, шумевший где-то внизу в глубокой промоине, я остановился и прикинул расстояние. Впереди справа от себя я увидел наш двор с двумя знакомыми мне крышами – флигель Лидии Тимофеевны почти заслонял большой дом, но всё же я узнал его без труда. Отсчитал два двора влево, определяя, где дом Алика. Окончательно уверившись в том, что не ошибся, я стал осторожно забирать влево через бурьян.

Мне повезло – через несколько шагов подвернулась корявая ничейная яблоня, одиноко возвышавшаяся среди лопухов и лебеды. Это была как-никак гарантия. В детстве я неплохо лазил по деревьям; сейчас, конечно, растерял значительную долю прежней ловкости, но всё же без особого труда взобрался метра на два от земли. Стоя в развилке между толстых сучьев, я отодвинул листву и посмотрел с высоты во двор Алика.

И я увидел.

Я слегка остолбенел в обнимку со стволом яблони. Задний двор Аликова дома лежал передо мной как на ладони, купаясь в лунных лучах. А во дворе раскинулось нечто, что могло быть только садом камней.

Вероятно, злосчастный Алик слышал что-то о японцах, и услышанное крепко запало в его ещё не пропитые остатки сознания. Камни он, очевидно, подбирал, руководствуясь эстетическими критериями, и исключительно любовь к искусству подвигла его на похищение булыжника из-под ворот тётки Полины. Столь же несомненной была попытка расположить камни в некой художественной последовательности. Правда, Алик обладал весьма смутными представлениями о японских садах, воплощая идею в меру своего понимания, отчего результат вышел несколько специфичным и даже отчасти пугающим. Так, один из камней, сравнительно небольшой, он водрузил на полутораметровый постамент из обрезка металлической трубы, и это произведение отбрасывало на землю длинную чёрную тень; силуэт его в лунном свете был зловещ и неприличен.

– Блин, – от изумления выдавил я.

В полной мере насладившись открывшимся мне видом, я слез с яблони и пошёл рассказывать Дарье Семёновне о своём открытии.

ТРЕБУЕТСЯ РЕПЕТИТОР

У меня нет привычки смотреть триллеры. Вернее, мне ещё ни разу не удалось досмотреть хоть один до конца – через двадцать минут я начинаю зевать и мучительно вспоминать, что же я именно смотрю и вообще как я оказался тут на диване, а затем долго вытаскиваю из-под себя пульт, чтобы переключить канал. Больше всего меня утомляет бедность фантазии сценаристов. Они, несчастные, все джинсы себе просиживают, выдумывая монстров пострашнее. А мне не страшно. В лучшем случае – муторно, так что пиво не лезет в горло. В худшем – смешно и досадно. Ну, не верю я в осьминогов, вылезающих из унитаза, или в братство оборотней. За всей этой бутафорией я так и вижу лучащуюся трогательным самодовольством морду сценариста: «Вау, как я клёво придумал!»

Иногда они проявляют желание быть ближе к жизни и обойтись без фантастики. Это означает, что центральным героем фильма будет маньяк, желательно – людоед. Вот интересно, наберётся ли с времён покойного Жиль де Ре, соратника Жанны д'Арк, столько маньяков, сколько за последние полвека сняли фильмов о них? Что бы подумали о человеческом обществе марсиане, изучая его по кинофильмам? Да и что такое маньяк? Если человек насилует и убивает, будучи при этом одет в штатское, его клеймят «маньяком», и вся общественность готова линчевать его на месте. Если же ему повезло носить военную форму, ему сочувствуют все (кроме родственников погибших) и осаждают здание суда с плакатами, на которых начертано: «национальный герой», – а прокурор прячется под стол от лишних вопросов.

Однако какое мне дело до маньяков, штатских или украшенных погонами? Психопатология меня не интересует; если я и сделал исключение для Тимы Ахеронова, вообразившего себя бобром, то лишь потому, что в его помешательстве имеется некий непредумышленный артистизм. Зацикленность современных фильмов и книг на душевнобольных – приём довольно безвкусный и изрядно набивший оскомину. Не стоит никаких усилий поразить читателя бредом; гораздо сложнее проникнуть в тайну сознания обыкновенных людей, живущих с нами на одной лестничной площадке. И уверяю вас, это сознание таит в себе куда больше неисследованной глубоководной тьмы, чем все гипотетические параллельные миры с призраками и пришельцами. И я иногда думаю, что эти миры необходимы людям для того, чтобы заклясть то ужасное, что таится в них самих, чтобы вытеснить его на сумеречные окраины разумного мира, загнать в гетто, населённое бутафорскими чудовищами – чур, чур, это не я, это не я! Не я съел лепёшки, как утверждал герой одной японской сказки, а статуя Будды. Может быть, и маньяки существуют затем, чтобы тешить остальные проценты человечества чувством собственной добропорядочности: смотрите, есть же люди настолько хуже меня.

Нет, я не говорю о надоевших всем ещё с времён Агаты Кристи скелетах в шкафу. Это выдумка английских богатеев, соскучившихся от своей респектабельности и желающих придать себе некий шарм в виде «фамильной тайны». Посмотрите вокруг себя. По крайней мере, девяносто пять процентов мужчин не избавлялись от опостылевшей жены иным способом, кроме развода, и ровно столько же женщин не травили из ревности свою сестру. Для того чтобы быть чудовищем, вовсе не обязательно быть убийцей. Иные отменно чудовищные люди, которых я знал, ни разу не нарушили закон. Ну, может быть, им случалось опускаться до подделки печати на каком-нибудь ничтожном документе — за это я, конечно, поручиться не могу. Покойный Авель Крыжанский, ныне забытый писатель-модернист, был как раз из таких. Сумасшедшим он тоже не был, будьте спокойны.

Уже после того, как мне удалось извлечь из мрака забвения Крыжанского — с тем, чтобы, содрогнувшись от омерзения, выпустить его из рук и уронить обратно во мрак, — мне было суждено пережить ещё один, не менее жуткий эпизод. Сам я не был свидетелем событий, имеющих прямое отношение к делу; я слышал о них со слов другого человека, но всё равно долго не мог забыть услышанное. Порой это снилось мне в ночных кошмарах, от которых я просыпался и долго лежал с открытыми глазами и металлическим привкусом во рту. Если вы думаете, что кошмар — это когда вас во сне разрывает на ленточки Фредди Крюгер, значит, вы ничего не понимаете в ночных кошмарах. Истинный кошмар — это когда вам снится, что вы *сами и есть* Фредди Крюгер.

Это было осенью, когда мне по знакомству предложили работу в школе — руководить кружком юных патриотов. Деньги за это платили смехотворные, но на большее мне в тот момент рассчитывать не приходилось: всем известно, что студентов-гуманитариев без опыта работы если куда и берут, то только из милости. А масштабы этой милости зависят, увы, от масштабов ваших связей. Моя обязанность состояла в том, чтобы два раза в неделю проводить с ребятами интерактивные занятия по отечественной истории.

Дети оказались умненькие, обаятельные и совершенно невоспитанные. Один из них, например, никак не мог уразуметь, что, рассказывая о военных действиях, не нужно кричать «пу-пух!». Другое чадо – женского пола – громко сосало на занятиях фломастер, ручьём пуская слюни. Я мысленно сравнивал их с собой – в их возрасте, когда я пристывал к спинке стула, скрестив руки на столе, и панически боялся замечания учительницы, что я не так сижу, потому что к замечанию она обязательно присовокупляла какую-нибудь гадость, над которой разрешалось ржать всему классу, вроде «расселся, как дед на завалинке» или «не горбись, верблюдом станешь». Один раз я по рассеянности забылся и начал постукивать – всего только постукивать! – ручкой по парте, и Антонина Ивановна прогремела: «Спальников!!!» – таким ужасным голосом, что мне показалось, будто моё главное преступление и состоит в том, что я Спальников. Нет, я не мечтаю возвратиться к эпохе железной руки, и я рад, что этих детей не заставляли сидеть по струнке, не ставили в угол и не обзывали дебилами. Но всё же... надо и приличия знать.

Невежество их тоже имело масштабы гомерические. Один из них искренне полагал, будто Маяковский жил в XVIII веке; другой заявил мне, что Москву основал Иисус Христос (честное слово, я не придумал это!). О том, чтобы отличать Куликовскую битву от Бородинской, не могло быть и речи. Схватившись за голову, я принялся срочно ликвидировать пробелы.

После первых занятий я чувствовал себя выжатым как лимон. Требовалось с шутками и прибаутками, чтобы хоть как-то зацепить внимание малышни, в течение полутора часов рассказывать о Древней Руси, одновременно следя, чтобы никто не дрался линейкой и вместе с тем чтобы хоть кто-нибудь из всей группы выполнял творческое задание. Однажды я поручил им нарисовать древних славян; в результате рисунок сдала только сосательница фломастера, и когда я взглянул на него, у меня наступил лёгкий шок. На бумаге были изображены юноша (жёлтая рубаха в розовый горошек плюс милицейская фуражка) и девица (в кринолине, кокошнике и с двумя ниспадающими до земли косами, которые украшали огромные красные банты). Я решил не критиковать сие творение, а принести на следующее занятие нужные иллюстрации.

Теперь, надеюсь, вы немного сочувствуете мне, когда я описал злоключения, которые должен был испытывать за пятьдесят долларов в месяц. К счастью, помимо зарплаты, учителям в этой школе полагался горячий обед из трёх блюд. Этот обед здорово поддерживал меня, когда я вываливался из класса на перемену, высосанный насухо своими упырятами. Плотно подзаправившись в уютной столовой с нарисованными пальмами и попугаями на стенах, я мог более или менее спокойно продолжать занятия. Там, в столовой, я и познакомился с Инной.

Она была на год старше меня: я был тогда на четвёртом курсе, она – дипломница. Как и меня, её устроили сюда по знакомству – два раза в неделю она учила пятиклашек английскому. У неё было широкое бледное лицо, шапка прямых тёмных волос с тяжёлой чёлкой и большие пластмассовые очки, и мне казалось, что она, как говорили во времена Пушкина, недурна. Вот только одеваться она могла бы и повеселее – она всё время носила глухой чёрный свитер, узкую чёрную юбку до колен и башмаки на низком каблуке, и из-за каблуков и юбки её походка выходила грузной и как бы стреноженной. Я ещё не решил, нравится она мне или нет, и телефон у неё попросить стеснялся. Однажды я пригласил её сходить вдвоём на выставку скифского золота; она вела себя в такой дружелюбной, непринуждённой и необязательной манере, что я не рискнул продвигаться дальше. Я струсил больше, чем если бы она дала мне по морде и завопила: «Пошёл вон, козёл!» Сейчас я думаю, что я, скорее всего, облажался и ей просто не пришло в голову, что она может мне нравиться. Тогда же я воспринял её поведение как недвусмысленное указание на то, что мы должны оставаться не более чем коллегами по работе. Впрочем, она и в качестве коллеги составляла приятную компанию; я был всегда рад посидеть и поболтать с ней в столовой, забыв на время об идиотских учебных планах.

Как-то в начале октября, когда мы вместе сидели за столом, допивая вишнёвый компот, Инна вдруг сказала мне:

– Совсем забыла... Гриша, мне нужно с вами посоветоваться. Мне предлагают работу, оплата хорошая, но смущают условия...

Мне польстило, что она хочет спросить о своих затруднениях меня; хотя на рациональном уровне я понимал, что в таком состоянии нерешительности она, скорее всего, обратилась бы за советом к первому встречному. Я кивнул.

– Ну, так что же?

Инна порылась в своей матерчатой торбе и вытащила измятое объявление.

– Вот. Я уже позвонила им. Других претендентов пока нет, но мне нужно решаться уже завтра.

Я пробежал глазами клочок бумаги. Объявление было отпечатано на дорогом цветном принтере.

Требуется репетитор по английскому
для трудного ребёнка (мальчика)
Занятия:
вторник, четверг – *по 4 часа*
суббота – *полный день с 9.00 до 21.00*
Оплата:
будние дни $30, суббота $60.

Ниже шли адрес и телефон. Я невольно присвистнул. Я понимал Инну. Сто двадцать долларов в неделю – для любого студента это целое состояние. Что за богатенькие буратины готовы выложить столько за репетитора по английскому?

– Везёт же некоторым, – вздохнул я, возвращая листок.

Инна тревожно поглядела на меня.

– Вы думаете, надо соглашаться?

– А что вас смущает? Трудный ребёнок?

– То-то и оно. Насколько он «трудный»? Вдруг он психически болен и бросается на взрослых с кулаками?

– Тогда зачем его учить английскому?

– Мало ли что родителям в голову придёт...

– Постойте, – сообразил я, – а деньги они выплачивают вперёд?

– Нет, после каждого занятия. Я уже спрашивала об этом.

– Тогда вам беспокоиться не о чем, – решительно уверил её я. – Посмотрите, что за ребёнок. А если он будет кидаться в вас тухлыми яйцами, так ведь никто вас там не держит.

– Наверное, вы правы, – задумчиво сказала Инна. – Это я своей мнительностью лень оправдываю. И родители перестанут брюзжать: раз ты такая умная, чего, мол, работу не найдёшь... Да и по времени мне удобно: тут понедельник и среда, а там чётные.

Честно говоря, мне тоже не очень понравился этот намёк насчёт трудного ребёнка, но я был бы идиотом, если бы взялся отговаривать Инну от трудоустройства. Отказываться было смешно, я и сам это знал. И всё же меня не покидала тень смутного беспокойства за Инну. Что это за ребёнок? Вдруг он, чего доброго, бьёт посторонних тапкой по лицу, как это сделал со мной один мой малолетний знакомый? Но мне-то за это не платили деньги, и я мог хотя бы честно высказать всё, что думаю о зловредном карапузе. К тому же Инна – девушка, ей в этом отношении труднее...

Вторник я пережил с нарастающим нетерпением. Сидя на лекции в университете, я никак не мог сосредоточиться; меня волновало, как там Инна. Я понимал, что всё равно не увижу её до обеденного перерыва среды, и старался заполнить чем-то этот промежуток. Я сходил в Историческую библиотеку и отсканировал там новейшие и самые авторитетные реконструкции костюма древних славян, затем перевёл их на большие листы. Вот ещё бедствие: обнаружилось, что дети, с умеренным интересом внимавшие моим рассказам из русской истории, катастрофически не запоминали никаких сведений и, более того, всерьёз обижались и ныли, когда я пытался о чём-то их спрашивать. Мои рассказы, влетев к ним в одно ухо, благополучно вылетали в другое, и, выслушав меня, они мгновенно соскальзывали опять в тот блаженный белый шум, где Москву основывал Иисус Христос, а славянки разгуливали в кринолинах и полуметровых кокошниках. Если же они что-то и ухитрялись запомнить, неизменно это оказывалась самая ненужная информация, какую я только мог им дать — например, случайно рассказанный анекдот о Винни-Пухе. А ведь старшим из них было лет по четырнадцать, и через каких-то два-три года им предстояло оканчивать школу.

Как я и ожидал, мне не удалось заинтересовать их рисунками. Историческая реальность была для них неинтересна. Некоторое оживление вызвал только рассказ о золотой серёжке в ухе князя Святослава (я мог поручиться, что именно это они и запомнят из всего сегодняшнего занятия). Я попробовал сообщить им, в каком веке жил Святослав, но это не произвело на них особого впечатления — оказалось, что само понятие «век» для них не несёт никакого внятного смысла. «Надо будет начертить хронологическую шкалу», — подумал я.

С такими мыслями я вышел в столовую, взял поднос с обедом и тут увидел в дальнем конце зала Инну. Мгновенно вспомнив о её испытании, я поспешил подсесть к ней. Инна довольно вяло ела гороховый суп, болтая ложкой в тарелке, и выглядела более усталой, чем обычно.

— Здравствуйте, Инна, — с искусственной бодростью произнёс я. — Ну, как ваш первый опыт?

– Ничего, – равнодушно отозвалась она, ломая хлеб на мелкие кусочки. – Пока нет причин отказываться.

– Но?..

– Что «но»?

– Инночка, я по вашим глазам вижу, что есть какое-то «но». Что там за ребёнок? Надеюсь, он не дерётся и не кусается?

– Да нет, – отмахнулась Инна, – слава богу, в этом отношении всё в порядке, иначе бы я не согласилась. Просто... противный очень.

– Даун, что ли? – изумился я.

– Нет, – тихо сказала Инна, – умственно он тоже, по крайней мере на первый взгляд, вполне... Но боюсь, работать с ним и впрямь будет трудно.

Она положила ложку на поднос.

– Во-первых, я представляла себе, что ему лет девять-десять. А ему все тринадцать! И он всё время сидит за компьютером, как приклеенный. Он не вышел даже тогда, когда я пришла давать первый урок. Мать его силой вытаскивала из комнаты.

– Ну, это сейчас распространённая проблема, – улыбнулся я.

Я почти убедил себя в том, что опасения были сильно преувеличены.

– Нет, дело не в этом, – голос Инны слегка дрогнул. – Понимаете, я до последнего момента надеялась, что ребёнок будет хорошенький. Конечно, в теперешнюю эпоху политкорректности, – она кисло усмехнулась, – такие мысли лучше скрывать. Но всё-таки, насколько я могу судить по своему личному опыту, красивые дети редко бывают по-настоящему злыми. Вспыльчивыми, капризными – это да. Но с ними можно найти общий язык, хотя бы на время. Может быть, они чувствуют, что их любят, и им это приятно. А может быть, наоборот — злоба портит черты лица. Не знаю. Во всяком случае, мне хотелось, чтобы он оказался симпатичный. Так было бы проще.

Первый раз я его увидела со спины. Знаете, светлые такие кудри — прелесть, прямо пасхальная открытка. Но как только Вика — это его мама — выволокла его из-за компьютера, буквально под мышки, стало видно, какой он противный. Вытянутое лицо, всё в прыщах, длинный утиный нос и красные глаза. Не то что покрасневшие, а противоестественно красные, как будто их обвели губной помадой. Наверное, от компьютерных игр. Впрочем, не знаю. Он злился — на мать и меня, на то, что его оторвали от компьютера, на то, что меня прислали нарушать его мир и покой. И ещё это имечко! Его зовут Авдей. Как меня бесят эти почвеннические имена! По-моему, нужен редкостный заряд психического здоровья, чтобы с таким претенциозным именем вырасти нормальным человеком...

Инна запнулась и смущённо посмотрела на меня.

— Ой, простите меня, Гриша, куда меня понесло... Заставляю вас это слушать.

— Это же я вас попросил рассказать про трудного ребёнка, — небрежно напомнил я. Я постеснялся сказать, что беспокоился за неё. — Как прошёл первый урок? Я так понял, тухлыми яйцами он не кидался?

— Да нет. Агрессии как таковой не было. Если что-то и было, то, я бы сказала, безнадёжная лень и запущенность. В школе его учили английскому, но он в школу ходит через два раза на третий. Вернее, сейчас вообще не ходит — его забрали и подыскивают другую школу, потому что какой-то психолог нашёл у него какую-то несовместимость. Конечно, произношению никогда не учился, грамматике тоже. Помнит довольно много слов и обрывков фраз, но они из него вылезают совершенно не к месту. Похоже, с трудом представляет себе, что они значат – для него это как заклинания Гарри Поттера. Я решила начать с азов. Битый час терпеливо втолковывала ему, что в английском предложении всегда есть подлежащее и сказуемое. Авдей сидел, сидел, хлопал своими красными глазами. И выдаёт:

«Про подлежащее и сказуемое рассказывайте нашей русичке в школе, она нас уже ими заколебала. Вы тут для того, чтобы меня учить английскому. Я вот маме пожалуюсь, что вы со мной не тем занимаетесь».

Фиг с ним, думаю, вдруг и впрямь начнёт ябедничать, а мамаша, насколько я поняла, по части языкознания не Бонк – попрёт меня, и не возразишь. Решила с ним не спорить.

«Хорошо, – отвечаю, – вот и давай поговорим по-английски».

Только из этого ничего не вышло. Он же элементарных вопросов не понимает, вроде «В каком ты классе?» или «Когда у вас каникулы?». Волей-неволей перешла на русский, но и тогда единственное, что он ответил без запинки, это «My name is Avdey». Негусто, в общем. После этого я его изо всех сил хвалила – думала воздействовать на его самолюбие. Куда там! На него это никакого впечатления не произвело. Похоже, он зачислил меня в свои враги ещё до того, как я приехала.

– Ладно, не берите в голову, – утешил я её. – Я ожидал худшего. Может, пообломается потом.

– Навряд ли это будет скоро, – покачала головой Инна.

– С деньгами-то хоть не надули?

– Нет, в этом отношении всё в порядке, – устало улыбнулась Инна, – отсчитали тридцать баксов сразу после занятия, и даже выше официального курса – округлили.

– Ну и чудесно, – сказал я. – Накопите себе на новые туфельки и слиняете от них.

Я брякнул это и тут же сконфузился от собственной развязности, но Инна не заметила этого. Отодвинув недоеденную котлету, она рассеянно проговорила:

– Там у них замечательная персидская кошка... Серая, дымчатая, как облако. Зовут Ксюша. Кс-ксюша, понимаете?

То, чего я смутно побаивался, не подтвердилось. По рассказу Инны Авдей не казался опасным, хотя его манеры, безусловно, нуждались в коррекции. И всё же я не был уверен, что уроки Инны окажутся успешными. Мальчик был злой. И он был настроен против неё. У меня такого опыта не было. Я никогда не репетиторствовал, а мои «Юные патриоты», халявщики и оболтусы, меня, как ни странно, обожали. И всегда бежали здороваться, заметив меня в коридоре. И злых среди них не было, хотя они и перманентно выводили меня из себя. Вот, например, всегдашняя моя головная боль по имени Яська – десятилетнее черноглазое существо. Яська болен гиперактивностью, он не может усидеть на месте – скачет по классу во время занятий, кидается книгами, рвёт свои тетради вместо того, чтобы писать (это он кричал «пу-пух!», пытаясь пересказать своими словами тему Ледового побоища). Ещё полвека назад таких просто лупили до кровавых синяков – пока чадо либо не становилось послушным до затюканности, либо не бросало всякую учёбу вообще. Сейчас все знают, что лупить нельзя, а что делать, не знает никто. Но Яська ведь не злой. Он ни разу ничего не сделал нарочно, из непослушания. Злые – другие.

Я вспомнил, что в моём детстве у нас в классе была одна злая девочка. Почему-то отличница. Гладко причёсанная румяная блондинка в отглаженном переднике. Она подходила к одноклассникам и коротко, больно щипала их. Если развернуться и дать ей, она бежала к Антонине Ивановне и жаловалась: «Спальников меня бьёт!» Меня даже как-то оставляли после уроков с целью допытаться, для чего я регулярно избиваю NN. Видите, я прибегаю к старинной аббревиатуре – мне даже имя ей придумывать не хочется.

Но это, конечно, чепуха. Авдей на пять лет старше, чем была тогда NN, а репетитор – не одноклассник, такие номера не пройдут. Чего можно ожидать от тринадцатилетнего, я не знал, но надеялся, что дело не зайдёт дальше заурядного хамства.

В среду занятия на всём этаже отменили из-за протечки, и я не видел Инну до следующего понедельника. Наконец она появилась в столовой – в новом свитере, тёмно-фиолетовом и, с моей точки зрения, ещё безобразнее, чем её старый чёрный. Шея её тонула в толстом воротнике, и она казалась горбатой. Ощущение горбатости усиливалось тем, что лицо у неё было отёкшее и бесцветное.

Я бросился к ней и помог ей отнести поднос к столику.

– Инночка, как вы? Голова болит?

– Немного, – тусклым голосом ответила Инна, но всё равно было заметно, что она рада меня видеть. – Просто устала.

Мы сели вдвоём на фанерную скамью.

– Как поживает ваш монстр Авдей? – напрямую спросил я.

Мне хотелось, чтобы она могла мне довериться.

Инна выдавила искусственную улыбку.

– Не знаю, долго ли я продержусь. Суббота была – сущий кошмар. Я должна была сопровождать его всюду и разговаривать с ним по-английски. Учитывая, что по-английски он ни бе ни ме...

Она нервно рассмеялась.

– Это была идея мамочки. Для неё я наёмная соплячка, которая обязана делать то, за что платят, и не высовываться. Я попыталась хотя бы поставить ему произношение – фиг с ними, с тонкостями, думаю, пусть хотя бы научится различать bad и bed. Несколько раз Авдей повторил за мной, а потом заявил: «А по-человечески нельзя говорить? Зачем вся эта хрень?» И тут же нажаловался матери, что я, мол, над ним издеваюсь. Вика явилась – руки в боки – и говорит: «Вы тут с вашим высшим лингвистическим не выёживайтесь, а учите моего сына английскому». Муж её понимает в этом не больше, хоть он и поразумнее на вид. Потом Авдей заныл, что у него нет языковых способностей и что я зря его мучаю.

– А вы?

Инна пожала плечами.

– Я твёрдо решила быть доброй тётей. Сказала ему, что людей без языковых способностей не бывает и что у него, конечно, всё получится. Мягко попросила его ещё раз повторить упражнение. Авдей начал кричать, чтобы я от него отстала, забился в истерике. Я испугалась – ещё, чего доброго, обвинят в том, что я избиваю ребёнка, – стала урезонивать его, гладить по голове. И тут этот Авдей схватил ножницы и разрезал мне рукав свитера.

Видели бы вы, Гриша, как они передо мной извинялись! Сами предложили доплатить мне пятнадцать долларов за этот день, чтобы я только согласилась прийти в следующий раз. «Итого семьдесят пять, – сказал отец, – хватит вам на новый свитер? Имейте в виду, с Авдиком мы разберёмся».

И он разобрался. Вынул из телефонной розетки вилку, отсоединил её от модема и положил в карман. Теперь, боюсь, Авдей возненавидит меня ещё больше. Ведь это из-за меня его оставили без Интернета.

– Ничего, – сказал я, – всё равно потом ему вернут. Такие родители чадо надолго радости не лишат.

– Да, носятся они с ним как курица с яйцом... Но мне, чувствую, полюбить его будет трудно. Хотя я всё время твержу себе: Авдей не виноват в том, что у него красные глаза и прыщи, а нервный он из-за переходного возраста. Но его даже Ксюша не любит.

– Кошка?

– Да, старается обходить его подальше. Говорят, у кошек бывает интуиция...

– Наверное, он просто таскает её за хвост.

– Знаете, Гриша, для меня это скорее contra, чем pro.

– Не переживайте. Всё устаканится.

«Всё» действительно устаканилось. Или не всё. Инна делала вид, что учит Авдея английскому, получая за это свои доллары. За две недели он не продвинулся ни на шаг, хотя Инна добросовестно перепробовала все известные ей методики. Авдей мямлил, зевал, отвлекался, хамил Инне и нёс всякую похабщину. Интернет ему вернули через три дня после инцидента, но желания заниматься у него не прибавилось. Больше всего Инна боялась, что родители Авдея предъявят ей претензии, почему их сын так и не заговорил по-английски.

Я до сих пор чувствую себя виноватым перед ней. Мне бы остеречь её – но ведь я и сам был убеждён, что всё в порядке. Или не был, но скрывал от самого себя эту неуверенность? Не верю я в Нострадамуса и Вангу. Человек не только не способен предвидеть будущее – ему свойственно отчаянное нежелание знать это будущее, даже когда оно показывает язык ему в лицо. Он до последней минуты играет с огнём вопреки очевидному, повторяя: «пронесёт», «только не со мной», «ниоткуда не следует, что это плохо кончится». Кого из любителей перебегать дорогу на красный свет остановила хоть раз статистика ДТП?

А красный свет был. Мне больно думать, что это из-за меня – по крайней мере, в какой-то степени из-за меня, – Инна так ухватилась за работу, которая едва не стоила ей рассудка. Ведь я должен был кое-что понять ещё в начале ноября, незадолго до осенних каникул.

– Я, наверное, уйду, – сказала мне Инна, зябко передёргивая плечами. – Авдей становится неуправляемым. То закатывает истерики, то смотрит сквозь меня так, как будто я пустое место, включает компьютер, играет в какие-то стрелялки. Один раз нарочно в моём присутствии залез на порносайт. Это было... нечто.

Она запнулась.

– Не то, что вы подумали. Не улыбайтесь. Не то, что... было бы естественно в его возрасте. Это была какая-то кровожадная мерзость. Я своими руками отсоединила вилку и отнесла её родителям. Рассказала, чем занимается их сынуля. Мать заохала, заизвинялась; отец рассвирепел и пошёл трясти его за ворот, только вышло ещё хуже. Вчера я узнала, что Авдей после того раза заперся в ванной и грозил порезать вены, если ему не вернут Интернет.

– Ну и? Не порезал же?

– Нет, но родителей перепугал порядочно. Они меня заклинали, чтобы я была с ним помягче. Ну да всё равно, я ведь ухожу.

Последнее она проговорила с какой-то вымученной весёлостью. Я кивнул.

– Как знаете. Вы же не крепостная.

Она не ушла. Позднее я узнал от секретарши директора, что у Инны серьёзно заболела мать. Отец её зарабатывал недостаточно, чтобы одному содержать всю семью, и для неё даже не вставал вопрос выбора. Ей не нужно было решать, оставаться или нет. Возможно, тогда это даже принесло ей облегчение: у меня создалось впечатление, что Инна из тех людей, для кого необходимость самостоятельного выбора непереносима. У неё появилось убедительное оправдание в виде чувства долга. В конце концов, Авдей не пытался драться с ней или подстраивать ей гадости; после той истории со свитером он ограничивался скандалами и непослушанием, а это можно и перетерпеть. Инна не могла позволить себе роскошь оставить выгодную работу из-за капризов тринадцатилетнего оболтуса; напротив, для неё было совершенно естественным, что семейные обстоятельства требуют от неё жертв, и она укоряла себя за то, что не слишком охотно идёт на эти жертвы. Однако кто мог предвидеть, каким ужасным окажется её жертвоприношение? В тот день, когда Инна отказалась от мысли уйти, сгорая от стыда за собственный эгоизм и клянясь исправиться, она — где вы, товарищ Воланд? — своими руками вылила на трамвайные рельсы подсолнечное масло, прежде чем шагнуть на красный свет.

Но тогда я этого не знал. Не знал я поначалу и того, что она осталась. Наступили осенние каникулы, и я не видел Инну целую неделю. В этой школе расписание во второй четверти не меняли; на мой кружок юных патриотов отводили пятый и шестой уроки, у Инны по понедельникам был четвёртый, но она дожидалась обеда, сидя в учительской. Обедали мы между пятым и шестым, и раньше этого времени я и не ожидал её увидеть. Потому я не сразу понял, о чём меня спрашивают, когда в самом начале занятия, едва только ребята прекратили возню, в класс вошла секретарша Олечка и поинтересовалась, не видел ли я Инну Васильевну.

— А? — ошалело переспросил я. Яська, которому я только что строго-настрого наказал сидеть на месте, мгновенно об этом забыл и, раскачиваясь на стуле, завопил: «Бу-у! Бу-у! Бу!» — Ярослав, что за безобразие! Извините, Олечка, что такое?

— Вы не видели Инну Васильевну? — повторила Олечка. Ещё не совсем понимая, о чём речь, я отозвался:

— Нет. А что?

— Она не пришла сегодня на урок. Дети прождали в классе двадцать минут, потом подняли хай. Прибежала завуч. Ну, в результате меня и послали к вам выяснить — может, вы знаете, в чём дело.

— А я-то тут при чём? — грубо спросил я.

Внутри у меня всё сжалось от неприятных предчувствий.

– Ну, – потупилась Олечка, – вы же с ней общаетесь.

Слово «общаетесь» она произнесла многозначительным тоном и кинула на меня тот на редкость мерзкий, как-бы-понимающий взгляд, который я так не люблю у женщин.

– О господи! У меня даже её телефона нет.

– Жалко, жалко, – прочирикала Олечка. По лицу её скользнула тень недоверчивости, неискусно прикрытой деланным разочарованием. – Конечно, это ни в какие ворота не лезет, – озабоченно продолжала она. – Ни объяснительной записки, ни просьбы об отгуле, вообще ничего. Мы бы пошли ей навстречу, понятно же, мать болеет, но такое самовольство?

– Я же сказал, не знаю, – произнёс я, подавляя накипевшее раздражение. – Олечка, у меня урок. А вы мне тут детей отвлекаете.

Остаток урока у меня не клеился. Меня беспокоили мысли об Инне. Почему она, такая обязательная во всех рабочих делах, даже не позвонила в школу? Я не мог придумать иного объяснения, кроме того, что её мать при смерти или уже умерла. Я с тоской подумал, что Инна никогда никого не посвящала в свои проблемы, молчала, как партизан. И не воображай, Спальников, будто ты ей сможешь помочь. Чем? Нотациями и дурацкими соболезнованиями?

Прозвенел звонок, я отпустил детей на перемену и вышел из класса. И тут, под лестницей, с высоты пролёта я увидел Инну.

Я даже вздрогнул от неожиданности. Она стояла в полутени, прислонившись к грязной стене. Я окликнул её, но она не отреагировала. Я быстро спустился к ней.

– Инна, здравствуйте, – сказал я, очутившись рядом с ней. Она резко повернула голову.

– Ох, Гриша... Как вы меня напугали.

Мне не понравился её голос – слабый, дребезжащий, как будто она долго плакала перед тем. Я поспешно спросил:

– Что случилось? Что-нибудь с мамой?

– Да нет... – услышал я в ответ. – Маму будут оперировать. Операция не то чтобы лёгкая, но их сейчас многим делают. Ничего особенно страшного, не в каменном веке живём.

– Не понимаю... Что-то ещё стряслось?

– Хотите знать? – с неожиданной злостью переспросила Инна. – Я ушла от этой семейки. Вот и всё.

– Ушли, и молодец, – ободряюще подхватил я, хотя чувствовал, что ободрение выходит не очень уместным. – Пойдёмте поедим. Вам обязательно нужно поесть.

Инна чего-то недоговаривала, это было ясно как день; я терялся в догадках, из которых одна была омерзительнее другой. Я понял, мне не следовало говорить ей, что её искали и что начальство ею недовольно. Тем более что в полном освещении она испугала меня ещё сильнее. Она была бледная до зелени, в отёках, с ужасающими синяками под глазами, в которых стояло какое-то тупое, бессмысленное выражение. Немытые волосы слиплись косицами. Походка её тоже была странной, неестественной, словно у зомби в кино. Казалось, она вот-вот упадёт. Уж не накачали ли её наркотой, мелькнуло у меня в голове. Я предложил ей руку, она оперлась на неё, и так я довёл её по лестнице до столовой.

Я сам принёс ей поднос с обедом и сходил за другим для себя. Когда я вернулся, Инна сидела, глядя в пространство перед собой и судорожно кроша хлеб.

– Вы не обращайте внимания, Гриша, – еле слышно сказала она.

– Ничего-ничего, – проговорил я, – ешьте. Вам нужно восстановить силы.

– Я напишу объяснительную, непременно напишу...

Инна проглотила ложку супа, дёрнулась, и её вырвало прямо на стол. Вслед за тем она медленно стала клониться вбок.

– Инна! Инночка!

– По... могите, – с трудом прошептала она. Я вскочил и подхватил её под мышки, стараясь поднять на ноги. Она была страшно горячая, тяжёлая и какая-то неживая. Краем глаза я успел поймать сочувственный взгляд уборщицы. Обхватив Инну за плечи, я выволок её в коридор. Меня одолевали зараз сотни дурацких мыслей: пьяна? Беременна? Наглоталась крысиного яду?

Я уложил её на диване в фойе и быстро забежал наверх к своим обормотам. Перемена уже давно кончилась.

– Ребята, – объявил я, – вы свободны, можете идти домой. Инне Васильевне плохо, мне нужно отвезти её в больницу.

Притихшие дети начали собирать свои манатки. Лишь одна девочка постарше робко спросила:

– А что с ней, Григорий Александрович?

– Не знаю. Сердце, наверное. Ну, давайте, быстро, быстро! Кыш отсюда!

Больше дети вопросов не задавали, да я и не смог бы им ответить. Я выгнал их через ту лестницу, с которой они не могли разглядеть Инну в фойе, запер класс на ключ и сразу же вернулся.

Она уже очнулась и лежала на диване, моргая глазами без очков. Увидев меня, она поднялась и села. Вид у неё был совершенно потерянный.

– Гриша... – прошептала она. – Не уходите. Мне стыдно, Гриша.

Я присел рядом и погладил её по руке.

– Успокойтесь. Никто не видел. Всё сейчас пройдёт.

– Не пройдёт, – она вцепилась в мою руку. – Не пройдёт.

Из глаз её брызнули слёзы, и она бросилась мне на шею, уткнувшись лицом в мой свитер.

– Гриша... миленький... я хочу умереть. Прямо здесь и сейчас.

В растерянности я прижал её к себе.

– Не надо, – бормотал я, крепко стиснув её обеими руками, – Иннушка, солнышко, зайчик, не надо...

Она внезапно осеклась и замолчала. Шмыгнув носом, она резко высвободилась из моих объятий и села. В глазах её была паника.

– Я кретинка, я знаю, – отрывисто произнесла она.

Я пропустил эти слова мимо ушей.

– Вам нужно на воздух. Давайте выйдем.

В саду на заднем дворе, где нас точно никто не мог увидеть, я закутал Инну в свою куртку. Где она оставила собственную, я не знал. Инна сидела на низком суку корявой яблони, сгорбившись и глядя в землю.

– Думаете, я истеричка? – спросила она. Я положил руку ей на плечо.

– Ничего я не думаю. Я за вас беспокоюсь.

Инна подняла голову.

– На осенние каникулы попросили остаться, – задыхаясь, заговорила она. – Сказали, буду отвлекать Авдея от стрелялок и порнографии. Триста долларов обещали. У меня не было выбора, Гриша, обстоятельства...

Слёзы снова поползли по её лицу.

– Вначале всё было ничего... скандалил он, правда, но не сильно. Ночевала я у них на диване в гостиной. Сначала боялась... боялась, что этот Авдей ко мне влезет ночью. Но на ночь ему дают транквилизаторы, и он спит, как сурок. Потом оказалось, что он сам меня побаивается. Это, знаете, всё-таки утешение.

На четвёртый день и случилось... всё это. В будни. Весь день сидела с Авдеем, пыталась его учить петь Yellow Submarine... толку ноль, для него это как полонез Огинского... что-то из музея...

Она попыталась рассмеяться, но у неё не вышло.

– В семь часов, наконец, вернулись родители и избавили меня от своего дитяти. В награду за терпение отпустили прогуляться по магазинам. Меня не было всего-то пару часов...

Голос Инны стал срываться. Её снова затрясло.

– Дверь открывает Вика. Вся заплаканная. Тушь размазана до подбородка. «Инночка, родненькая, бегите в аптеку! Срочно!»

Я ей: «А что надо?»

«Зелёнку! Ксюша сошла с ума и изодрала Авдея!»

А какая аптека в десятом часу вечера? Пробегала минут сорок, пока нашла дежурную. Накупила зелёнки, бинтов, вернулась... Дома у них что-то невообразимое. Авдей закрылся в комнате и боится выходить, потому что кошка на него кидается, как ненормальная. Родители в трансе. Кошка озверела ни с того ни с сего – они смотрели любимый сериал, и вдруг раздаётся жуткий мяв и визг Авдея.

Она ему в лицо вцепилась. Это мне рассказала Вика, а её муж говорит:

«Она, наверное, бешеная. Мы уже позвонили в МЧС».

Тут Вика взяла у меня зелёнку и пошла бинтовать Авдея. Вернулась расстроенная – мальчишка психанул и вышиб у неё пузырёк.

«Всю кровать залил, – говорит, – сидит, съёжился и глазами зыркает».

И плакать... Она думала, что это у него уже бешенство начинается.

Инна посмотрела на меня в упор. Губы её дрожали.

– Гриша... Я не чокнутая, честное слово, нет...

Кошки я не видела. Она забилась куда-то под диван, трогать её боялись. Потом приехали спасатели, двое мужчин и женщина. Спросили, где кошка, им показали в гостиную. Вика с мужем остались на кухне. Минут через пятнадцать входит один спасатель и говорит:

«Кошку мы забираем на экспертизу. Она, может быть, больна бешенством. Ребёнка покажите врачу».

Хозяева, конечно, сразу согласились. Но я всё равно ничего не понимала. Ксюшу из квартиры никогда не выпускали, откуда ей было подцепить бешенство? Стою в коридоре и вдруг вижу, как сбоку из гостиной выходит второй парень. Без кошки. Вообще непонятно. Неужели двое мужиков оставили девушку одну разбираться с бешеной кошкой?

Я быстренько заглянула в гостиную – спасательницы нет. Тогда я на цыпочках по коридору и выглянула за дверь. Не могла же она, думаю, уйти далеко. Точно, стоит на лестничной площадке, спрятавшись за лифтами. Она думала, её не видно, но я всё-таки разглядела. По её позе было похоже, что у неё на руках кошка.

Сама не знаю, почему я к ней подошла. Смотрю, она и правда держит Ксюшу, завёрнутую в полотенце, а клетка пустая на полу стоит. Спасательница гладит Ксюшу и бормочет:

«Киса, кисонька моя бедная... Ничего, будешь жить у меня, я тебя в обиду не дам».

Услышала, что я подхожу, и подняла глаза. Видели бы вы её глаза!

«Вы его сестра?» – спрашивает каким-то следовательским тоном.

«Нет, я его репетитор».

«Тогда я вас могу только пожалеть».

Прижала к себе кошку и добавляет так тихо:

«Знаете, будь моя воля, я бы этого мальчишку лично поставила к стенке».

И самое страшное, Гриша, что на какой-то момент мне тоже захотелось это сделать...

Инна не выдержала и разразилась придушенными рыданиями. Нос у неё заложило, она издавала звук резиновой детской игрушки, которую топчут ногами. Я наклонился к ней и обнял её за шею.

– Вы ещё не догадались, что произошло? – всхлипнула она, оторвав от себя мои руки. Я покачал головой. По щеке Инны сбегала клейкая блестящая полоска слёз.

– Авдей изнасиловал кошку.

После этого происшествия я больше не видел Инну. Я до сих пор не знаю, что с ней. Я спросил в отделе кадров её телефон, но там оказался только мобильный, и он был заблокирован. Я звонил ещё раз через полгода, и автоответчик холодно сообщил мне, что такого номера не существует. Мне хочется думать, что Инна вылечилась от перенесённого потрясения и нашла себе нормальную работу.

Но несколько раз в тот год меня преследовал один и тот же кошмарный сон: я пригласил Инну на свидание, я шепчу ей ласковые слова и обнимаю её. Во сне она любит меня и хочет не меньше, чем я её. Но, когда моё возбуждение нарастает и я стискиваю Инну в объятиях, я вдруг обнаруживаю, что никакой Инны нет. В моих руках — кошка.

МИНГРЕЛЬСКИЙ ДИОНИС

Бочек было много. Сколько – Отарик сейчас бы не вспомнил, потому что тогда ему было всего пять лет, и со счётом у него было плохо: до десяти никак добраться не удавалось. А «много» всем понятно без объяснений. Тем более что каждая из этих бочек была намного, намного больше самого Отарика.

В бочках, как обнаружилось чуть позднее, было вино. Вино пили взрослые. Просто так, вечером, с куском хачапури, или во время семейных праздников, когда в доме собирались толпы людей, которые непостижимым образом приходились Отарику родственниками. Во время праздников вино действовало на взрослых как-то по-другому, чем во все остальные дни. Они становились шумными, пытались перекричать друг друга и начинали петь песни. И пили тогда по-другому, чем в обычные дни: непрерывно подливая в большой рог, который нельзя было поставить и приходилось всё время держать на весу. Когда вино разливали, Отарик замечал, что оно тёмно-красное на просвет, как вишнёвый леденец, и плещется с особенным вкусным звуком. Однако нельзя сказать, что вино составляло предмет его осознанного интереса; его мысли не сосредотачивались на вине – для него это была одна из обычных, по определению загадочных принадлежностей взрослых, такая же, как автомобили, часы и электродрели. До тех пор пока однажды бабушка не забыла запереть дверь погреба.

В погребе Отарик до того ни разу не бывал. За вином вниз по крутой лестнице посылали детей постарше: от мелкоты какой прок? Да и побаивался. Был почему-то уверен, что в погребе живёт сова. Совы он боялся страшно. Сова была нарисована на картинке в букваре его старшей сестры Джульетты. Иногда Отарик – когда Джульетта не видела – украдкой брал букварь и перелистывал страницы, разглядывая картинки. Но страничку с совой пропускал, крепко зажав соседние листы пальчиками. Только изредка, содрогаясь и замирая, приоткрывал ужасную страничку, быстро заглядывал и, переведя дух, захлопывал изо всех сил букварь. Жёлтые глаза совы с вертикальными чёрными зрачками страшили его; он думал о том, что живая сова, наверное, ещё жутче нарисованной и что совы – так ему сказал отец – любят темноту, а в погребе темно, и значит…

Все эти соображения слепились в один бестолковый комок в голове несчастного Отарика, когда в летний жаркий день он очутился в пустой кухне – так случилось, что там никого не было именно в этот момент – и увидел приоткрытую дверь погреба. А теперь читателю разрешается привлечь все свои познания по части психоанализа, объясняя дальнейшее: тем, что пугающее нас также и притягивает нас сильнее всего; тем, что ребёнок испытал желание изжить наконец свой страх, столкнувшись с ним лицом к лицу; или же тем, что им двигало простодушное желание проверить, есть ли там, в конце концов, сова или нет. Как бы то ни было, факт остаётся фактом: Отарик, как загипнотизированный, двинулся в сторону погреба и проскользнул внутрь.

Света через дверь попадало совсем мало, но недавно отец протянул в погреб электропроводку и подвесил лампу дневного освещения. Отарик разглядел в полумраке шнур выключателя на стене, обрадовался знакомому предмету и дёрнул. Внизу зажужжало, и из глубины погреба распространилось бледное сияние. Теперь не страшно, сова испугается света. Отарик прикрыл за собой дверь и стал спускаться по крутым цементным ступеням.

Это оказалось нелегко. Щербатые ступеньки были высотой почти по колено Отарику, и каждый раз, как он спускал ногу, резиновые шлёпанцы сваливались и грозили подставить ему подножку. На третьей ступеньке он потерял равновесие и чуть не кувыркнулся носом вниз по лестнице. После этого Отарик не выдержал и оставил шлёпанцы на ступеньке, решив спускаться босиком. И снова испугался, коснувшись босыми ногами холодного сыроватого цемента: это ощущение вызвало у него смутные ассоциации с совой. По крайней мере, теперь спускаться было удобнее и безопаснее. Отогнав мысли о сове, Отарик постарался побыстрее одолеть остаток лестницы.

Внизу было совсем холодно; голые плечи Отарика, только что бегавшего в солнечном дворе, заледенели и покрылись мурашками. По телу пробежала предательская дрожь, значение которой он очень хорошо знал. Мне нельзя, подумал он в тревоге, я уже большой. И потом, трусики белые...

Он не описался. Справившись с пакостной волной, он расслабился и начал оглядываться. Совы не было. Были бочки. Много бочек.

Они высились вдоль стен в жиденьком синеватом свете лампы, отбрасывая на пол громадные чёрные тени. Они были деревянные, тёмные и ужасно старые – по крайней мере, так показалось Отарику. Пахло сыростью, цементом, старым деревом и ещё чем-то, менее знакомым, но более приятным. Как зачарованный, забыв о том, что минуту назад едва не напустил в трусы, Отарик подошёл к бочкам. Он протянул руку к бочке, потрогал шероховатое дерево. Из бока на высоте его роста торчал краник, почти такой же, как у водопроводной колонки. Отарик поразмыслил и повернул вентиль. Чуть-чуть.

Кран булькнул, и из него закапало тёмно-вишнёвое. Так это вино, вдруг догадался Отарик. Вот, значит, откуда его берут. Он поймал на ладошку тёмные капли и лизнул. Надо же, вкусно, удивился он. Он отвернул кран побольше, встал на цыпочки и присосался ртом к металлу.

Густо-сладкое, вяжущее вино понравилось ему, и он захотел узнать, одинаковое ли оно во всех бочках или в других что-то другое. Оставив эту бочку, он перешёл к другой и так же отвернул кран. Он глотнул целых три раза, но так и не смог решить, в какой из двух бочек вкуснее, и направился к третьей.

Новая игра увлекла его. Тревоги улетучились. Отарику сделалось необыкновенно радостно. Совы в погребе не оказалось, наоборот, там обнаружились такие замечательные вещи, и погреб теперь казался ему вполне уютным. Его голое тело перестало чувствовать холод, щёки горели. Не помня ни о чём на свете, он бродил между бочками, открывая краны один за другим и подставляя рот под тугие терпкие струи. Вытекшее на пол вино хлюпало под его босыми ногами, он шлёпал по щиколотку в вине, нарочно поднимая брызги — ему это казалось почему-то ужасно забавным, он хотел, чтобы кто-нибудь пришёл и тоже включился в эту прекрасную игру. Он засмеялся от восторга. Ноги перестали слушаться его, он плюхнулся на попу в лужу вина. Пошатываясь, поднялся, открутил ещё один кран, но попробовать не сумел — пол вдруг взбрыкнул и уронил его плашмя. Какой-то удивительный здесь пол, думал Отарик, с наслаждением ощущая, как струя вина из крана хлещет ему на спину и волосы. Стены тоже вели себя странно – они кружились, то в одну сторону, то в другую. Наверное, дедушка сделал здесь в погребе карусель, подумал Отарик. Глаза у него слипались, его клонило в сон.

Его хватились через час после того, как он вошёл в кухню. Вначале не могли нигде найти, пока дед Ираклий не сообразил заглянуть в погреб. Крошечные резиновые вьетнамки на лестнице подтвердили догадку. Подивившись, чем может быть занят пятилетний младенец в погребе, дед поспешил вниз.

Следует немного напрячь воображение, чтобы представить себе открывшуюся деду Ираклию картину. В подвале стояло винное половодье. Из одних бочек вино вытекло полностью, из других ещё продолжало бежать; от чёрно-красного разлива поднимались пряные хмельные испарения. На полу, в глубокой луже вина, лежал совершенно невменяемый Отарик, и вино из крана лилось на него сверху, окрасив его в багряный цвет с головы до ног.

Дед тихо присвистнул, завернул краны, поднял на руки липкое от вина тельце внука и понёс наверх.

Эту историю я услышал от Отара Д. в августе 1988 года, когда ему было семь лет, а мне, соответственно, восемь. Разумеется, в его исполнении она звучала не так; и сейчас я раскрашиваю её подробностями, доступными моему воображению. Мы сидели на скамейке под грецким орехом, перекатывая сандалиями зелёные кожистые орехи, нападавшие с дерева, и я сказал Отарику:

– А я уже в школу хожу.

(Тень, тень, потетень, сели звери под плетень – сели звери под плетень, похвалялися весь день...)

– А я уже вино пил, – мгновенно ответил Отарик.

Я не поверил.

– Врёшь.

– А вот и не вру, – возразил Отарик. И рассказал вот что: – Мне было пять лет. Бабушка не закрыла погреб. Я пошёл в погреб ловить сову. Думал, там сова живёт. А там бочки с вином. Я открыл и попробовал. Оно сладкое. Я стал ещё открывать и пробовать. А дальше не помню. Деда рассказывает, он меня нашёл на полу, и кругом было вино, и на меня сверху из бочки текло. Я потом болел, и мама мои трусы выбросила, потому что они были белые и от вина не отмывались.

Тогда я ещё не знал, что мир, в котором я и Отарик сидим на нагретой солнцем скамейке, через считанные месяцы исчезнет навсегда – мир, в котором не могло вообразиться, что зрелище нагой детской фигурки, оплёсканной тёмно-красным, может иметь иной смысл и что этот иной, страшный смысл вскоре станет единственно привычным и понятным в том краю, где на нас с Отариком валились незрелые грецкие орехи (пока всего лишь орехи). Пассажирский поезд «Сухуми–Москва» навеки умчал меня из того мира 29 августа 1988-го.

Сейчас я сижу и принимаю зачёт у своей ученицы. Её зовут Мзия. Ей восемнадцать. В то лето, когда мы с Отариком сидели под орехом, её ещё не было на свете. В Москву она попала двухлетней: родители увезли её, спасаясь от погромов. Дом её деда горел три дня. Ей расскажут об этом потом, когда она через пятнадцать лет украдкой, как воровка, побывает на родине.

– И как сейчас в Сухуми? – неосторожно спрашиваю я.

Мзия качает своей красивой головой со светской усмешкой.

– Мы не были в Сухуми. Мингрелам туда сейчас лучше не показываться.

Я молчу. Мзию прорывает; она начинает рассказывать какой-то сумбур про собак, про родственников, про петуха, который клевал её в детстве... Перед глазами у меня встаёт двор большого сухумского дома с его многочисленными шумными обитателями. Мне вспоминается Отарик, пинающий зелёный грецкий орех, вспоминается серьёзная высокая Джульетта, которая давала мне свои книжки на русском языке, и тогда я впервые прочёл сказку «Джамхух – сын оленя», и заболел этой сказкой, и представлял себе, что я – Джамхух... Где ты, Отарик? Жив ли? Как бы мне хотелось, чтобы дионисийское жертвоприношение, справленное тобою в погребе деда Ираклия, закляло тебя от всех других жертв – чтобы оно было первым и последним. Мне хочется верить, что тебе не пришлось ни умирать, ни убивать других. Ведь сова не отомстила тебе, правда? Она злая, эта сова, и вовсе не мудрая...

– Не ставьте мне двойку, Григорий Александрович. Можно, я в четверг вам сдам?

– Ладно, – говорю я. – Как звали умирающего и воскресающего бога античности?

Мзия напрягается, кусает губы.

– Дионис? – наконец неуверенно произносит она.

– Давайте зачётку.

2005–2009

СОДЕРЖАНИЕ

Литературно-художественное издание

ЕЛИФЁРОВА Мария Витальевна

Хроники Мартовского Зайца

ПОВЕСТЬ
РАССКАЗЫ

Выпускающий редактор
Д.В.Савиных
Художественный редактор
Т.Н.Костерина
Технолог
С.С.Басипова
Оператор компьютерной верстки
А.В.Кузьмин
Оператор компьютерной верстки переплета
В.М.Драновский

Подписано в печать 28.08.2010
Формат 84×108/32
Тираж 2000 экз.
Заказ № 7309

ЗАО «ПРОЗАиК»
107078, г. Москва, ул. Новорязанская, д. 8А, стр. 3
Телефон: (495) 795-01-46
Электронная почта: prozaic@prozaic.ru

По вопросам реализации обращаться:
Книжный клуб 36.6
107078, г. Москва, ул. Новорязанская, д. 8А, стр. 3
Телефон: (495) 926-45-44
Электронная почта: club366@club366.ru
Информация в Интернете: www.club366.ru

Отпечатано в полном соответствии
с предоставленными файлами заказчика
в ОАО «ИПК «Ульяновский Дом печати»
432980, г. Ульяновск, ул. Гончарова, д. 14